SV

Ralf Rothmann
Die Nacht unterm Schnee

Roman

Suhrkamp

Erste Auflage 2022
Originalausgabe

Umschlaggestaltung und Foto: Hermann Michels und Regina Göllner
Satz: Satz-Offizin Hümmer GmbH, Waldbüttelbrunn
Druck: Pustet, Regensburg
Dieses Buch wurde klimaneutral produziert:
climatepartner.com/14438-2110-1001
Printed in Germany
ISBN 978-3-518-43085-9

www.suhrkamp.de

Eine fremde Seele, das ist ein dichter Wald.

Anton Tschechow

Im Winter vor dem Ende des letzten Krieges verschob sich die Front fast jeden Tag, und da es kaum mehr Schutz für die Ausgebombten in der Region um Danzig gab, wurden sie über Ohra und Preußisch-Stargard Richtung Westen gefahren, nachts. Die Großmutter, die Mutter und die jüngeren Brüder mussten sich zusammen mit den Nachbarn auf die überdachte Ladefläche des alten Opel Blitz zwängen. Aber die Tochter, die fieberte, durfte im Führerhaus zwischen den Volkssturmmännern sitzen, zwei schweigsamen Alten, die nach »Jacutin« rochen, einer Tinktur gegen Läuse. Verstohlen schob sie sich die schwarzen Zöpfe unter den Mützenrand.
Draußen auf dem Kotflügel hockte ein jüngerer Behelmter und rief dem Fahrer, der wegen der Nachtjäger ganz ohne Licht auskommen musste, Anweisungen durch den Fensterschlitz zu: »Rechts einschlagen! Halt! Scharfe Kurve links! Achtung, Schlagloch!« Es ging nur im Schritttempo voran, und trotz des gurgelnden Holzvergasers konnte man das Schießen irgendwo in der Ferne hören. Aber sie hatte keine Angst; sie war nur froh, nicht mehr in dem feuchtkalten Schulkeller liegen zu müssen. Zwischen den Männern in ihren dicken Mänteln war es behaglich warm, und einmal reichte der Fahrer der »Lütten«, wie er sie nannte, obwohl sie fast siebzehn war, seine Teeflasche und teilte ein Stück Dauerwurst mit

ihr. Kümmel war darin, und sie drehte den Kopf, als sie kurz darauf den Ellbogen des anderen in der Seite fühlte. Er trug einen Verband auf dem Ohr, und ein rötlicher Schein glitt über seine Brillengläser, während er sagte: »Kiek da rüber, Kindchen, ist fürs Leben.«

Schnee fiel, wenig nur, und sie blickte an ihm vorbei zum Horizont, auf die Ebene zwischen den Waldsäumen. Wie ein Kartoffelfeuer im Frieden sah es aus, ein Glutberg auf dem Acker; doch waren hier und da schiefe Giebel, schwarze Dachgerippe und verkohlte Masten zu erkennen, und dass dort Danzig brannte, mochte sie erst glauben, als sie den Turm der evangelischen Marienkirche erkannte. Gewaltig ragte er aus dem Rauch in die Nacht, und weil der flackernde, vom Wind immer wieder bis zur Weißglut angefachte Feuerschein sich in der Mottlau spiegelte, dachte sie momentlang, auch das Wasser würde brennen.

Nun fiel ihr der Traum vom letzten Abend ein, der Rappen mit den gläsernen, bei jedem Schritt splitternden Hufen: Die entfernt explodierten Bomben also waren der Grund für die Erschütterungen im Keller der Dorfschule gewesen, und womöglich hatte sie große Augen gemacht oder gar gezittert; jedenfalls sagte der Mann in beruhigendem Ton: »Nu, nu, keine Angst, min Küken. Das brennt weit weg, und wo du hinkommst, ist es sicher. Ein schönes Haus, und Milch und Eier satt. Ein Schloss ist das, wirst sehen. Da findest du deinen Märchenprinzen!«

Der Fahrer lachte heiser, und sie sagte nichts, schüttelte nur den Kopf. Nach all den Trümmern der letzten Zeit glaubte sie natürlich nicht an ein Schloss; wahrscheinlich wollten die Männer sie beruhigen. Das einzige, das sie bisher gesehen hatte, der Artushof in Danzig, war mittlerweile nur noch eine rußige Fassade, hinter der man sich alle möglichen Gespenster vorstellen konnte, aber keinen Märchenprinzen. Trotzdem beruhigte sie dieses Flunkern, und als ihre Mutter durch die Rückwand der Kabine nach ihr rief und fragte, ob es ihr gut gehe, schloss sie die Augen und murmelte: »Ja, mir geht's gut.« Und dann nickte sie ein. Bald, hatte Onkel Emil gesagt, ganz bald sei der Krieg vorbei.

Der Wind pfiff durch den Fensterschlitz, und es roch nach Tabak und Schnaps in dem Führerhaus, als sie wenig später erwachte, weil sie etwas auf dem Knie fühlte, die Hand des Bebrillten. Sie ruckte herum in der Enge, um ihm anzudeuten, dass ihr das lästig war, doch er ignorierte es, und so griff sie danach und erschrak. Es war eine lederbezogene Bakelit-Prothese, wie auch ihr Lehrer seit der Schlacht bei Charkow eine trug, und verstohlen befühlte sie die Finger mit den eingeprägten Nagelbetten, ohne dass der rauchende Mann es bemerkte. Das Kinn vorgereckt, starrte er zusammen mit dem anderen in die Nacht.

»Langsam! Planken! Wassergraben rechts!«, rief der Junge auf dem Trittbrett, sprang ab und lief neben dem Führerhaus her, und als der Fahrer nach einem klappernden Holzweg eine scharfe Kurve fuhr und so abrupt bremste, dass sie Rufe von Erschrockenen auf der Ladefläche hörte, ein weinendes Kind, umklammerte sie die Hand. »Und jetzt pass auf!«, sagte er und schaltete für einen Augenblick alle Scheinwerfer an. Der Schnee fiel dichter, die Wischer knarzten. »Hier ist dein Schloss!«

Erstes Kapitel

ROSEN

»Ihr war kaum zu helfen, fürchte ich, und vielleicht können Menschen mit einer besonders schmerzhaften Vergangenheit ja nicht anders: Sie betäuben sich in jedem Augenblick neu, und sei es mit Arbeit, denn sie wissen, dass sie mehr oder weniger verloren sind für das Künftige, das ungeachtet aller bösen Erfahrungen unser Zutrauen braucht, um zu gelingen. Immer ängstlich, mit unruhigen Augen und fliegendem Puls, bemühte sie sich zwar, es jedem recht zu machen, sich ›anständig‹ zu kleiden und ›ordentlich‹ zu frisieren; aber kaum wurde der Mond voller, stürzte sie sich mit allen Sinnen in das nächste Desaster, das ein Tanzabend sein konnte oder ein betrunkenes Gefummel hinter dem Kirmeswagen. Und es war ja wohl auch ein herber Triumph: Sich unter glühenden Girlanden der Enttäuschung, dem Verlust, dem Ende von allem hinzugeben, verlieh ihr eine nahezu spöttische Macht über die Flüchtigkeit jeder Freude.«
Dass Wolf, von dem dieser Briefauszug stammt, irgendwann etwas über seine Mutter schreiben würde, »meine kleine wilde Mutter«, wie er sie einmal am Telefon nannte, hatte ich erwartet. Nach einem langen Leben als Bibliothekarin, die viele Autoren auf unzähligen Vortragsabenden kennengelernt hat, weiß ich: Ein Schriftsteller verfügt selten über mehr als seine Biografie, und wenn er redlich ist, präsentiert er den Lesern nichts von dem,

was eigentlich jeder erfinden könnte, etwas Originelles womöglich; trostlos klug sind wir schließlich alle. Vielmehr schreibt er, was nur er schreiben kann: seine eigene, von den Echos und Schatten der Vergangenheit und dem Vorschein der Zukunft umschwebte Geschichte. Nur dann wird seine Sprache eindringlich werden und, so paradox das klingen mag, auch andere angehen. Oder wie es Richard, mein verstorbener Mann, viel lakonischer sagen würde: »Tell the story you know.«

Ein Buch über Elisabeth ... Dass sie ihr Leben für erwähnenswert gehalten hätte, bezweifle ich. Übertrieben bescheiden war sie zwar nicht, wollte durchaus etwas gelten, wie jeder Mensch, aber gleichzeitig fürchtete sie sich vor dem Augenmerk anderer. Zufriedenheit und alltägliches Behagen anstreben und dabei den Leuten so wenig wie möglich auffallen, das war das Wichtigste für sie. Sogar ihren eigenen Namen mit seinem melodischen Vokalprunk und dem eleganten Auslaut gab sie dafür preis; er klang in ihren Kreisen, in den Bierzelten und Tanzschuppen der Land- und Bergarbeiter, vermutlich zu auffällig oder gar zu edel; Liesel wollte sie genannt werden, allenfalls Lisbeth.

Wolf, zu dem ich seit seinem ersten Buch in Kontakt geblieben war, hatte mich auf der kleinen Feier zu meiner Pensionierung im Jahr 2000 um Briefe und Fotos gebeten, und während ich nach Erinnerungen an sie suchte, fand ich die Postkarte von Nanni Brüggemeier in einem Schuhkarton wieder. Sie hatte die Traueranzeige aus der »Neuen Ruhr Zeitung« mit einem kurzen, von dornigen Rosen umrankten Bibelzitat daraufgeklebt, und plötzlich wollte mir der Umstand, dass Elisabeth nicht einmal ein Jahr nach ihrem Mann, nach Walter, gestorben war – ich hatte es sicher schon damals bemerkt, mit der Zeit aber vergessen –, wie ein nachträglicher Liebesbeweis vorkommen, trotz allem. Als hätte sie zuletzt etwas gutmachen und ihn nicht allein lassen wollen, wo immer er war. Auch auf der Trauerkarte stand übrigens Liesel, nicht Elisabeth.

Mein Vater hatte sie eingestellt, noch kurz vor seinem Tod. Überzeugt davon, dass das Marinekasino am Kieler Hafen, das er bewirtschaftete, den Tommys zufallen würde, hatte er bereits im März 45 heimlich nach Frauen gesucht, die Englisch sprachen und Erfahrungen im Service besaßen. Davon gab es einige unter den vielen Flüchtlingen in den Scheunen und Ställen des Gutes bei Bovenau, das meinem Schwager gehörte. Aber ich hatte unseren Vater ausdrücklich auf Elisabeth hingewiesen, nicht nur, weil die in Danzig auf der Mittelschule gewesen war, »Gone with the Wind« kannte, mein damaliges Lieblingsbuch, und in den Ferien als Kellnerin gearbeitet hatte. Mir gefiel ihre gutgelaunte Frechheit, ihre Schlagfertigkeit und, ich gebe es zu, mir gefiel ihr Freund.

Elisabeth Isbahner, die bald als Büfettkraft bei uns arbeitete, war vier, fünf Jahre älter als ich, aber nur wenig größer. Schlank oder mager waren zu der Zeit Frauen wie Männer, und dass sie niemand klein nannte, lag sicher an den keilförmigen Korksohlen, auf denen sie zwischen den Tischen oder hinter dem Büfett bediente. Sie hatte dunkelblaue Augen, leicht gewelltes tiefschwarzes

Haar und eine nicht sehr hohe Stirn, deren Falten über der Nasenwurzel ein kleines Quadrat bildeten, wenn sie grübelte oder befremdet war. Auf den Wangen und an den Ohrläppchen gab es damals schon hauchzarte, wie mit feinstem violettem Stift gekritzelte Besenreiser, und die Länge der Nase hatte etwas Kurioses; sie überschattete die schmalen, nie ungeschminkten Lippen. Reckte sie aber das Kinn hoch und starrte einen aus ihren manchmal fast schwarzen Augen an, konnte sie durchaus einschüchternd wirken. Die Betrunkenen nannten sie dann gerne »Zigeunerweib«.

Verblüffend groß und kräftig waren zudem die Hände dieser zarten Frau; man sah, dass sie aus einer Landarbeiter-Familie kam und selbst schon hart zugepackt hatte vor ihrer Flucht aus Westpreußen. Der Nagellack – nie hatte ich sie ohne das Korallenrot gesehen, auch nicht beim Melken auf dem Gut – sollte wohl davon ablenken, unterstrich es jedoch. Aber was man ihren Mangel an Schönheit nennen mochte, wurde letztlich überstrahlt von ihrer frischen Jugend und der schwungvollen Lebenslust, mit der sie sich über ihre Abgründe hinweghalf. Ihr breites Lächeln war trotz der seltsam grauen, mit Amalgam hinterlegten Zähne bezaubernd, das ganze Gesicht schien nur für dieses Strahlen gemacht zu sein, und sobald im Radio »Winke, winke« oder »Mir geht's gut« gespielt wurde, drehte sie es lauter und flötete mit.

In ihrem Aschenbecher neben der Kasse qualmte stets eine Zigarette, und auch wenn sie sich mit den Gästen an der Theke unterhielt, ließ sie den Saal, die dreißig Tische unter dem riesigen Steuerrad-Leuchter, nie aus den

Augen. Ohne dass sie es lernen musste, konnte sie instinktiv, was mein Vater »eine Kneipe lesen« genannt hatte; sie vergaß selten Namen, wusste genau, wer was trank, und schenkte die verschiedenen Schnäpse schon ein, ehe sie bestellt wurden. So hatte jeder bereits nach kurzem das Gefühl, ein Stammgast zu sein, ein besonderer zudem.

Am frühen Nachmittag gingen die Kellnerinnen in die Pause, und dann servierte sie auch selbst, und ich liebte diese Stunden vor dem Lärm des Abendgeschäfts, wenn die Sonne durch die bunten Oberlichter schien und die alte Standuhr vernehmlicher tickte. Unter den Bahnen aus rauchigem Licht saßen nur wenige Gäste und blätterten in Zeitungen oder studierten Akten; Mirka, die weiße Katze des Hausmeisters, strich zwischen den Tischen herum und ließ sich kraulen, und oft hockte ich mich mit einer Limonade an den Tresen neben dem Telefon und machte dort meine Schulaufgaben.

In dieser Stille wurde besonders deutlich, dass Elisabeth niemals langsam oder gelassen ging, auch nicht, wenn keinerlei Hektik herrschte. Dass kleine Menschen ihre kürzeren Beine durch raschere Schritte wettmachen, ist in bestimmten Situationen plausibel. Aber sie ging auch in diesem »Stechgalopp«, wie meine Mutter das nannte, wenn nichts anderes zu tun war, als ein leeres Glas durch das leere Lokal zur Spüle zu tragen. Alles wollte sie immer rasch erledigen, wobei sie sich nie bemühte, das harte Tacktack ihrer Absätze auf den Dielen zu dämpfen; jeder sollte hören, wie dringlich ihr alles war und wie flott sie arbeitete. Und gab es für einen Moment nichts zu tun, blickten ihre kleinen Augen seltsam verloren ins

Leere, das schmale Gesicht erschlaffte, und ihr fiel nichts anderes ein, als sich schon wieder eine Zigarette anzustecken.

»Warum gehst du nicht in die Sonne, Luisa?«, fragte sie einmal an so einem Nachmittag, als ich mich gerade mit dem zähen Cicero abmühte, mit seinen Briefen an Atticus. Den Kopf in den Nacken gelegt, blies sie den Rauch in die Höhe. »Was willst du mit dem blöden Abitur? Wird der Abwasch dann sauberer?«

Ich grunzte leise, schüttelte den Kopf. »Und du? Hast du deine mittlere Reife gemacht, um hier Bier zu zapfen? Willst du nicht mal was Interessanteres anfangen?«

Sie pinselte einen Aschenbecher aus. »Warum sollte ich? Meinst du, woanders hätte ich's besser? Deine Mutter ist anständig zu mir, die Gäste mögen mich, und ich hab jedes Wochenende frei. Das finde mal in diesen Zeiten. – Was willst du überhaupt machen, wenn du die Schule hinter dir hast?«

Ich zuckte mit den Achseln. »Keine Ahnung, irgendwas mit Büchern, glaube ich. Vielleicht lerne ich mal Bibliothekarin.«

Elisabeth trank einen Schluck von ihrem Kaffee. »Ich glaub's nicht! Eine von diesen vertrockneten Bohnenstangen mit Halleluja-Zwiebel und Stempeltusche an den Fingern willst du werden? Also, einen Mann wirst du dann nicht abkriegen, das sag ich dir gleich! Oder nur so einen lurchigen mit Nickelbrille.«

»Na und? Will ich auch gar nicht!«

Sie lächelte ernst, fast traurig sah es aus, und zwinkerte mir zu. »Und ob du das willst, Kleine. Ich muss mir nur deine Locken und deinen Mund ansehen. In ein paar

Jahren wirst du das so sehr wollen, dass sich die Kerle in deiner Duftspur kloppen. Also genieße die Zeit, in der du noch Frieden hast und dir keiner an die Wäsche will. Räum die Bücher weg, und geh an die Luft!«

Nach der Kapitulation der Flensburger Regierung und der Verhaftung des Oberkommandos der Wehrmacht unter Admiral Dönitz durch die Engländer wurde die Marinekaserne, die das Bombardement Kiels fast heil überstanden hatte, kurzzeitig als Gefangenenlager für deutsche Offiziere genutzt. Tagelang war das Picken der Meißel zu hören, mit denen sie die Halbreliefs und steinernen Hakenkreuze über den Türen und Toreinfahrten entfernen mussten. Auch die Bilder und Büsten im Offizierskasino wurden zerschlagen, und einmal legte ein schottischer Wachmann ein Stück trübweißen Alabaster auf den Tresen, Hitlers Nase, und wollte dafür ein Bier.
Dem Kantinenpersonal war jeder Kontakt zu den Gefangenen verboten, die Fenster und Türen zum Hof wurden mit Bohlen vernagelt, Küchenabfälle mussten durch den Saal getragen werden. Ich mochte die englischen Soldaten, von denen einige ähnlich rote Haare hatten wie ich und die fast immer höflich waren und mich »Miss« oder sogar »Young Lady« nannten. Ich lernte, wie man körnigen Assam-Tee in Sahne vorquellen ließ, ehe man ihn mit dem Sieb zubereitete, und legte mir einen Vorrat verschiedener Jellys und »Cadbury«-Schokoladen an. In hauchdünnes Silberpapier waren die gewickelt, und ein älterer Sergeant riet mir einmal, es auf-

zubewahren, denn in England bekäme man für einen Zentner davon einen gut ausgebildeten Blindenhund.

Da dachte ich, er mache irgendeinen Witz, und sagte: »Aber ich brauche keinen Blindenhund!«

Doch er blieb völlig ernst, schlürfte seinen Tee und sagte mit einem Blick auf die Förde, wo noch Masten und Bugspitzen versenkter Schiffe aus dem Wasser ragten: »Nein, du nicht ...«

Leider wurden die Soldaten schon nach wenigen Wochen verlegt und die Kasernenflügel, zweigeschossige Ziegelbauten, grundrenoviert. Nun zog das neue Sozialministerium in die Räume, ordentlich gekleidete Frauen und Männer, von denen einige allerdings am Stock gingen oder einen Ärmel in die Jackentasche gesteckt hatten. Hier und da konnte man auch noch Quadratbärtchen auf den Oberlippen sehen, denn bevor Adenauer seinen berühmten Satz von dem schmutzigen Wasser gesagte hatte – man schütte es nicht aus, ehe man reines habe –, war er in Schleswig-Holstein Alltag: Ein Ministerpräsident und fast sein gesamtes Kabinett waren Mitglieder der NSDAP gewesen, die ersten Chefs der Kriminalpolizei kamen aus Himmlers SS, und ein Gauleiter, der in Riga nachweislich jüdische Bürger ermordet hatte, wurde vom Kieler Entnazifizierungsausschuss als »Minderbelasteter der Kategorie III« eingestuft und erhielt eine Pension.

Plötzlich roch es auf den Fluren nach dem Spiritus der Vervielfältigungs-Apparate, und den ganzen Tag war das Klappern von Schreibmaschinen zu hören. Die Kantine war nun sowohl für die Angestellten des Ministeriums als auch für Kieler Bürger geöffnet. Man konnte frühstücken, immer öfter mit echtem Bohnenkaffee, und es gab billige Gerichte wie Labskaus oder Kohlrouladen bis um zwanzig Uhr. Dann stellte sich Elisabeth auf ein kleines Weinbrandfass und läutete die Schiffsglocke über dem Tresen, poliertes Messing mit der Gravierung »Tirpitz« und »Für immer unvergessen!«. Selten schien sie erschöpft zu sein nach der Arbeit – oder sie erlaubte sich die Müdigkeit nicht. Mit ihren Freundinnen Anne Breuers, einer Bäckereiverkäuferin, und Heide Rix, einer Tippkraft im Meldeamt, ging sie oft in die Innenstadt »bummeln« oder zu einer Tanzveranstaltung ins »Alhambra«. Einmal in der Woche traf sie sich mit anderen Frauen im Handarbeits-Zirkel der katholischen Franziskuskirche, um Kleider für Bedürftige zu nähen, und manchmal hockten wir auch zusammen vor ihrem Radio und hörten uns Krimis an, am liebsten im Dunkeln, weil dann das Knarren der Türen und das Knirschen der Scherben unter den Schuhen des Mörders gruseliger klangen.

Im Sommer, wenn es länger hell war, spazierten wir auch gern zum Hafen hinunter. Viele Häuser am Förde-Ufer waren noch rußige Ruinen, aber davor ankerten schon wieder die skandinavischen Fähren, mehrgeschossig und prachtvoll weiß, und die Violintöne der klassischen Musikstücke, die aus ihren Lautsprechern über das Wasser wehten, Sibelius oft oder Grieg, schnitten einem ins Herz. Auf den Werften wurden neue, zum Teil riesige Schiffe gebaut und für den Stapellauf mit Girlanden aus Immergrün geschmückt, und manchmal pfiffen uns die Arbeiter von den Gerüsten hinterher und johlten, wenn Elisabeth ihnen die Zunge zeigte.

Sie ließ sich nie einschüchtern von den Männern, jedenfalls nicht erkennbar, und gab ihnen »Kontra«, wie sie das nannte. Dabei verspannte sie sich durchaus, sobald uns betrunkene oder auch nur gutgelaunte Schauerleute auf dem Kai entgegenkamen. Dann stolperte sie schon über die kleinste Welle auf dem Weg, und wenn sie mir wie schützend einen Arm um die Schultern legte, hielt sie sich auch ein bisschen an mir fest. Aber letztlich kompensierte sie ihre Angst durch Frechheit oder besser, sie täuschte sich mit Frechheit über ihre Angst hinweg. Dabei hatte sie eine Schwäche für die Matrosen in den weißen Ausgehblusen und den blankpolierten Schuhen.

Während wir auf der Kaimauer saßen und ich an einer Lakritzschnecke knabberte, suchte sie sich einen aus, möglichst einen blonden, und starrte ihn mit gerunzelten Brauen an. »Mal sehen, wie hübsch wir heute sind …«, murmelte sie dann, oder: »Los, in den verlieben wir uns jetzt!« Und schon hob sie das Kinn, blies sich eine Strähne aus der Stirn und rief: »He, was glotzt du so blöd! Willst du ein Passfoto?« – Und wenn der Betreffende erschrak oder gar rot wurde und kopfschüttelnd wegging, murmelte sie: »Mist, schon wieder ein Anständiger, ein Guter. Den kriegst du.«

Doch der eine oder andere setzte sich auch zu uns auf die Mauer, bot von seinen Zigaretten an und begann ein Gespräch. Besonders die englischen oder skandinavischen Matrosen waren nett und eigentlich nur froh, sich wieder einmal mit einer Frau unterhalten zu können nach den Tagen oder Wochen unter Männern auf See. Sie tanzten sogar mit ihr auf dem Asphalt, wenn

Schlagermusik aus den Lautsprechern kam, und brachten sie zum Lachen mit ihrem ungelenken Deutsch. Und dämmerte es dann und wurden die Gaslaternen angezündet, griff sie schon mal nach meiner Hand, ließ sanft den Daumen über den Rücken kreisen und murmelte: »Es wird spät, Kleines; du solltest nach Hause gehen. Ich komm gleich nach.«

Sie lebte mit uns in der Mansarde über dem ehemaligen Offizierskasino, aber das geräumige Zimmer neben der Treppe lag vor der eigentlichen Wohnung und hatte ein Bad, so dass sie dort für sich blieb. Ihr damals modernes Radio mit der Leuchtskala lief fast immer, und manchmal, wenn ich an ihrer Tür vorbeiging, hörte ich auch das Rattern der »Singer«-Nähmaschine, die ein Gast ihr beschafft hatte, angeblich kostenlos. Sie besaß stapelweise Modemagazine aus der Zeit vor dem Krieg, aber auch neue dänische, und schneiderte sich, Zigarette im Mundwinkel, fast all ihre Hosen, Röcke und Unterröcke selbst. An der Wand über ihrem Bett hingen kompliziert aussehende Schnittmuster aus Seidenpapier in mehreren Lagen, ihre Blusen oder taillierten Kostüme waren jedoch eher schlicht, ohne die extravaganten Details der Vorbilder. Die hätten mehr Geduld erfordert, als sie besaß.

Durch die dünnen Rabitz-Wände hörte man freilich nicht nur das Radio oder das Schwungrad der »Singer«. Es war kurz nach der Währungsreform, kaum jemand hatte genug Geld, um sich leisten zu können, woran es Elisabeth nie fehlte: Stoffe, Zigaretten, Bohnenkaffee, Parfüms, Seifen, Nagellack und Lederschuhe. Dabei verdiente sie mit Sicherheit nicht viel bei meiner knauserigen

Mutter; ich selbst kriegte kaum Taschengeld. Dennoch konnte ich mir lange Zeit nicht vorstellen, dass ihr kleiner Wohlstand irgendetwas mit den Stimmen oder dem Lachen von Männern in ihrer Mansarde, dem Klingen von Flaschen und Gläsern, dem rhythmischen Quietschen des alten Bettes und dem tiefen Schnarchen bis in den Morgen zu tun hatte.

Keinen ihrer Besucher bekamen wir je zu Gesicht, Elisabeth sorgte stets dafür, dass er das Haus verließ, bevor sie den Wäschekorb voller Brötchen hereingetragen und die große »Ritter«-Kaffeemaschine angestellt hatte, um kurz vor halb sieben. Und wenn meine Mutter und ich dann zum Frühstück im Gastraum erschienen, sah sie vielleicht fahler aus als sonst und wirkte etwas zittrig. Stets aber war sie gut frisiert und froh gelaunt und erledigte alles wie immer »flott«; sogar die Nägel hatte sie sich frisch lackiert. Dennoch schien meine Mutter manchmal etwas an ihr zu riechen, ein billiges Rasierwasser womöglich, eine fette Brillantine, und blickte mich naserümpfend an.

Sie mochte Elisabeth, zeigte es aber selten. Seit Kriegsende, seit dem Tod meines Vaters und dem Verschwinden meiner Schwester Billie, die immer noch vom Roten Kreuz gesucht wurde, kränkelte sie mehr als sonst und hatte oft so starkes Rheuma, dass sie nur schlurfend gehen konnte. Sie mied den Tresenbereich, arbeitete lieber bei den Frauen in der Küche oder machte die Buchhaltung und war froh darüber, dass Elisabeth sich um das »Frischbiergeschäft« kümmerte. Denn die konnte umgehen mit den Gästen, den nüchternen wie den betrunkenen, und es war nach so einer Nacht der Geräusche

gewesen, als meine Mutter sich ein vorgeschnittenes Brötchen aus dem Korb nahm und schmunzelnd sagte: »Na, kleine Katze, schön entspannt? Hast ja wieder herzzerreißend miaut …«
Da hob Elisabeth die aufgemalten Brauen und blies scheinbar empört die Backen auf. Doch lächelte sie mit den Augen. »Was hab ich? Aber gar nicht!«, sagte sie, und einmal mehr fiel mir auf, dass sie ihre Stimme stets etwas mädchenhafter und defensiver klingen ließ, sobald sie mit Menschen sprach, denen sie Autorität zumaß. Sie stellte die warme Milch auf den Tisch und sah mich kurz einmal aus den Lidwinkeln an. »Worauf Sie auch immer kommen, Frau Norff. Meinen Sie, für so was habe ich Zeit bei der vielen Arbeit? Die Nähmaschine quietscht, das olle Pedal. Das müsste ich mal ölen lassen.«
Meine Mutter nickte. »Ja, das glaube ich gern«, sagte sie und öffnete ein Marmeladenglas. »Ölen lassen … Am besten von einem Mann, der sein Handwerk versteht und das richtige Werkzeug hat. Da kennst du sicher einige, oder? Wie findet denn dein Verlobter das?«
»Der Walter? Wieso? Wie soll der das finden«, antwortete Elisabeth. »Er weiß doch nichts. Ich meine, ich tu ja nichts Unanständiges. Ich stehe den ganzen Tag hinterm Tresen und sorge dafür, dass die Gäste zufrieden sind. Schauen Sie mal, diese Waden; Krampfadern kriegt man davon.«
»Den ganzen Tag«, erwiderte meine Mutter, »natürlich. Aber nicht die ganze Nacht. Du bist doch katholisch, gehst in die Kirche: Was sagt denn dein Herrgott dazu? Gibt es nicht dieses Gebot mit der Unkeuschheit oder

dem Ehebruch? Das ist eine schwere Sünde, wenn ich nicht irre.«

»Aber nein, ich bin ja noch gar nicht verheiratet. Und außerdem kann man in den Beichtstuhl gehen, das ist immer eine Wohltat. Ganz unschuldig und rein fühlt man sich, wenn alles vom Herzen geredet ist, die ganze Gewissenslast, das sollten Sie mal probieren. Und zur Buße zwei ›Vaterunser‹, ein ›Gegrüßet seist du, Maria‹, und man kann wieder durchatmen.«

»Ach so?« Meine Mutter nippte an ihrem Kaffee. »Und was erzählst du denen, wenn du beichtest? Die ganzen Schweinereien?«

»Na, welche Schweinereien denn? ›Ich hab gelogen‹, sag ich, da ist ja alles drin. Und so genau muss man nicht sein, sonst stellt der Kaplan noch komische Fragen, hab ich auch schon erlebt. Die persönliche Reue, die ist wichtig. Und dann geht man zur heiligen Kommunion, schluckt die dröge Hostie und befindet sich wieder auf dem rechten Weg.«

Meine Mutter nickte. »Und wo der hinführt, kann ich mir lebhaft vorstellen. Heute gibt's übrigens Königsberger Klopse mit Kapernsauce. Aber schreib das nicht an die Tafel, sonst sind die schneller weg, als wir kochen können.«

Ich wusste nicht viel über Elisabeths bisheriges Leben, und doch hatte ich manchmal das Gefühl, dass sie eine Leerstelle mit sich herumtrug, ein tiefinneres Vakuum, aus dem das Echo ihrer frohgemuten Schlagermusik wie ein fernes, kaum hörbares Wehklagen widerhallte.

Sowohl die Tage voller Unrast, die sie mit zahllosen Tassen Kaffee und bis zu fünfzig Zigaretten befeuerte, als auch die Nächte, die sie in Tanzbars oder im Bett mit immer anderen Männern verbrachte, sollten sie wahrscheinlich vergessen lassen, dass sie sich im Innersten ungeliebt fühlte. Dabei hatte sie den besten Freund, den man sich für sie denken konnte, ebenjenen Walter, den sie »meinen Verlobten« nannte, obwohl es nur ein vages Versprechen gab; für Ringe hatte er noch kein Geld.

Er war Melker auf einem Gut bei Missunde – »Altes Rittergut Lindstedt« hieß es auf einer Ansichtskarte – und blieb nie über Nacht, konnte nicht bleiben. Der Weg von der Schlei herunter war lang, und die vielen Kühe mussten um vier Uhr morgens und um sechzehn Uhr gemolken werden, ausnahmslos. Wenn sich keine Vertretung fand, hatten er und sein Gehilfe nicht einen freien Tag im Jahr, nicht einmal an Weihnachten oder Silvester, und so holte er Elisabeth am Freitagabend in dem kleinen Lieferwagen des Gutsbesitzers ab und brachte sie am Sonntag nach dem Spätmelken wieder zurück. Oft blieb er dann noch bis kurz vor Sonnenaufgang am nächsten Morgen, und manchmal wurde ich wach, wenn er unten im Hof den Motor des dreirädrigen Tempo Hanseat anwarf; nur noch Rasenmäher klingen heute so. Sah er mich dann an meinem Fenster stehen, winkte er mir zu. Doch trug ich statt des Pyjamas bloß Unterwäsche, weil es so warm war unter dem Dach, ignorierte er mich auch.

Früh schon bemerkte ich an mir einen Hang zu älteren Männern. Dass sich nicht nur in den Erfahrungen, den

Gedanken und der Sprache eines Menschen, sondern auch im Körper und in der Stimme gelebtes Leben kundtut, wirkte immer erotisch anziehend auf mich, und in Walter, dem ich zum ersten Mal als Kind in Bovenau begegnet war, hatte ich mich augenblicklich verliebt, hoffnungslos natürlich.

Ich war elf oder zwölf Jahre alt, und er, soeben Geselle geworden und noch nicht zum Heer eingezogen, traf sich damals schon mit Elisabeth. Wie alle Melker in dem sogenannten kriegswichtigen Betrieb war er sehr muskulös. Er hatte starke dunkelblonde Haare, stets penibel zurückgekämmt, und grüne Augen, die im Schatten braun wirkten. Die markanten Jochbeine ließen seine Wangen auf eine elegante Weise hohl aussehen, es gab den Hauch einer Mulde an seinem Kinn, und der Mund mit dem Pigmentfleck über einem Winkel hatte einen nahezu weiblichen Schwung. Auch deswegen war man zunächst verblüfft, wenn man seine dunkle, samtig-sonore Stimme hörte. Ungeachtet seiner Jugend klang darin viel Erfahrung mit und eine Einsicht, die über den Alltagskram hinausging – so wie manche Frauen den sprichwörtlichen Mutterwitz haben, Witz im Sinn von Weisheit, obwohl sie kinderlos sind.

Die ernste Ruhe, die er ausstrahlte, gab ihm eine fraglose Autorität, und die war wohl auch nötig bei der Arbeit mit den Tieren. Keiner der behäbigen Bullen, tonnenschwer, lässt sich ungeduldig am Nasenring ziehen, die Kühe verhalten die Milch, sobald man sie schneller melken will, als ein Kalb trinkt, und Hühner erzeugen Federstürme, tritt man hektisch an ihre Gelege. Nie sprach er viel, er hörte lieber zu, und ich hatte den Eindruck,

dass er stets nach wenigen Worten ahnte, was man ihm sagen wollte. Jedenfalls nickte er oft, ehe man den Satz beendet hatte, ein stummes »Ich versteh schon!«, wobei er einem aufmerksam in die Augen sah.
Auch der Krieg, zu dem er noch kurz vor dem Ende eingezogen worden war, hatte ihm nicht viel angetan, wie es schien. In Bayern war er ohne eine Verwundung in amerikanische Gefangenschaft geraten und wurde in dem ehemaligen KZ in Dachau interniert – wo es allerdings wochenlang ausschließlich Dosen-Ananas zu essen gab, was ihm für Jahre den Magen verätzte. Nach seiner Entlassung im Spätsommer 1945 konnte er zwar nicht wieder in seinen Lehrbetrieb zurück – die Besatzer hatten die Kühe meines Schwagers wegen seiner SS-Mitgliedschaft requiriert und nach England verschifft –, doch fand er rasch eine Anstellung auf jenem »Rittergut« an der Schlei. Dort schien er sich wieder wohlzufühlen, und seine ruhige Stimme, sein kluger Blick und sein melancholisches Lächeln bezauberten mich wie vor dem Krieg.
Während ich für die Penne lernte, oft zusammen mit meiner Freundin Birte, die mir bei der Physik oder den Periodischen Dezimalzahlen half, und er an dem Tisch neben der Standuhr auf Elisabeths Feierabend wartete, musterte ich ihn manchmal verstohlen in dem schrägen Spiegel über dem Tresen. Im Gegensatz zu ihr war er groß, stattlich und so schön, dass nicht nur die Frauen im Raum aufsahen, sobald er das Lokal betrat. Auch der eine oder andere Mann – meistens einer von denen, die Mama »die Halbseidenen« nannte – ließ den Blick über den Glasrand flitzen oder bekam das angerissene

Zündholz nicht an die Zigarre. »Der hat Kraft«, zischte Birte einmal und kniff mir unter dem Tisch in die Hüfte. »Überall!«

Aber er selbst – seine Beklommenheit oder gar Scham in solchen Augenblicken machte es deutlich – war sich dieser Schönheit nicht bewusst; oder er wollte nichts von ihr wissen, weil sie kaum zu seiner herben, in der Hitlerzeit ausgebildeten Vorstellung von Männlichkeit passte. Und falls sie ihm einmal aufgefallen sein mochte, war er zu rechtschaffen, um sie für sich zu nutzen und einen Vorteil daraus zu ziehen. Er bestellte einen Kaffee oder ein kleines Bier und beugte sich über seine Zeitung, oder er las in einem mitgebrachten Fachbuch, denn neben der Arbeit auf dem Gut besuchte er einmal in der Woche die Meisterschule in Malente.

Elisabeth war mir eine Freundin, manchmal fast eine Schwester, sicher. In vielem bewunderte ich sie sogar, und darum klingt es vielleicht doppelt hart, wenn ich sage, dass ich nie verstanden habe, warum ein Mann wie Walter, dessen Anständigkeit, Gutmütigkeit und Empathie ihn wie eine zweite Luft umgaben, mit ihr zusammen sein konnte. Ich hatte zwar viel gelesen, Bücher waren meine Leidenschaft von Kindheit an, aber natürlich fehlte es mir an Lebenserfahrung. Dennoch: In meinen Augen – deren Sehschärfe durch Schwärmerei und wohl auch Neid getrübt sein mochte – passten sie schon äußerlich nicht zueinander, und an eine besinnungslose Liebe konnte ich von Anfang an nicht glauben.

Elisabeth war ein Landarbeiterkind, das nichts mehr hasste als den Dreck und die stupide Arbeit auf den Kartoffeläckern, das Gebrüll der Tiere und den Geruch von

Diesel, Mist und Blut. Seit ihrer Jugend in dem Straßendorf bei Danzig, seit der ersten Lektüre der Romane aus der fahrbaren Leihbücherei sehnte sie sich nach einem Leben in der Stadt, nach so etwas wie Komfort und Klasse oder was sie dafür hielt, und darin lag schon der Kern der Enttäuschung, ja des Dramas, auf das die beiden hinlebten. Denn Walter, obwohl ursprünglich aus dem Ruhrgebiet, wollte nirgendwo anders sein als auf einem abgelegenen Gehöft auf dem Land. Trotz der miserablen Bezahlung liebte er die Arbeit im Stall und auf den Weiden, zu der natürlich Schwielen und Dreck gehörten, aber auch das Leben in einem natürlichen Rhythmus und das Aufatmen unter freiem Himmel.

Vielleicht war das der Grund, warum das Paar nach mittlerweile fünf oder sechs Jahren »Verlobungszeit« immer noch nicht heiratete. Dabei gefiel es Elisabeth sichtlich, zu Beginn des Wochenendes von ihm nach Missunde geholt und am Sonntagabend wieder zurückgebracht zu werden, nicht nur, weil sie sich dort ein paar Mark hinzuverdienen konnte, indem sie den Gutsleuten das Herrenhaus putzte. Der Satz »Mein Verlobter kommt gleich!« gab ihrem Wesen genau die Beständigkeit und Seriosität, die sie in ihrem Alltag vertändelte, und wenn sie Arm in Arm mit Walter das Lokal verließ, um vor ihrer Abfahrt noch irgendwo etwas einzukaufen oder ein Eis zu essen, glaubte ich einen leisen Besitzerstolz und den reinen und feierlichen Willen zur Zukunft in ihrer Miene zu sehen.

An einem dieser Tage luden die beiden mich zu einem Spaziergang über den Rummel an der Förde ein. Es war der Abschluss der Kieler Wochen, damals noch ohne Windjammerparade, aber natürlich konnte man viele großer Segler samt Besatzung bestaunen, und erfreut klappte ich meine Hefte und Schulbücher zu. Ich band mir die Haare mit einem bunten Tuch zusammen und zog eines von den Sommerkleidern meiner Schwester an, ein geblümtes mit schmalem Gürtel; auch Billies dunkelblaue Pumps passten inzwischen und schlappten mir nicht mehr von den Fersen. Der alte Schminkstift meiner Mutter, in Fettpapier gewickelt, zerbröselte allerdings schon beim Hervorholen, und so tupfte ich mir mit der Fingerspitze etwas Paprikapulver auf und leckte es nach einer Minute ab. Das leise Brennen, das blieb, rötete die Lippen auch.

Aber kaum war ich fertig und hüpfte die Treppe hinunter, bog ein Lastwagen auf den Hof, eine große Schnapslieferung, die Elisabeth abrechnen und einsortieren musste, was gewöhnlich eine Stunde dauerte. Ich bot ihr meine Hilfe an, doch sie schüttelte den Kopf. »Das erledige ich schneller selbst. Geht schon mal vor, ich treffe euch am Riesenrad«, sagte sie und drohte mir mit dem Finger: »Und mach meinem Kerl gefälligst keine Augen, verstanden! Sonst zeig ich dir mal, wie gemein ich sein kann ...«

Walter schien das nicht gehört zu haben. Stumm zunächst und leicht verlegen, gingen wir nebeneinander zum Hafen. Die Straße war leer, und in dem Abstand zwischen uns hätte Elisabeth zweimal Platz gehabt. Neu gepflanzte Akazien raschelten im Wind, der von der Förde kam, der Duft der Blüten war mehr als süß. Walter trug ein weißes Hemd, die Ärmel bis zu den Schultern aufgerollt, so dass man die Oberarme sah, und sein Haar glänzte leicht von einer Frisiercreme – in Wahrheit Melkfett, wie er mir später einmal verriet. Seine Hände waren groß, die Rücken stark geädert, und auf den Fingernägeln gab es hier und da schwärzliche Flecken.

»Wie viele Kühe hast du im Moment?«, fragte ich, nur um etwas zu sagen; ich wusste es ja annähernd von Elisabeth, aber das Schweigen beklemmte mich ähnlich wie der Blütenduft. Und als er mich korrigierte und sagte, dass er keine Kühe »habe«, sondern nur ihr Melker sei, und mir die Zahl nannte, tat ich erstaunt und rief: »Dreißig Stück mit den dazugehörigen Kälbern? Und die versorgst du jeden Tag zweimal? Wie schafft man das?«

Er runzelte kurz die Brauen, als hätte er sich die Frage selbst noch nie gestellt. »Na, genau genommen versorgen die uns«, sagte er. »Und das schafft man schon. Es ist halt Arbeit.«

Und dann schwiegen wir wieder und gingen durch den Schlosspark, wo immer noch die Unterkünfte für die Ausgebombten und Geflüchteten standen, diese halbrunden Nissenhütten aus Wellblech. Er zog ein Päckchen »Chesterfield« aus der Tasche und versuchte, sich eine Zigarette anzuzünden, aber der starke Wind, der die Wolken aufs Meer trieb, blies wiederholt das Flämmchen aus. Erst als ich näher trat und meine Hände zusätzlich darumlegte, gelang es, und einmal mehr fiel mir auf, dass sich doch etwas verändert hatte an ihm seit dem Krieg: Wann immer er nach etwas Zarterem griff, nach einem Hemdknopf, einem Geldschein oder eben einem Streichholz, zitterten seine Finger.

Von weitem war Blechmusik zu hören, die bunte Krone des Kettenkarussells drehte sich über den Ruinen, und er nickte mir zu, ein stummer Dank. »Ich hab ja noch einen Gehilfen«, fuhr er fort, »den ollen Dürling, über siebzig. Aber der hört jetzt auf, der ist kaputt. Und dann wird's eng.«

»Wieso«, fragte ich, »stellt man denn keinen neuen ein?«

Der Rauch wurde ihm von den Nasenlöchern weggerissen, und er schüttelte den Kopf. »Nicht in dieser Zeit. Viele Gutsbesitzer rüsten jetzt auf Maschinen um, das ist die Zukunft. Da kann man sich doppelt so viele Kühe halten, ohne dass man mehr Leute braucht. Und die anderen beschäftigen nur noch Melker-Ehepaare; die kriegen einen Lohn plus Deputat und sind damit billiger als ein zusätzlicher Knecht.«

»Ja, das passt doch«, erwiderte ich. »Dann nimmst du eben die Elisabeth mit! Wolltet ihr nicht sowieso heiraten?«

Er lächelte vage. »Die Kraft dazu hätte sie, obwohl sie so lütt ist, das stimmt. Ich beknie sie ja schon eine Weile, und mal sagt sie ja, mal nein. Aber eigentlich will sie schöne Kleider und Stöckelschuhe tragen, keine Gummistiefel. Und die Unterkunft gefällt ihr auch nicht besonders ...«

Einer Postkarte nach, einem Luftbild der Gutsanlage, das sie mir mal gezeigt hatte, war Walters Melkerhäuschen am Rand der großen Weide kaum mehr als eine gemauerte, mit leeren Spalieren und einem Pultdach versehene Laube, in der es eine Wohnküche mit Sofa, ein Schlafzimmer und eine Speisekammer gab. Gekocht und geheizt wurde mit dem Holz aus den gutseigenen Buchenwäldern, und das Wasser musste man sich von der Pumpe im Garten holen, in dem auch das Erd- oder Plumpsklo stand, ein schiefer, mit Wellblech gedeckter Verschlag ... Bescheidener ging's selbst in jenen Jahren kaum, aber das alles wäre für mich kein Grund gewesen, nicht zu so einem Mann zu ziehen.

Er hob das Kinn, blickte zum Hafen; in der Sonne waren seine Augen wassergrün. Erste Schiffe wurden sichtbar, ein Dreimastschoner und ein paar Jollen mit Sprietsegel, und ich weiß nicht, woher der Übermut kam, als ich sagte: »Na, oder du nimmst *mich* mit. Bald mache ich Abitur, und dann würde ich gern mal eine Zeitlang auf dem Land leben, mit Hühnern und den süßen Kälbchen. Ich könnte auch für dich kochen ... Salat mach ich gut, Obstsalat besonders, und Milchreis mit Zimt oder Schattenmorellen.«

Ich lächelte ihn an; meine Lippen brannten. Das Durcheinander der verschiedenen Drehorgeln wurde lauter, ein britisches Kanonenboot fuhr in die Förde. »Die Liesel wäre schon ideal«, murmelte er, als hätte ich gar nichts gesagt. »Die hat das von Kind auf gelernt, schau dir die Hände an. Mit der könnte man den Bestand sogar vergrößern.«

Hinter der Schlossruine begannen die Buden und Schaustellergeschäfte, zwischen denen an diesem frühen Nachmittag nicht viel Betrieb war. Die meisten Menschen sahen wohl der Ausfahrt der Groß- und Traditionssegler in Laboe zu, ein Spektakel jedes Jahr, und die Kassierer der Karusselle und die mehlbestäubten Angestellten der Geisterbahn lehnten rauchend an den Gerüsten. In einem Pavillon mit einer großen Teekanne auf dem Dach wurde Operettenmusik gespielt, zu der aber nur einige Frauen tanzten. Hier und da sah man einen Trauerflor an der Bluse.

Walter, der etwas essen wollte, bog in die Gasse mit den Fischbuden ein, und ich steckte zwei Finger in den Mund und pfiff ein paar Jungen aus meiner Klasse nach. Sie trugen toupierte Tollen, Schuhe mit dicken Kreppsohlen, enge Röhrenhosen und fast knielange, mit Samtkragen versehene Sakkos. Aber natürlich beachteten sie mich nicht. »Teddy Boys«, sagte ich zu Walter, dessen reiner und natürlicher Eros sie lächerlich aussehen ließ in ihrer Kostümierung. »Die neueste englische Mode. – Da vorn gibt's übrigens Berliner Weiße, die wollte ich immer schon mal probieren!«

Er zückte ein Portemonnaie aus lappigem Leder, und während er ein Brötchen mit Räucheraal aß, nippte ich an dem grünen Bier, das entfernt nach Waldmeister schmeckte. Das Süße darin war im Grunde bitter, aber der leichte Schwindel, den ich schon nach wenigen Schlucken spürte – ich trank gewöhnlich keinen Alkohol –, ließ mich kess werden. Beschwingt von einer Hoffnung, die ich mir selbst nicht eingestehen wollte, weil sie eigentlich absurd war, hakte ich mich bei ihm ein und sagte: »Wolltest du mir nicht eine Rose schießen?«

Er stutzte nicht einmal. Kopfschüttelnd wischte er sich Mund und Hände mit seinem Taschentuch ab, einem gebügelten weißen, und trank den Rest von meinem Bier, ehe wir in die Gasse mit den Schießbuden gingen. Die

hatten Konjunktur nach dem Krieg, auf jedem Rummel gab es mehrere, vor denen zielende und schießende Männer standen – auch hier nicht selten auf Krücken oder sonst wie versehrt –, während die Frauen hinter ihnen auf die gefärbten Federn oder goldumwickelten Schokoladenherzen zeigten, obwohl sie schon Sträuße von dem Tinnef in den Händen hielten.
Walter trat an einen Stand, der »Jägerhütte« hieß und an dem es einem Schild zufolge »Nur Einzellader« gab, sichtlich alte Gewehre. Viele Kolben hatten eine abgescheuerte Lasur oder waren mit Spachtelmasse ausgebessert, Mechanik und Läufe glänzten aber frisch geölt, und der Schausteller, der einen kleinen Hut mit Gamsbart trug und wie alle Männer in dem Gewerbe ein hartes Gesicht mit herabhängenden Mundwinkeln hatte, lud ihm eine Waffe. Ich wusste ja, dass es sich um ein mehr oder weniger harmloses Luftgewehr handelte, doch als Walter sich vorbeugte, die Wange an das verwitterte Holz schmiegte und ein Auge zukniff, war das plötzlich ein Bild aus einer anderen Zeit.
Mit einem hellen, fast gläsernen Laut zersprangen die Gipsröhrchen unter den Tröten und Plüschtieren der benachbarten Buden, was ein Echo in dem Jubel der Frauen fand. Traf die kleine Kupferkugel auf die Wand hinter den Trophäen und fiel in die Rinne darunter, klang das allerdings wie ein verächtliches Schnalzen. So auch nach Walters Schuss auf eine der Rosen, nichts als ein paar Seidenblätter an einem grün umwickelten Draht, und verlegen grinsend legte er eine weitere Münze auf den Filz, mit dem der Budentisch bespannt war.
Der Schausteller lud ihm ein anderes Gewehr, und ich

schüttelte den Kopf. »Du hättest nichts von meinem Bier trinken sollen«, sagte ich. »Schau dich um: Alle Frauen haben was Hübsches in den Händen, nur ich muss nackt dastehen.« Ich war wirklich beschwipst, und er seufzte leise, zielte länger und drückte ab: Wieder traf er das Gipsröhrchen nicht und sah kurz einmal den Schausteller an, der mit einem Fernglas auf das Wasser blickte, auf den kreuzenden Zerstörer dort. Matrosen standen an der Reling stramm.

Schließlich verlangte Walter ein drittes Gewehr, wobei er auf ein offenbar neues mit dem eingeprägten Namen »Weihrauch« zeigte, und nachdem er wieder geschossen und nicht getroffen hatte, zog er die Brauen zusammen und legte, nein, warf es zu den anderen auf den grauen Filz. »Ich hab mir schon beim ersten so was gedacht«, sagte er. »Das geht hier nicht anständig zu. Entweder sind die Läufe verzogen, oder Sie haben an Kimme und Korn gefeilt.« Er machte eine fordernde Fingerbewegung. »Ich hätte gern mein Geld zurück.«

Der Mann legte sein Fernglas unter den Tresen. »He, he, Freundchen, nicht übermütig werden!«, sagte er knarrend, und ein Windstoß fächerte den Gamsbart an seinem Hut auf. »Wenn du einen Knick in der Optik hast und zu blöd bist zum Schießen, ist das nicht mein Problem, klar? Bei mir geht alles mit rechten Dingen zu, wär' ja noch schöner. Und hier vor allen Leuten freche Lügen zu behaupten ist geschäftsschädigend, das kann 'ne Stange Geld kosten. Also troll dich, sonst ruf ich den Peterwagen!«

Die Augen groß, als könnte er den Ton des Mannes nicht glauben, trat Walter einen Schritt zurück und stemmte die Fäuste an die Hüften. Es gab eine winzige, aus wenigen Punkten bestehende Tätowierung an seinem linken Oberarm, ein Buchstabe oder eine Zahl, und ich erinnerte mich dunkel, dass sie im Krieg ein Zeichen irgendwelcher Truppenteile oder Waffengattungen gewesen war; aber das Militärische hatte mich nie interessiert. »Die Läufe kommen von der Drehbank«, beharrte er. »Ich hab noch nie danebengeschossen, nicht einmal in der Grundausbildung! Die Rastvisiere sind nicht auf Achse, und die Zugfedern haben zu wenig Spannung. Also holen Sie ruhig die Polizei.«

Angelockt von den Mienen der Männer und der Aussicht auf etwas, das herber schmeckte als die Zuckerwatte und die Paradiesäpfel, nach denen die Luft roch, hatten sich zwei Nonnen und die Teddy Boys mit ihren aufgemalten Koteletten zu uns gestellt, und ob es die Angst vor negativer Reklame war oder ob Walters tätowierter Bizeps ihn beeindruckte: Plötzlich zog der Schausteller die Lippen nach innen, schloss einmal kurz die Augen und nickte. »An meinen Gewehren hat keiner gedreht, ich lass mir hier nichts anhängen«, sagte er. »Sie sind alt, aber einwandfrei; ich mach das Geschäft seit 45 ohne Reklamationen. Von der Gewerbeaufsicht kommen sie einmal im Jahr und haben noch nie was gefunden.«

Die Blumen in den Gipsröhrchen hinter ihm wackelten im Wind, und nach einem raschen Blick auf die Umstehenden beugte er sich vor und sagte gedämpfter: »Aber hör zu, vielleicht sind die neuen Kupferkugeln etwas leichter, eine andere Legierung, nicht wahr. Dazu dieser scharfe Nord-Ost, der drückt einem schon mal den Lauf aus der Richtung, ohne dass man es merkt ... Kennt man ja aus dem Feld. Was wolltest du deinem Herzblatt denn schießen, Kamerad?«

Walter schluckte trocken, senkte den Blick. »Na, eine Rose«, antwortete er und rieb sich den Nacken, als genierte er sich dafür, hinter die Machenschaften des Schaustellers gekommen zu sein – was den langsam das Kinn heben ließ. Ein Gauner wird letztlich nie verstehen, dass man Scham empfindet, wenn man seine Gaunerei erkennt; er wird es als Schwäche deuten, und grinsend langte er unter den Ladentisch und sagte: »Na gut, ich will mal nicht so sein.«

Schon wieder auf die Förde blickend, hielt er Walter zwei Rosen hin, ein gönnerhaftes »Verschwinde!« – aber es war Elisabeth, die sie entgegennahm. Denn die stand plötzlich zwischen uns in einem grauen Chiffonkleid und einer Duftwolke frischen Parfüms, mit neuem Schmuck an den Ohren. An Münzen aus mattiertem Gold, nicht größer als meine kleinen Fingernägel, hingen tropfenförmige, bei jeder Bewegung leicht pendelnde Perlen, und ihr Glanz, das Irisieren ließ sie je nach Licht rosa, hauchblau oder silberweiß aussehen, manchmal alles in einem Augenblick.

Ich hatte sie noch nie an ihr bemerkt, und auch Walter schien sich zu wundern über ihre Schönheit und offensichtliche Kostbarkeit; obwohl er lächelte, zuckte eine Falte zwischen seinen Brauen. Aber Elisabeth schlang ihm einen Arm um die Hüfte, schmiegte die Wange an seine Schulter und sagte: »Hast du mir etwa Rosen geschossen? Ich glaub es nicht! Dann war der olle Krieg ja doch zu was gut.«

Ein Schloss, es sah wirklich aus wie ein Schloss! Es gab Säulen vor dem Eingang und ein Wappen über der Flügeltür, drei springende Hirsche. Die Rundbogenfenster hatten grüne Läden und Kronen aus Stuck, und die Schatten der großen Flocken, die durch die Scheinwerferstrahlen des Wagens fielen, glitten schräg über die Fassade. Kein Licht im Innern, und doch konnte man Spiegel zwischen schön gerafften Vorhängen erkennen, große Schränke und Leuchter mit Armen wie Geweihe. Der Fahrer stellte den Motor aus und sagte: »Haben wir's dir nicht versprochen?« Er zwinkerte ihr zu. »Hier wirst du deinen Traumprinzen finden.«

In dem Moment barst das Seitenfenster, und die Kugeln, die durch seinen Hals und seine Schläfe gingen, zerfetzten den Himmel des Führerhauses. Auch die Frontscheibe splitterte; der Mann mit der Armprothese sank stumm über sie, und der Behelmte draußen stürzte der Länge nach in den Schnee. Aus den Dachgauben des Schlosses zuckte Mündungsfeuer, und trotz der stanzenden Geräusche der Maschinenpistolen, der platzenden Reifen und der Schreie auf der Ladefläche konnte sie ihren Namen hören, das Rufen der Mutter.

Sie wand sich unter dem Getroffenen hervor, der noch atmete, ein gurgelnder Laut, sprang in den Schnee und lief um den Wagen herum, wo mehrere Frauen und Kinder lagen, reglos oder zuckend in ihrem Blut. Aus der Scheune und den offenen Ställen am Hofrand fiel Licht, und zwei russische Soldaten, der eine mit einer Fliegerkappe, der andere mit einer schief sitzenden Fellmütze auf dem Kopf, zerrten an ihrer Mutter, die auf dem Boden kniete. »Uri! Uri!«, schrien sie, »Dawai!«, doch kam sie nach dem Sprung von dem Laster nicht so schnell auf die Füße, wie die Männer es wollten; sie hatte sich vielleicht etwas verstaucht oder war sonst wie lädiert. Zudem zogen die beiden sie in verschiedene Richtungen, der eine fluchend, der andere dreckig lachend, wobei sie die Watte aus ihrer Steppjacke rissen.

»Ja, ist ja gut!«, sagte sie, während andere Frauen schon zwischen die Kühe auf das Stroh gestoßen wurden. Das Kopftuch war ihr ins Genick gerutscht, die Haare schienen über Nacht noch einmal grauer geworden zu sein, und eine Brust hing schlaff aus dem Hemd, dem alten Flanellhemd von Onkel Emil. Weder Angst noch Entsetzen war in ihren Augen, während sie auf die Füße kam, eher ein resigniertes Verständnis, als wäre das Folgende eine jener ungeliebten Arbeiten, die nun mal erledigt werden mussten, auch im Krieg, da half kein Klagen. »Lauf ins Dunkle!«, sagte sie über die Schulter zu ihrer Tochter in demselben müden Ton, in dem sie sommers das Hereinholen der Wäsche verlangte. »Lauf!«

Ein Soldat in Reithosen kam um den Wagen herum und stutzte. Er hatte sich die Offiziersmütze mit dem roten Stern hoch in die Haarstoppeln geschoben, und seine kupferfarbene Gesichtshaut glänzte. Offensichtlich betrunken, riss er die schmalen Augen auf und schrie sie an, ohne dass sie etwas verstand; die Pistole in seiner Hand rauchte noch, und sie drehte sich um, floh in das kahle Gestrüpp am Rand des Schlosshofes, in dem ihre Wollmütze hängen blieb, und rutschte in eine Senke, einen Löschteich vielleicht. Das Eis am Ufer brach, faulig riechendes Wasser drang in die Gummistiefel und durchnässte ihre Trainingshose, während sie geduckt im Dunkeln wartete, bis die Stimmen über ihr verstummt und die Silhouetten hinter den Zweigen verschwunden waren.

Schließlich kroch sie auf allen vieren zu dem Holzweg hinauf, rannte so lange über einen Acker, bis sie vor Seitenstichen erlahmte, und ließ sich keuchend in den Schnee hinter einer Rübenmiete fallen. Es wurde nicht mehr geschossen oder geschrien, der Lichtschein um das Schloss herum war schwächer geworden, und nach einer Weile beruhigte sich ihr Atem, und sie nahm die Kälte wieder wahr. Die Zehen in den nassen Strümpfen bewegend, hauchte sie sich in die Hände, während sie überlegte, in welcher Richtung Westen sein könnte. Denn dorthin, wo möglicherweise schon Engländer oder Amerikaner waren, musste sie fliehen, das hatte ihr Onkel Emil kurz vor dem Iljuschin-Angriff gesagt; und dann war er von dem Stalldach, den alten Balken, erschlagen worden.

Kein Laut in der Nacht, auch kein entfernter Geschützlärm, an dem sie sich orientieren konnte. Soweit sie sah, verschneites Ackerland, von braunen Panzerspuren durchfurcht, und manchmal, wenn sie die fiebrig heißen Lider schloss, war das Fallen der größeren Schneeflocken in ihrer Nähe zu hören, ein unendlich zartes Geräusch, wie es entsteht, wenn jemand mit feuchten Fingerkuppen auf die Tischplatte klopft.

Doch als wäre diese Stille lediglich ein Raum für den Unglauben derer gewesen, die den Soldaten in den Ställen ausgeliefert waren, ein Atemholen des Entsetzens, zerriss im nächsten Moment ein langgezogener Laut die Nacht. Es war ein Gellen, das man erst nach zwei, drei hämmernden Herzschlägen als Menschenlaut wahrnahm, als tief aus der Not und dem Schmerz hervorgestoßenen Schrei einer Frau, der klang, als würde ihr das Innere im Leib umgedreht. Derart schrie man nur einmal im Leben, und vielleicht war der letzte Gedanke oder das letzte deutliche Gefühl dann die Verwunderung darüber, dass so ein Schrei überhaupt in einem war.

Sie sprang auf und lief weiter. Der Schnee knarzte unter ihren Sohlen, und der Schal vor dem Mund wurde nass von ihrem Atem und den Tränen. Die Wörter, die sie keuchend ausstieß, wieder und wieder den Beginn des »Vaterunsers«, waren längst kein Gebet mehr; einen Rhythmus gab sie sich damit, um nicht langsamer zu werden und aus dem Grauen und der Kälte herauszukommen, auch wenn sie das Gefühl hatte, immer tiefer hineinzulaufen. Zwar wurde der Mond von Wolken verhüllt, es war aber nicht wirklich dunkel auf den weißen Feldern, und als der Schneefall kurz einmal nachließ und hier und da ein Stern zu erkennen war, sah sie Rauch oder Dampf am Ende des Ackers und blieb stehen.

Ihr Puls pochte im Hals. Der Wind ließ die Fetzen der Plane flattern, die von einem zerschossenen Lastwagen hingen. Mit dem Kühler voran steckte er in einem Chausseegraben, und sie konnte nicht erkennen, ob es ein deutscher oder ein russischer war. Nirgendwo eine Möglichkeit, sich zu verstecken, aber ihre Brust und die Schultern waren weiß vor Schnee, so dass sie vielleicht nicht gesehen wurde. Sie zupfte sich den cremefarbenen Schal bis unter die Augen und schob die Hände in die Taschen ihres dünnen Mantels, und plötzlich schrak sie zusammen und zwang sich, reglos zu bleiben. Denn was sie für Dampf gehalten hatte, war der Atem von Schweinen, fünf oder sechs hochbeinigen Wildschweinen, die nun grunzend aus dem Graben kamen und vor ihr über den Acker flohen.

Auch sie lief weiter, stapfte lange über die Chaussee, die sich zwischen Kopfweiden in eine ihr unbekannte Richtung wand. Auf allen Flüssen trieben jetzt die Eisschollen nach Norden, dem Meer zu, aber wo war hier ein Fluss. Nirgends die Spur eines Menschen oder eines Gefährts, und vorsichtig ging sie auf einen schiefen, leise vom Wind durchpfiffenen Schuppen zu. Stroh lag darin, kaltes, aber offenbar trockenes und halbwegs sauberes Stroh; es war eine Viehstation für die Danziger Schlachter, wie die Bauern sie auch in ihrem Dorf gezimmert hatten, und sie schloss das halbhohe Tor, sank auf den Boden und raffte die Halme über sich, zwei Armvoll und mehr. Im Dunkeln ertastete sie hier und da eine Ähre und prüfte sorgsam, ob sich noch ein Korn darin befand. Aber alle waren ausgedroschen, und schließlich leckte sie sich etwas Schnee vom Revers, der nach einem Kupferpfennig schmeckte, und schlief ein.

Zweites Kapitel

LA LIBELLULA

Mir bedeutete das Abitur damals nicht allzu viel. Ich war eine mäßig gute Schülerin, lag lieber auf der Couch und las Gedichte oder Romane; Bibliothekarin konnte ich schließlich auch ohne Studium werden. Dann aber hörte ich, dass die Universität in der alten Waffenfabrik am Westring einen Studiengang »Bibliothekswissenschaften« einrichtete. Der sollte dem Wunsch der Alliierten zufolge zweisprachig stattfinden, also auch als »Library and Information Science«, und die Aussicht, vielleicht einmal in England oder Amerika arbeiten zu können, elektrisierte mich dann doch. Der Zeitung zufolge gab es nur wenige Plätze, ein gutes Abitur war nötig, und so setzte ich mich auf meine vier Buchstaben, wie mein Vater gesagt hätte, und lernte die letzten anderthalb Jahre bis zur Prüfung fast jeden Tag.

Wir hatten inzwischen eine neue Konzession bekommen: Die Arbeitslosigkeit nahm langsam ab, nicht nur Beamte verdienten wieder etwas Geld, und meine Mutter konnte bis zur Polizeistunde um Mitternacht Bier ausschenken, auch an den Wochenenden. Fast täglich bogen die Kutscher auf den Hof und ließen die schweren Fässer durch die Luke in den Keller fallen, auf das Lederkissen, und saß ich in meiner Mansarde über den Büchern, fühlte ich die Erschütterungen unter den Sohlen. Immer mehr Gäste drängten sich abends vor dem Tresen, und der Lärm nahm stündlich zu und schwoll noch an, wenn Elisabeth das Radio aufdrehte, weil irgendein Lieblingsschlager lief, »Winke, winke«. Sie durfte sich neuerdings Geschäftsführerin nennen und Service-Kräfte und Küchenhilfen einstellen, ein geschicktes Manöver ihrer Chefin, das dazu führte, dass sie klaglos alle Mehrarbeit in Kauf nahm, ohne deswegen besser bezahlt zu werden: »Die ist doch beliebt«, sagte meine Mutter einmal. »Die kriegt Trinkgeld genug.«

Elisabeth verwaltete die Wareneingänge, die Kasse und das Reservierungsbuch und trug nun immer eines ihrer eleganten Kostüme, meistens mit weißer Bluse, den Kragen überm Jackett. Dennoch war sie sich nie zu schade, den Büfettkräften und Kellnerinnen zu helfen – drei heiße Teller auf jedem Arm konnte sie durch den langen Saal balancieren und ein Dutzend Schnapsgläser mit einer Bewegung der Tülle füllen, ohne dass ein Tropfen danebenging. Ja, sie war beliebt, und schon bald ging man nicht mehr ins »Tirpitz«, wie unser Lokal hieß, sondern »zu Liesel«, der immer gutgelaunten, besonders wenn sie mit den Beamten und Angestellten des Ministeriums oder den geschniegelten Schwarzhändlern und ihren »Schatten« schäkerte. Die trugen Rasiermesser in den Schlipsen und prügelten sich auf dem Parkplatz, und wenn man sich über ihren Umgang wunderte, sagte sie meistens: »Na und? Ich komme mit jedem klar.«

»Das ist gut«, hatte meine Mutter zuletzt darauf geantwortet. »Genauso charakterlos muss man sein in der Gastronomie.«

Aber Elisabeth hatte das als Kompliment aufgefasst und

lächelnd den Rücken durchgedrückt. Nach wie vor hörte ich fremde Stimmen in ihrem Zimmer, das Knarren des alten Bettes, das Schnarchen am frühen Morgen, mahnendes Geflüster im Flur, und dass ihr »Verlobter«, dass Walter davon nichts ahnte, wollte mir immer unwahrscheinlicher vorkommen. Die Arbeit als Ausrede, fuhr sie nur noch selten zu ihm aufs Land, und wenn er an den Sonntagen, an denen das Lokal nach dem kurzen »Frühschoppen« am Tresen schloss, ein paar Stunden mit ihr verbrachte, auch in ihrem Zimmer, konnte ihm wohl kaum entgehen, dass die Kissen nicht immer nur nach ihr rochen oder in der Dusche fremde Haare klebten?

Aber ich hatte das Gefühl, dass er sich wegduckte unter seiner Ahnung und die Augen verschloss, nicht nur vor den Kostbarkeiten in ihren Schränken und unter dem Bett oder vor den Perlen an ihren Ohren. Er lebte ja die meiste Zeit allein auf dem Gut, in dem Häuschen mit dem verwitterten Rosenspalier, und wollte nicht noch einsamer sein, nehme ich an. Das Treffen mit ihr war ihm sichtlich ein Fest, und kamen sie nach einer Weile aus der Mansarde in den leeren Gastraum herunter, trank er zufrieden einen Kaffee oder eine Limonade in der Ecke neben dem Telefon und sah Elisabeth beim Reinigen der Bierleitungen zu, bis er wieder zurückmusste, zum Abendmelken.

Dabei sprachen sie nie viel, und eine Weile konnte ich nur schwer erkennen, ob das Schweigen der beiden die stumme Vertrautheit eines innigen Paares war oder ob es auf eine wachsende Entfremdung hinwies. An den stillen Sonntagnachmittagen in dem leeren Lokal jedenfalls, während er aus dem Fenster auf die Förde sah oder ein Kreuzworträtsel löste und sie bunte Spitzenränder um weiße Taschentücher häkelte, schwebte immer öfter auch etwas Ratloses und Trauriges um sie, ein Zaudern vor dem Künftigen vielleicht, und eines Abends, nachdem Walter davongefahren war, nahm ich mir ein Herz und fragte: »Wie lange wollt ihr eigentlich verlobt bleiben, ihr zwei? Liebt ihr euch denn noch?«

Es hatte am Vortag eine geschlossene Gesellschaft gegeben, ein Eisbein-Essen der Landwirtschaftskammer, die Kellnerinnen waren mit dem Aufräumen nicht nachgekommen, und müde fegte Elisabeth ein paar Scherben zusammen. »Ob wir was? Mein Gott, du stellst vielleicht Fragen! Was ihr immer mit eurer Liebe habt, wie im Kino. Als ob die nicht irgendwann verblassen würde. Sieben Kinder von vier Kerlen hat meine Mutter allein aufgezogen, und so was wird mir nicht passieren, das glaub mal.« Sie ließ die Splitter und Kippen vom Kehrblech in den Mülleimer rutschen. »Ich liebe meine Nähmaschine.«

Unter dem Arbeitslicht, den zusätzlich eingeschalteten Neonringen, sah ihre Gesichtshaut stumpf aus von dem dauernden Zigarettenrauch, beinahe grau, und ihre Hände waren voller feiner Schnitte von den Glas- und Flaschenkartons. »Oder meinst du etwa, dem Walter liegt viel an mir?«, fuhr sie fort. »Jetzt mal abgesehen von dem Schweinkram einmal die Woche? Dann würde er doch nach Kiel ziehen und sich hier eine Arbeit suchen, oder? Im Hafen brauchen sie immer Leute. Aber nein, mein Leben zählt nicht. Auf seinen verkackten Kuhhof soll ich kommen, weil die ein Melker-Ehepaar

wollen. Allein würde er nämlich bald die Stelle verlieren, darum geht's ihm. Ob ich versaure da, in der Jauche, ist ihm herzlich egal.«
Ich hatte bis dahin noch nie einen Freund gehabt und war sicher etwas einfältig. Doch auch wenn meine Vorstellung von Liebe aus Büchern kam: Dass es Verstehen, Vertrauen, Hingabe, Ekstase und Beständigkeit geben musste, bewies mir schon der Wunsch danach. Und ich mochte nicht glauben, dass das, was sie »Schweinkram« nannte, der einzige Grund war, aus dem es Walter zu Elisabeth zog. Das Wort Liebe hatte man ihm womöglich ausgetrieben im Krieg, nicht aber den Atem für das Wort.

Was mich und meine Lebenserfahrung betraf, so blieb die damals weit hinter meiner Erfahrung als Leserin zurück. Alles in meinem Innern war sehr kompliziert, also sehr oberflächlich, und wäre als Text einer von denen gewesen, in denen der Autor Kunsthandwerk mit Kunst verwechselt und eine unsinnliche, kantige, verwinkelte Syntax schreibt, die quälend viel Aufmerksamkeit okkupiert, um den Leser am Ende ins Leere laufen zu lassen oder ihn zu enttäuschen mit schwächlichen Schlüssen oder schalen Pointen. – Aber ein Dorn, der sich erst später zu einem albernen Symbol auswachsen sollte, der winzige Dorn einer Hundsrose in meiner Haut, fügte sich schließlich wie ein Komma zwischen zwei Lebensabschnitte, und das ließ mich die Welt mit anderen Augen sehen.
Von meiner Haarfarbe und dem hellen Teint mit den

Sommersprossen abgesehen unterschied ich mich kaum von den Mädchen gleichen Alters, und das wollte ich auch nicht. Ich war eine schüchterne Siebzehnjährige und wünschte mir einfach nur, ein wenig erwachsener und selbstsicherer zu sein. So ging es wohl den meisten in meiner Klasse, und doch war etwas anders mit mir: Ich verstand nicht, warum die Jungen mit dem ersten Flaum am Kinn, die sanften wie die rohen, mit anderen Mädchen herumblödelten, ihnen Krampen ins Haar schossen oder zerdrückte Hagebutten in den Kragen steckten – Juckpulver, wie sie es nannten – und in meiner Gegenwart plötzlich ernst und einsilbig wurden. Keiner aus meiner Schule pfiff mir je einmal nach, und kam einer in die Tram, in der ich schon saß, ging er garantiert an dem leeren Platz neben mir vorbei, oft sogar grußlos, und dann roch ich verstohlen an meinen Achseln oder hauchte mir in die hohle Hand.
Beim Baden in der Förde, während die anderen in den Wellen kreischten oder im Gestrüpp verschwanden, stelzte ich mit meinen kalkweißen Beinen allein zwischen den Ufersteinen herum wie jemand, der Krebse sucht. Die Haare unter dem Kinn zusammenhaltend, bemühte ich mich zu erkennen, was die anderen unter der Wasseroberfläche machten, oder lauschte angestrengt in die überwucherten Bombenkrater hinunter in der Hoffnung, dass mir Liebeslaute den Atem nehmen würden wie einmal schon. Auch zum Plaudern auf Partys war ich nicht geboren, das stimmte; auf Geburtstagen oder Silvesterfeiern hielt ich mich an meinem Bowleglas fest und tat so, als interessierte mich der Inhalt der Bücherregale oder die Bilder an den Wänden. Und dabei hoffte

ich innig, jemand würde mich ansprechen, ein schöner Junge mit einer klugen Stimme und einem verständnisvollen Blick aus grünen Augen.

Meine Freundin Birte, die damals schon mit einen Teddy Boy nach dem anderen gegangen war, während ich noch nie einen gewöhnlichen Jungen geküsst hatte, jedenfalls nicht richtig, grinste einmal ironisch und sagte: »Ich glaube, die halten dich für unnahbar; du bist denen zu geheimnisvoll. Rote Haare, Alabasterhaut, reines Wesen, Bücher … Die trauen sich nicht, dich mal ordentlich durchzukneten, weil sie Angst haben, als Grobiane dazustehen.« Und während ich mir an die Schläfe tippte, denn natürlich war ich nicht geheimnisvoller als jeder andere Mensch, wollte es auch nicht sein, schlang sie mir einen Arm um die Taille und sagte: »Na, Geduld, Kleine. Die Sehnsucht verändert die Moleküle, und flugs passiert dir alles wie von selbst.«

Sie wollte einmal Physik studieren, und wir spazierten durch den Schlossgarten, wo sie mir von ihrem neuesten Kummer erzählte, einem Maschinisten auf der Oslo-Fähre, jung und schmutzig. »Er spricht kein Wort Deutsch, und sein Englisch ist ein Witz«, sagte sie, »aber ein Lächeln hat der! Von allem anderen ganz zu schweigen … Bei dem gehe ich hoch wie eine Rakete.« Ich musste lachen, und dann überquerten wir den abgesperrten Rasen, wünschten alle strebsamen Abiturienten mit den rechtwinkeligen Haarschnitten und den Pullundern zum Teufel, gründeten eine Republik der Rosen mit einer Verfassung aus Liebesgedichten, und sie kreischte auf, als ich mir selbst eine zerriebene Hagebutte in den Blusenkragen schob.

Das Jucken der haarigen Körner war eigentlich nicht so schlimm, aber der Dorn, der sich mir beim Pflücken in den Handballen gebohrt hatte, brach ab, und der Rest ließ sich nicht entfernen, im Gegenteil; je mehr ich an der Stelle herumdrückte, desto tiefer geriet er ins Fleisch. »Dann lass ihn halt; das wächst sich aus«, sagte Birte, aber sie sollte sich irren. Die Schmerzen nahmen zu, Daumen und Zeigefinger schwollen an, und nach drei Tagen wurde es zur Qual, etwas zu greifen oder zu schreiben mit der Hand. Also setzte ich mich auf mein Rad und fuhr zur chirurgischen Ambulanz in der Goethestraße, damals noch eine Baracke.

Im Wartezimmer mit dem Tisch voller zerlesener Zeitschriften war zunächst jeder Stuhl besetzt, und ich musste mich drei Stunden lang gedulden und schlief einmal sogar ein. Mehrere Menschen gleichzeitig wurden in dem gekachelten Behandlungsraum versorgt, und ein Chirurg, ein hagerer, sichtlich gestresster Mann mit einer Silberbrille und einem südländischen Akzent, ließ sich erklären, wie ich zu der Schwellung gekommen war. Auch im Licht der Operationslampe war der Dorn nicht zu sehen, und er schwenkte eine tellergroße Lupe darüber. Eine Lokalanästhesie sei bei der Inflammation wirkungslos, sagte er, machte einen winzigen Schnitt, drückte eine erstaunliche Menge Eiter aus der Wunde und stocherte mit einer gebogenen Pinzette darin herum. Nicht dass es besonders weh getan hätte, aber mir wurde seltsam flau angesichts der grüngelben Flüssigkeit und der Bläschen meines Fettgewebes unter dem Vergrößerungsglas, und ich sog die Luft durch die zusammengepressten Zähne ein. Da hob er den Kopf

und knurrte: »Na entspann dich, Prinzessin. Keiner knickt dir hier die Flügel!«
Vermutlich wurde ich rot, jedenfalls spürte ich einen Hitzestrom im Gesicht. Den Atem verschlug mir aber weniger das unvermutete Du in dem groben, mit rauer Stimme vorgestoßenen Ton und dass er mein Gelenk noch einmal fester umfasste und die Hand zu sich drehte wie ein Ding, sondern vielmehr die Verwirrung darüber, dass es mir gefallen hatte, so angeherrscht zu werden von diesem wildfremden, mich über den Rand seiner Stahlbrille anblitzenden Mann. Ich spürte eine Erregung an genau der Stelle, die alle körperliche Erregung meint – und den Hauch einer Enttäuschung, als er, kaum war der Dorn entfernt, wieder förmlich wurde. Er musterte mein Karteiblatt und sagte: »In der alten Kaserne wohnen Sie? Ist das jetzt nicht das Sozialministerium?«
Sein Name war auf die Herztasche des Kittels gestickt, Dr. Lorenzo D'Onda, und nachdem er die Wunde noch einmal desinfiziert hatte, begann er, mich zu verbinden. Mit der einen oder anderen sprachlichen Unsicherheit, die auch das unvermittelte Du erklären mochte, erzählte er mir dabei, dass wir quasi Nachbarn waren, da er in unserer Nähe auf einem Schiff lebte, einem kleinen Motorschlepper, Baujahr 1895. »La Libellula« hieß es, was insofern witzig klang, als es zwar eine schmale und leichte Form, aber keinen Motor mehr hatte und unbeweglich in der Förde ankerte, gleich gegenüber der Schleuseninsel und dem historischen Leuchtturm. »Wussten Sie übrigens«, fragte er schmunzelnd, »dass man dort neuerdings heiraten kann?«

Ich schätzte ihn auf vierzig Jahre, es gab vereinzelte silberne Haare an seinen Schläfen, das Rasierwasser roch entfernt nach sommerwarmen Kiefern oder Pinien, und während er redete und seine Arbeit machte, musste ich die Augen schließen, ich konnte nicht anders. Seine raue Stimme bildete einen seltsamen Kontrast zu seinen behutsamen Händen; noch nie war ich so sanft berührt worden von einem Mann. Die leichte Gaze des Verbands legte sich wie etwas Unstoffliches auf meine Haut, mehr Atem als Faser, und wenn sich eine Seele röntgen ließe, wenn man meine in dem Augenblick durchleuchtet hätte, wäre die Farbe von flirrenden Flügeln zu sehen gewesen, Libellenflügeln in der Sonne.

Den winzigen Dorn trug ich in einer geknickten Kinokarte nach Hause und verwahrte ihn zwischen den Seiten der »Sonette an Orpheus«, und von da ab konnte ich an nichts anderes mehr denken als an diese Begegnung. Der Rausch der Gradlinigkeit, in den ich durch meine Arbeit für die Schule geraten war, verflüchtigte sich, und schon drei oder vier Tage nach dem Besuch in der Ambulanz hielt ich es nicht mehr aus und fuhr mit dem Rad an den Kai; dort ankerte man Bug an Heck in einer schwankenden Reihe. Mein Vater, mit seiner Leidenschaft für Schiffe – bis zum letzten Bombardement hatte er einen Sloep Cruiser aus Eiche und Mahagoni gehabt –, hätte die »Libellula« vermutlich eine Rostwanne genannt. Sie war zehn oder zwölf Meter lang und drei Meter breit und besaß den verstärkten Schnabel eines Eisbrechers sowie einen Kajütenaufbau mit drei Bullaugen auf jeder Seite. »Karl-Grieseler-Werft, Mukrena« war in ein Blechschild am Steuerhaus geprägt, und auf dem Deck dahinter standen zwei Fahrräder, zwei verwitterte Bambusstühle und jede Menge Farbtöpfe.

Der Arzt, der einen Pullover voller Mottenlöcher trug und gerade die Ankerwinde ölte, blickte kaum auf, als ich ihn grüßte, lächelte nur ein wenig gequält. Er hatte mich also schon kommen sehen und fühlte sich möglicherweise in seiner Arbeit gestört, was mich nur kurz verlegen machte; zum ersten Mal seit dem Beginn der Pubertät war ich mir meiner Gefühle und Möglichkeiten einem Mann gegenüber sicher, und das hieß vermutlich, es war Zeit, hohe Zeit. Dabei kam mir eine wirkliche Ablehnung seinerseits gar nicht in den Sinn; wie jeder junge Mensch glaubte ich, alle wollten im Innersten dasselbe wie ich, lebten es nur nicht aus, und nach einem Geplänkel über das Schiff, das Wetter und meine heilende, unter dem Mull leicht pochende Wunde lehnte ich mein Rad gegen die Telefonzelle am Kai. Die Finger auf dem Rücken verhakt, blieb ich einfach vor der Gangway stehen und lächelte ihn an.

»Wo ist denn Mukrena?«, fragte ich schließlich, und kopfschüttelnd stellte er die Ölkanne weg.

Auch in der Kajüte sah es nicht unbedingt so aus, wie man sich das Zuhause eines Arztes vorstellte: Unter der Decke hing eine nackte Glühbirne, und aus dem einzigen Sessel quoll Seegras oder Heu. Die Regale waren vollgestopft mit Büchern, medizinischen und belletristischen, und auf einem alten Volksempfänger aus rotbraunem Bakelit lag eine halb gegessene Banane. An der Wand hingen die knolligen Räucherwürste, die man bei den Bauern im Umland kaufen konnte, und auf dem festgeschraubten Tisch, zwischen Akten und einer Reiseschreibmaschine, standen mehrere Weinflaschen und ein randvoller Aschenbecher. Die beiden Gläser daneben waren benutzt, und das Bett, die Wäsche, sah grau aus und zerwühlt.

Dass Lorenzo das nicht kommentierte oder gar entschuldigte, gefiel mir. Er drehte die Flamme seines Gaskochers auf, schüttete Tee in eine Kanne ohne Tülle, stellte eine Schachtel Kekse aus dem Café Fiedler auf den Tisch und blickte mich über den Brillenrand an. In dem dämmerigen Schiffsraum war das Braun seiner Augen noch einmal dunkler, und nun wurde ich doch befangen und wusste nicht, wo ich hinsehen sollte in der Enge; ich setzte mich auf den Sessel, nur auf die Armlehne, und zog ein Buch aus dem Regal. Es war eine italienische Lyriksammlung, und auch wenn ich hier und da Anklänge aus meinem Lateinunterricht zu erkennen meinte, verstand ich natürlich kein Wort. Außerdem summten mir die Ohren vor Aufregung, und als ich ihn fragte, was »trafitto da un raggio di sole« bedeute, schmunzelte er amüsiert, trat hinter mich und griff mir in die Haare.

Sein Kuss war etwas kratzig, was mich einen Lidschlag lang enttäuschte, aber ich erwiderte ihn, und nach einem Schluck Tee mit Rum und einer halb gerauchten Zigarette nahm er mir die Tasse aus der Hand und half mir aus dem engen Pullover. »Getroffen von einem Sonnenstrahl«, murmelte er und war genauso behutsam, wie ich es mir vorgestellt hatte, auch so bestimmend

und fordernd irgendwann. Entgegen meinen Befürchtungen tat es kaum weh; nur das Bett war etwas zu schmal, eine Koje eben, wir stießen uns dauernd die Köpfe an den Spanten und dem Hängeschrank darüber und fielen einmal fast von der Matratze. Und später, Lorenzos Samen aus meinen Haaren zupfend, musste ich lachen: Auch die Schiffstoilette war im Grundriss so eng, dass sich die Tür nicht schließen ließ, wenn man auf den Topf sank. Er konnte mir beim Pinkeln zusehen.
Meine erste Liebe – von der Schwärmerei für Walter abgesehen – hieß Lorenzo D'Onda ... Es wäre schön, so etwas sagen zu können, es klänge gut. Er hatte übrigens auch dieselbe winzige Tätowierung am inneren Oberarm, und in den Tagen nach diesem Ereignis wartete ich immer schon an Deck und lauschte auf das Klappern der Schutzbleche, wenn er, das Kinn erhoben, eine leere Zigarettenspitze zwischen den Zähnen, auf seinem alten Rad aus der Parkklinik kam.
Er war ein großer Mann, mit einer etwas eingefallenen Brust und langen Händen, die meistens noch nach »Sterillium« rochen, und die Silberbrille ließ ihn nicht selten streng oder gar kalt aussehen. Doch gab es in seinem Lächeln auch eine Art lebenskluger Wehmut, die nicht nur mit seinem Alter und seinen Erfahrungen, sondern ebenso mit seinem Beruf zu tun haben mochte: Er verstand etwas von mir, von meiner Not in jener Phase des Lebens, und er nahm sie mir ab.
In der Nachkriegszeit bis in die späten sechziger Jahre hinein war das Sexuelle bekanntlich ein Thema der Fortpflanzung und der Moral, nicht aber des Glücks. Kaum ein Mädchen aus meiner Klasse, mit dem ich flüsternd

darüber gesprochen hatte, war nicht entsetzt oder angewidert gewesen nach dem ersten Mal. Ich erinnere mich an »Bin ins Bad und hab mich übergeben« oder »Das Vieh! Ich konnte eine Woche lang kaum sitzen!« oder gar »Die paar Minuten gehen auch vorbei.« – Für mich aber war es von Anfang an eine Wohltat, ein Wunder aus Süße und Nervenblitzen, und die Sehnsucht danach und die Freude darüber sollte mir nicht mehr abhandenkommen und mir lebenslang Kraft geben.
Über zwanzig Jahre mochten Lorenzo und mich trennen, was bei mir oft eine gewisse Scheu erzeugte, jedenfalls wenn wir miteinander redeten. Er war mir mit seinen Einsichten und Urteilen stets voraus, natürlich, sogar sein Schweigen kam mir klüger vor als meins, aber die verblüffende Vertrautheit unserer Körper, in der sich jeder dem anderen ohne Angst und Arg überlassen konnte, machte das wieder vergessen. Es fühlte sich an, als erinnerten sie sich aneinander, nichts war abwegig oder obszön, und wenn ich atemlos die Augen öffnete und er mir die Haare aus dem verschwitzten Gesicht strich, kamen mir oft die Tränen. Und dann lag ich glücklich noch eine Weile bei ihm in dem engen Bett und träumte aus dem Bullauge neben dem Kopfkissen auf die Förde hinaus, wo die Sonne hinter die Tankanlagen sank und Schwäne mit Ölrändern an den Hälsen ihre Paarungstänze aufführten.

Nach der Schule hatte ich in der Restaurantküche etwas gegessen und wollte nun meine Lektionen lernen. Schon auf der Treppe sah ich, dass die Tür zu Elisabeths Zimmer offen stand, und ich hörte auch eine Stimme; doch den Mann, der sich breitbeinig vor sie aufgepflanzt hatte, erkannte ich erst nach dem zweiten Blick. Die Fäuste an den Hüften, trug er ein kariertes Flanellhemd, eine Arbeitshose aus blauem Drillich und eine Schiffermütze. An seinem Gürtel steckte ein Hufmesser mit geschnäbelter Spitze, und an den Schuhen mit den Stahlkappen klebte grüner Kot. Offenbar war Walter direkt von der Kuhweide nach Kiel gekommen.

Die Augen staunend oder auch ängstlich geweitet, starrte Elisabeth ihn an. Wie stets am frühen Nachmittag hatte sie sich gerade ein wenig ausruhen wollen, das Bett war aufgeschlagen und der seitliche Reißverschluss ihres Rockes geöffnet. Fahl wie die Tapete stand sie zwischen Schrank und Nähmaschine, presste die Lippen zu einem Strich zusammen und schüttelte wiederholt den Kopf, wobei die tropfenförmigen Perlen an den Ohrläppchen zitterten. Auf ihren Strümpfen, an denen es zwei kurze, mit Nagellack gestopfte Laufmaschen gab, wirkte sie noch einmal kleiner als gewöhnlich.

Ich roch das Heu und das Aroma fetter Milch und warmen Tierfells an dem Mann, und als er einen Schritt auf Elisabeth zu machte und die Hand hob, wimmerte sie leise, was beinahe kindlich klang. Ein Flackern in den dunklen Augen, drückte sie sich tiefer in die Nische und hob einen Ellbogen vor das Gesicht. Dabei hatte Walter sicher nicht vorgehabt, sie zu schlagen; seine Mütze nahm er ab, stopfte sie in die Tasche der Hose, die vor lauter Melk- oder Traktorenfett wie Leder glänzte, und sagte: »Ich will es endlich wissen, verdammt!«

Das klang zwar drohend, der sonoren Stimme wegen,

aber der Nachhall war eher ein trauriger, als wüsste er es längst. Es war warm in der Mansarde, fast stickig, an seiner Schläfe glitzerte Schweiß. Die Finger, mit denen er darüberwischte, hinterließen eine blasse Schmutzspur, und Elisabeth sah rasch einmal zu mir hin: Er sollte mich wohl bemerken in seinem Rücken, was ihr Raum verschafft hätte für eine Antwort oder nur einen freieren Atemzug. Doch er öffnete das Fenster, beugte sich vor und wiederholte: »Hast du mich nicht verstanden? Von wem sind diese verdammten Ohrringe?«
Seine Stimme hallte in der Gaube, und fast war ich enttäuscht davon, dass das Dramatische dieser Szene so eine banale Ursache hatte. Um nichts als ein paar Klunker ging es also – auch wenn die, ich geb's gern zu, außergewöhnlich waren. Mehr als die üblichen an gewisse Erwartungen geknüpften Mitbringsel ihrer Besucher – »Darboven«-Kaffee, »Juno«-Zigaretten oder die damals kostbaren Nylonstrümpfe – verrieten sie einiges über den Schenkenden, wer immer das war, über seine Großzügigkeit, seinen Stil und wahrscheinlich sogar über seine Gefühle. Außerdem ließ das Geheimnis ihrer Herkunft sie noch eleganter und kostbarer wirken. »Wieso fragt ihr mich dauernd?«, hatte Elisabeth meiner Mutter und mir einmal geantwortet. »Darf ich nicht auch mal was Schönes haben?«
Ein wenig Wind ließ die angepinnten Schnittmusterbögen an der Wand aufschweben, und neugierig wartete ich darauf, was sie nun sagen würde. Ich dachte an einen Schwarzhändler oder jemanden aus dem Ministerium, aber sie bewegte nur die Lippen, ohne ein Wort hervorzubringen. Mit zitternden Fingern griff sie sich an die Oh-

ren, entfernte die Stecker samt der goldenen Schrauben und hielt sie Walter auf dem Handteller hin. »Das sind gar nicht meine!«, sagte sie endlich, Tränen in den Augen. Ihre Stimme klang belegt, wie durch dünnes Papier gesprochen. »Was denkst du eigentlich von mir? Meinst du, ich würde mir so was Kostbares schenken lassen? Bin ich ein Flittchen?«

Schniefend blickte sie mich an, Wimperntusche lief ihr über die Wangen, und plötzlich tat sie mir leid. So gekränkt, wie sie aussah, schien sie nicht nur über diese Situation, sie schien über eine ganze Welt voller Argwohn, Missgunst und Kleinsinn den Kopf zu schütteln, und das verlieh ihr die Aura einer Ehrbarkeit, die Walter verlegen zu machen schien; er schluckte hart. Aber hinter den Tränen waren ihre Augen kalt. »Luisa hat sie mir geliehen. Da steht sie, frag sie doch!«

Ich öffnete den Mund, bekam aber trotzdem kaum Luft. Einen Herzschlag lang hatte ich das Gefühl, mir flösse Wasser durch die Venen, und fröstelnd umschlang ich meine Schultasche mit beiden Armen. Wie Hunde seien Männer oft, hatte Elisabeth mir einmal gesagt. »Du musst ihnen übers Haar streichen, ihnen gut zureden und sie ein bisschen loben und bewundern, und schon glauben sie dir alles und machen, was du willst.«

Als ich den Kopf schüttelte und die Brauen zusammenzog, wich sie meinem Blick aus, und ich wusste momentlang nicht, wohin mit meiner Empörung, und hatte durchaus Lust, sie auffliegen zu lassen. Denn auch wenn es anders in ihrem Katechismus oder ihrer Bibel stand: Im Grunde war das Lügen nichts, was sie für verwerflich hielt, nicht wirklich, das hatte ich in der Vergangenheit mehrfach erfahren. Es konnte dem Leben die Kanten nehmen, und ob sie nun log, weil ihr etwas fehlte oder weil ihr etwas zu viel war, immer sah sie nur sich in ihren jeweiligen Zuständen und war kaum fähig zu erkennen, dass sie mit ihren Unwahrheiten auch das Leben anderer verfälschte; nur erst einmal raus aus der beklemmenden Situation, egal wie. Walter nahm die großen, von der Arbeit zerschrammten Fäuste von den Hüften und maß mich vom Haar bis zu den Schuhen. »Stimmt das?«, fragte er. »Sind das deine Perlen?«

Er kratzte sich den verschwitzten Nacken, und obwohl ich noch nichts geantwortet hatte, wurde der Ernst seiner blassen Züge bereits von einer Verblüffung gemildert, die ihn nicht nur treuherzig oder gar einfältig aussehen ließ: Fast kam er mir ein bisschen dümmlich vor, so dass mir diese aufgenötigte Komplizenschaft mit seiner Liesel eine herbe Freude bereitete; fehlte nur noch ihr Zwinkern, das ich mit einem inneren Lächeln beantwortet hätte. Aber dann beschämte mich bereits sein Aufatmen, diese sichtliche Erleichterung bei geschlossenen Augen, und die eilige Bereitschaft zur Versöhnung.

Elisabeth, hinter seinem Rücken, legte den Schmuck auf die Nähmaschine, nagte an der Unterlippe und starrte mich an. Die Falten zwischen den gerunzelten Brauen bildeten wieder ein kleines Quadrat, und ihr Körper schien zu vibrieren von der verzweifelten Anstrengung, ein stummes »Sag ja! Sag ja! Sag bitte ja!« in die Luft zu projizieren. Schwärzliche Tropfen hingen an ihren Wangen, und ohne Walter noch einmal anzublicken, schloss ich unsere Wohnungstür auf und sagte im Hineingehen: »Ja.«

Danach schien er eine Weile nicht mehr nach Kiel zu kommen, und ich weiß nicht, ob die beiden sich schrieben oder miteinander telefonierten. Es gab einen Apparat im Gutshaus, damals noch über das Amt mit dreistelliger Nummer zu erreichen. Unter der Woche hörte ich nach wie vor fremde, nicht selten betrunken klingende Stimmen aus Elisabeths Zimmer, das quietschende Bett und das Schnarchen, was mich aber kaum mehr interessierte, denn ich widmete mich wieder ganz der Schule, dem bevorstehenden Abitur.

Und ich widmete mich Lorenzo. Gern hätte ich ihn damals öfter gesehen, doch er arbeitete viel und brachte sich immer noch Patientenakten mit aufs Schiff; er wollte demnächst Chefarzt werden. Zudem bat er mich eines Tages, nicht mehr einfach ohne Verabredung vorbeizukommen, damit er seine Zeit besser einteilen könne, woraufhin ich natürlich skeptisch wurde und ihn entsprechend ansah. Da nickte er und murmelte scheinbar zerknirscht: »Na ja, um die Wahrheit zu sagen: Du bist mir zu jung, zu druckvoll, du gehst über meine Kräfte. In meinem Alter kann ich eine Frau nicht mehr dreimal am Tag befriedigen, sieh das bitte ein.«

Ich musste lachen, denn das glaubte ich ihm noch weniger. »Wieso«, sagte ich, »zweimal reicht doch, jedenfalls werktags.« Aber selbstverständlich respektierte ich seinen Wunsch, und da er auf dem Boot kein Telefon hatte, rief ich ihn in der Klinik an, auf seiner Station. War er dann gerade verhindert, bat ich die Schwester oder den Pfleger, Herrn Dr. D'Onda auszurichten, er möge heute Abend um 18 Uhr nach Mukrena kommen, ein dringender Fall. Das wurde unser Code, auch wenn er einmal bei uns anrief und mir sagen ließ, dass er jetzt für eine Stunde in Mukrena sei – obwohl ich immer noch nicht wusste, wo dieser Ort überhaupt lag, auch nicht als Gefühl. Er war etwas angenehm Schwankendes unter den Sohlen.

Nach einem neuerlichen Treffen dort fragte ich mich allerdings doch, ob das Gleichgewicht der Leidenschaft nicht bereits in eine Schräglage geriet, sofern es überhaupt je existiert hatte: Sogar in der sonst kühlen Kajüte war es sehr warm gewesen, alle Bullaugen standen offen, und die tiefstehende Sonne schien durch die roten Vorhänge auf das Bett. Wir hatten uns mehrere Tage nicht gesehen, und ich war entsprechend stürmisch, nehme ich an; immer wieder hielt Lorenzo mir den Mund zu. Das kam mir zunächst nicht seltsam vor, im Gegenteil, trotz des Geruchs nach »Sterillium« an seinen Fingern fand ich es erregend, als täten wir hier etwas Heimliches. Aber dann hörte ich plötzlich sein verärgertes Schnalzen, spürte seine nachlassende Kraft, und als ich die Augen öffnete, war sein taxierender Blick über mir, die gerunzelte Stirn.

»Was ist?«, fragte ich keuchend. »Was hast du?«

Stumm wälzte er sich weg, langte in das Regal hinter seinem Kopf und steckte sich eine Zigarette an. Ein bisschen Rauch verfing sich in seinem Brusthaar, und er schob den Vorhang zur Seite und zeigte mit dem verkohlten Zündholz auf den Leuchtturm am anderen Ufer, wo fünf oder sechs Raffineriearbeiter gerade ihr Schichtbier tranken, wie oft am Abend. Sie ließen die Beine in den ölverschmierten Hosen von der Kaimauer baumeln, und trotz der Entfernung hatte ich das Gefühl, dass sie zu

uns herüberblickten. In einigen Gesichtern war sogar ein Grinsen zu erkennen.
»Das Schiff ist ein Resonanzkörper«, sagte Lorenzo, »und das Wasser trägt weit. Die kräftigen Kerle dort sehen ganz so aus, als hätten sie nicht viel Spaß im Leben, oder? Von der Liebe ganz zu schweigen. Und ich möchte ungern, dass sie eines Tages auf meinem Deck stehen, weil sie deine Schreie für den Ausdruck loser Sitten halten ... Vielleicht könntest du dich etwas beherrschen? Auch die Bootsnachbarn machen schon Witze, und Kiel ist klein, wie du weißt. Ich muss schon ein bisschen auf meine Reputation achten.«
Ich war mir nicht sicher, ob ich ihn richtig verstanden hatte. »Wieso?«, fragte ich. »Was meinst du? Bin ich denn so laut? Das wäre mir aufgefallen, oder? Vielleicht atme ich nur zu nah an deinem Ohr? Und wie denkst du dir das, mich beherrschen? Das kann ich doch gar nicht, wie sollte das gehen?« Ich richtete mich auf, zog mir die Decke über die Brust; der Schweiß dort kühlte bereits ab. »Möchtest du das wirklich?«
Er hob eine Schulter. Seine Kieferknochen zuckten kurz einmal, als drückte er die Zähne aufeinander, und die ohnehin schmalen Lippen waren nur noch ein Strich. Dann zog er ein broschiertes Buch unter dem Bett hervor, eines seiner hellblau gebundenen Fachbücher, womit er mir wohl andeuten wollte, dass er zu arbeiten hatte, und einen Moment lang fühlte ich mich, fühlte ich uns von ihm verraten. Wie konnte jemand in der Stunde atemloser Hingabe und Besinnungslosigkeit, in der einem das größte denkbare Glück widerfuhr, so etwas wie Selbstbeherrschung und Rücksicht auf irgendwel-

che Leute verlangen? Was wäre denn das für eine Leidenschaft? Sprachlos blickte ich ihn an. Doch er stieß nur den Rauch durch die Nase und ließ die Seiten unter dem Daumen hervorschnellen, als suchte er etwas dazwischen.

Da stand ich auf, ging über den rostigen, auch bei Sonnenschein immer kühlen Metallboden des Schiffes und schlüpfte in mein Kleid. Es gibt Romane, Taschenbücher oft, deren Druck- oder Bindefehler darin bestehen, dass eine oder mehrere Seiten weiß sind. Das ist selten, aber es kommt vor: Unversehens fällt man nach dem Umblättern in diese Leere, die nicht nur ärgerlich ist, weil alle Übergänge und Anschlüsse, die man sich bis zur nächsten bedruckten Seite ausdenken kann, immer auch ganz anders lauten könnten: Die Logik der Liebe ist unterbrochen, man ist gekränkt von dem Eingriff einer unzulänglichen Technik in den Zauber einer Geschichte, die das Leben bedeutete und nun bloß noch ein defekter Text ist.

Mukrena liegt übrigens in Sachsen-Anhalt und ist ein Vorort von Könnern an der Saale. – Als ich ein paar Tage später von der Schule kam, stand meine Mutter in ihrer Kittelschürze hinter dem Tresen und zapfte Bier. Mittagsgäste füllten das Lokal, die meisten aus dem Sozialministerium, die Kellnerinnen bedienten im Laufschritt, aber sie arbeitete sehr umständlich, mit zitternden Händen, das Rheuma. Nicht schräg genug hielt sie die Pils-Tulpen, verwechselte die Weinsorten und ließ die Schnäpse überlaufen, und der eine oder andere Gast trommelte

ungeduldig mit den Fingern auf die feuchte Tresenplatte. Da warf ich meine Tasche in die Ecke und half.
Ein blassbuntes Tuch auf den Lockenwicklern im Haar, nickte sie dankbar. In den feinen Faltennestern unter ihren Augen schimmerten Tränenspuren, und als ich sie fragte, wo denn Elisabeth sei, zuckte sie mit den Achseln und schniefte leise: »Na, dreimal darfst du raten«, sagte sie aus dem Mundwinkel heraus. »Immer hab ich gewusst, dass das eine haltlose Person ist und dass man ein Auge auf die haben sollte ... So eine Rücksichtslosigkeit! Wenn sie wenigstens ins Bad oder in den Keller gegangen wäre. Oben in der Wohnung, das stell dir vor, auf dem guten Teppich schneidet die sich die Pulsadern auf, die dumme Kuh. Das ganze Zimmer ist versaut, hab schon überall Natron und Backpulver verstreut ... Mach mal bitte vier Rum, zwei Korn und eine Schorle. Du kannst ihr nachher frische Wäsche in die Klinik bringen.«
Jede weitere Frage wehrte meine Mutter mit einem Blick auf die Gäste und einer knappen Kopfbewegung ab, ein wortloses »Später!«, und tatsächlich nahm einem der Rummel der nächsten Stunde, in der auch die Schleusenwerker, die Packer und die Siloarbeiter auf ein Bier und eine Wurst vorbeischauten, jede Besinnung. Das Geschäft ging besser denn je, es gab damals noch nicht viele Gaststätten am Hafen, und nachdem es etwas ruhiger geworden war und meine Mutter wieder allein zurechtkam, schulterte ich die kleine Tasche, die sie gepackt hatte, holte mein Rad aus dem Keller und fuhr zum Schrevenpark.
Auf dem Klinikgelände schob ich es weiträumig um die

Ambulanz-Baracke herum und bemühte mich, nicht in die Fenster zu blicken, oder nur aus den Augenwinkeln, bei erhobenem Kinn; Lorenzo sollte nicht denken, dass ich seinetwegen dort war. Aber ich begegnete ihm nicht, auch nicht im Haupthaus, in dem Elisabeth lag, in einem Saal mit annähernd zwanzig Betten. Die Patienten waren durch Paravents voneinander abgeschirmt, man hörte schweres Atmen und Stöhnen hinter dem lichtgrauen Wachstuch, das Klirren von Instrumenten und Klappern von Schüsseln. Elisabeths Kleider lagen ordentlich zusammengefaltet auf dem Nachttisch, ihre Sandaletten standen darunter, an einem Korkabsatz klebte etwas getrocknetes Blut.

Neben dem Bett ein Stativ, an dem eine Glasflasche mit einem Infusionsschlauch hing, und vermutlich war etwas Beruhigendes darin, denn trotz des aufgestellten Rückenteils und des geschäftigen Lärms ringsum schlief sie. Wirr und stumpf das schwarze Haar, zerlaufen die Tusche an den Lidrändern, und die Unterarme und Hände auf der Steppdecke waren bis über die Finger bandagiert; nur die roten Nägel schauten hervor. Erschütternd bleich und zart sah sie aus, wie ein Mädchen von vierzehn, fünfzehn Jahren, und ich stellte die Tasche an das Fußende und flüsterte ihren Namen, wobei ich sie entgegen meiner Gewohnheit Liesel nannte. Augenblicklich wurde sie wach.

Zwar sah sie mich an, aber ich hatte den Eindruck, dass sie noch gar nicht wirklich zugegen war. Sie musterte die Tuchwände mit den Silhouetten von Krankenschwestern und Besuchern dahinter, den Galgen mit dem Triangel-Griff über dem Bett, die Kanüle in ihrem dünnen

Arm. Winzige Luftblasen reihten sich in dem Schlauch, eine silberne Perlschnur, und auf meine leise, wegen der Umliegenden beinahe hauchend gestellte Frage, was um Gottes willen sie da gemacht habe, antwortete sie zunächst nicht oder nur, indem sie die verbundenen Hände etwas anhob und gleich wieder auf die Bettdecke sinken ließ. Dabei wurden ihre Augen feucht.
Eine Schere hatte sie benutzt, so meine Mutter, ihre schwere Schneiderschere mit einem abgerundeten und einem spitzen Flügel, und sich beim Öffnen der Adern vor den Spiegel ihres Kleiderschranks gestellt: Walters Bild klebte daran, ein kleines, von zwei Heftnieten gelochtes Foto aus seinem Wehrpass, auf dem er ein »Schiffchen« trug. Zugezogen die Vorhänge, das Radio mit der Schlagermusik laut aufgedreht, und wahrscheinlich hatte ihr nur der Umstand, dass die Zimmertür nicht verschlossen war, das Leben gerettet. Eine Kellnerin, die ihre Geschäftsführerin um Erlaubnis für einen vorzeitigen Feierabend bitten wollte, hatte die schon Ohnmächtige entdeckt, ihre Arme mit herumliegenden Stofffetzen abgebunden und den Notarzt alarmiert.
Bei allem Schrecken und Entsetzen war ich seltsamerweise auch beeindruckt von der überraschenden Entschlusskraft der kleinen Frau. Unabhängig von dem Motiv, von dem ich nichts wusste und das ich nur ahnen konnte, verlieh ihr die Entscheidung, alle Vergangenheit und Zukunft in einem beherzten Moment hinter sich zu lassen, in meinen Augen etwas atemberaubend Freies und Leidenschaftliches. Trotz des misslungenen Versuchs schien jeder Alltagskram von ihr abgefallen zu sein, und die tragische Silhouette, die ich plötzlich zu

sehen glaubte, die dunkle Größe gar, das war nicht mehr die Elisabeth, die ich kannte – und sie war es wieder ganz, als sie sich räusperte, und mit einer Kopfbewegung auf die Infusion wies. »Glaubst du«, fragte sie heiser, »wir können damit vor die Tür gehen? Eine rauchen?«

Sie meinte es ernst, und tatsächlich gab es eine Möglichkeit. Die Stationsschwester besorgte mir einen Rollstuhl mit einem kurzen, an der Lehne befestigten Stativ für die Flasche, und als ich damit zurückkehrte, wartete Elisabeth bereits auf der Bettkante, Zigaretten und Zündhölzer auf dem Schoß. Die Sonne schien hinter fliehenden Wolken, und ich schob sie über die Goethestraße in den Schrevenpark, wo Hortensien und Rosen in ihrer Spätsommerpracht wuchsen, Goldfische in grünem Teichwasser glänzten und ich ihr von Zeit zu Zeit die »Juno« an die Lippen hielt. Asche rieselte auf das grauweiße Kliniknachthemd, ohne dass sie, die sonst blitzsaubere, das überhaupt beachtete. Stumm starrte sie vor sich hin.

Der stille Ernst, der sie umgab, kam mir wie eine eigene, allen Außenstehenden unzugängliche Aura vor, etwas Absolutes, und je mehr Zeit im Schweigen verging, desto ungehöriger erschien es mir, sie noch einmal nach dem Grund ihrer Tat zu fragen – auch weil ich das immer deutlichere Gefühl hatte, dass der mich so gar nichts anging. Wenn überhaupt, musste sie von sich aus darüber sprechen, alles andere würde noch einmal in die Handgelenke schneiden, und so blieb mir nur, ihr übers Haar zu streichen und etwas Tabak von ihrer Unterlippe zu zupfen. Da blickte sie zu mir auf und sagte schniefend:

»Ach, Kindchen ... Da kannst du mal sehen, was die Kerle alles mit uns machen.«
Auch ich probierte einen Zug von der Zigarette, musste aber sofort husten. Obwohl ich mir nicht wirklich vorstellen konnte, was genau sie damit meinte, widerstrebte alles in mir der Haltung hinter ihren Worten; die Wollust, sich als Opfer zu fühlen, war mir fremd. Natürlich hielt sich auch mein Stolz in Grenzen, aber er reichte doch dafür aus, niemandem das Recht einzuräumen, wie auch immer über mich zu verfügen. Jungs oder Männer waren für mich zunächst einmal etwas Verheißendes und Ergänzendes, und ich sah in ihnen nicht weniger als den Grund dafür, eine Frau zu sein. Und falls das naiv war, dann war auch die Liebe naiv.
Schweigend betrachtete Elisabeth die Menschen im Park, meistens Kranke und ihre Besucher sowie viele Schwangere, deren Morgenmäntel sich kaum noch zubinden ließen; das Haus hatte seit jeher eine große Entbindungsstation, auch ich war hier zur Welt gekommen. Zwei junge Hunde jagten Zitronenfalter über den Rasen, jemand führte ein sattelloses weißes Pferd zwischen den Bäumen herum, und als sich eine Wolke verzog und die Sonne durch die Krone einer Platane schien, atmete sie lange zittrig ein. Wie Glas, wie eine Trennscheibe in einem Aquarium durchteilte ein breiter Strahl das schwarzgrüne Teichwasser, und da hindurch glitten die trägen Fische mit den Schleierflossen, wobei ihre goldfarbenen Schuppen stets etwas nachglommen in der Dunkelheit, in der sie irgendwo kehrtmachten, um bald schon wieder zu erscheinen.
Ich trat die Kippe der »Juno« aus und steckte ihr eine

neue an, und plötzlich war ein Hauch von Erleichterung in Elisabeths Gesicht, von wehmütiger Reue auch, und machte mir klar, dass ihre Tat eher ein Kurzschluss infolge einer Verzweiflung oder Panik gewesen sein musste als der wirkliche Wille zum Endgültigen. Womöglich hatte sie auf sich aufmerksam machen wollen oder sich einen Moment lang verlassen gefühlt von ihrem Gott, aber nun sah sie in den Himmel wie jemand, der verstanden hat, dass man sich nicht aus dem Leben stehlen kann, nicht einmal, wenn man stirbt.
In dem Ernst ihrer dunkelblauen Augen und der zusammengenommenen Miene war etwas von jener stillen Weisheit, die in bestimmten Momenten, nach einem Schicksalsschlag etwa oder einer Geburt, noch das einfältigste Gesicht verklärt. Nachdem sie aufgeraucht hatte, schob ich sie wieder in den Krankensaal, hängte die Infusion an das Stativ zurück und half ihr ins Bett. »Grüß deine Mutter«, sagte sie leise und schloss die Lider. »Sie soll mir nicht böse sein, hörst du. Ich mach demnächst alles sauber.«

Obwohl es ein Umweg war, bog ich hinter dem Grundstück der ehemaligen Synagoge ab und fuhr langsam an der Kiellinie entlang; auch hier viele Spaziergänger, Eisverkäufer, angelnde Kinder. Von der Oslo-Fähre winkten mir Matrosen zu, und am Kai an der Schleuse glänzte die »Libellula« frisch gestrichen in der Nachmittagssonne, grün und rot. Auf dem Pflaster lagen Sauerstoff- und Gasflaschen neben einer Schweißermaske, ich hörte jemanden hämmern im Schiffsleib, und als er nach dem wiederholten Rasseln meiner rostigen Klingel aus der Luke blickte, musste ich lachen; Lorenzo hatte sich die Brille in die Stirn geschoben, und sein Gesicht war verschmiert von irgendeinem Motorfett; das Augenweiß leuchtete.

»Du also wieder«, sagte er, wischte sich die Finger an einem Fetzen Werg ab und seufzte scheinbar entnervt; aber sein Unwille war gespielt. Grinsend streckte er den Arm aus, half mir über die Gangway, kaum mehr als eine Hühnerleiter, und vor Freude geriet ich beinahe aus dem Gleichgewicht auf dem federnden Brett. Ein fleckiges Unterhemd trug er und drückte sich ungeachtet seiner schmutzigen Hose an mich, ließ mich alles spüren. Doch ich wehrte ihn ab, hob das Kinn und verengte die Augen. »Sachte, Herr Doktor, denk an deinen Ruf. Kannst du nicht erst mal was Romantisches sagen?«

Da kratzte er sich das Kinn und blickte rasch auf den Kai, ehe er mit der fachkundigen Miene, die ich schon aus der Ambulanz kannte, meine Brüste befühlte. »Wir sollten aufpassen«, murmelte er. »Dein Eisprung steht bevor …«

Dann zog er mich die schmale Treppe in die Kajüte hinunter, wobei er mir schon unter das Kleid griff, und noch einmal drückte ich ihn weg und blieb verblüfft vor der hohen Schwelle stehen. In den knapp zehn Tagen, die ich nicht bei ihm gewesen war, hatte sich der Raum völlig verändert: Nirgendwo mehr leere Weinflaschen, volle Aschenbecher oder benutzte Teller, die Wände und der Boden waren weiß gestrichen, die Bücher ordentlich ins Regal geräumt, und die nackte Glühbirne wurde von einem Lampion aus Goldpapier umhüllt.

Den alten Sessel hatte er mit einem dunkelgrünen Samtstoff bespannen lassen, das Bett war mit frischer, sichtlich gemangelter Wäsche bezogen, und auf dem Volksempfänger stand eine edle Kristallvase voller aufgeblühter weißer Pfingstrosen. Ihr Duft erfüllte die Kajüte, und ich pfiff durch die Zähne. »Donnerwetter, welche Fee hat dich denn heimgesucht? Ich wusste gar nicht, dass du so ordentlich bist.«

Er zog mich über die Schwelle. »Du weißt vieles nicht«, murmelte er und begann, mein Kleid aufzuknöpfen. Seine Haut roch nach Dieselöl, der Kuss schmeckte bitter, und in der jähen Atemlosigkeit dachte ich nur noch daran, das Bettzeug auf den Boden zu reißen, wo mehr Platz war. Er nahm mir die Spangen aus den Haaren, und sein Ungestüm tat mir wohl an diesem Nachmittag der Verzagtheit und der Trauer; ich wollte es heftiger und hielt mir den Mund zu, denn ein Bullauge stand offen. Und als er mir später mit einem Geschirrtuch die Tränen von den Wangen und seine Fingerabdrücke von den Schenkeln wischte, lagen sie mir auf den Lippen, die entscheidenden Worte. Doch ich schluckte sie hinunter.

Die Kanalschleuse war geöffnet worden, um einen riesigen, den alten Leuchtturm überragenden Tanker mit dem stolzen Namen »Eternity« hindurchzulassen. Unser Boot schaukelte leicht in der zunehmenden Strömung, und wir blieben noch eine Weile träge auf dem Boden liegen; Lorenzo schlief sogar kurz ein. Jetzt erst fiel mir auf, dass die Bücher in dem Regal an der Steuerbordseite durch Schnüre vor dem Herausfallen gesichert waren, wie für eine Fahrt auf hoher See, und auch um den Hals der Kristallvase hatte er einen Draht geschlungen. Die dunkel dröhnenden Signalhörner des Tankers, der sich umständlich in die Förde manövrierte, ließen die Luft vibrieren, lautlos fielen ein paar Blätter aus den Päonien, und als Lorenzo erwachte, ein Hochschrecken, das mir beinahe ängstlich vorkam, strich ich ihm beruhigend über die Wange. Doch er bog den Kopf weg und sah auf die Uhr.

Nachtdienst hatte er und wollte vorher noch an dem neuen Motor arbeiten, der in Wahrheit ein alter war, billig in der »Ostzone« erstanden, und während wir in unsere Kleider schlüpften und ich mir die Haare wieder zusammensteckte, wies ich mit dem Ellbogen auf den Tisch voller Patientenakten, dünne Ordner. Ein Blatt war in seine rote »Olivetti« gespannt, und ich fragte ihn, wie es eigentlich um Elisabeth stehe, um ihre Verletzungen. »Elisabeth Isbahner«, fügte ich hinzu. »Chirurgische Wachstation. Sie arbeitet bei uns.«

Er zündete sich eine Zigarette an und runzelte die Stirn, als müsste er sich den Fall ins Gedächtnis rufen. »Ach die, Bett zwölf«, sagte er, während wir aufs Deck gingen. »Na, vergiss es, alles halb so schlimm. Die kriegt eine Blutkonserve und einen Termin beim Psychiater, und dann kann sie gehen.«

Das Schleusentor glitt zu, und er half mir auf den Kai, ehe er in den Motorraum stieg. »Die Kleine wollte mal vom Schicksal nippen, nehme ich an. Was die Leute sich alles im Film abgucken … Bei der Liebe mag das ja halbwegs funktionieren, aber wer wirklich sterben will, schneidet nicht quer zu den Adern, das weiß man doch. Die ziehen sich ruckzuck zusammen, ein Selbstschutz des Körpers, und wenn man Pech hat, lassen sich die durchtrennten Sehnen nicht mehr flicken, und man bleibt lebenslang lahm.«

Schreiend stürzten sich die Möwen auf die Fische, die im Sog des Ozeanriesen aus dem Kanal in die salzige Förde gespült wurden und nun nicht zurückkonnten in das mildere, im Landesinneren fast ausgesüßte Wasser.

Noch einmal hob er den Kopf über den Lukenrand, grinste mich an und sagte: »Ihren Freund oder Verlobten wollte sie wieder, deine melodramatische Elisabeth, der sollte sie retten. Sie ist nämlich schwanger.«

Das letzte Wort hallte im Maschinenraum nach, junge Aale wanden sich in den Schnäbeln der hochfliegenden Vögel, und ich stieg auf mein Rad. »Schwanger?«, fragte ich verblüfft. »Wieso schwanger? Von wem?«

Und nur wenige Tage später holte Walter sie und ihre Habseligkeiten in dem dreirädrigen Tempo Hanseat auf das Gut an der Schlei. Das geschah wohl nach dem Frühmelken, während ich in der Schule war, und als ich mittags nach Hause kam, zapfte schon eine andere Büfettkraft das Bier.

Geweckt wurde sie von ihrem eigenen Zittern. Nach wie vor war es nicht hell, doch gab es einen grauen Schein am Horizont, und erschrocken stellte sie fest, dass sie in den Nachtstunden in die falsche Richtung geflohen war. Ihr Hals kratzte, sie musste husten und spuckte eitrigen Schleim in den Schnee, und während sie ihren halb verwehten Spuren folgte, hörte sie den morgendlichen Beginn der Kämpfe hinter sich, das Knattern von Maschinengewehren, das Bersten von Granaten. Wieder kam sie an dem Lastwagen vorbei, blickte in das Führerhaus mit den zerfetzten Sitzen und öffnete das Kartenfach in der Hoffnung auf etwas Essbares, ein Stück gefrorenes Brot oder eine der grünen Militärkonserven. Nur einen Schraubenschlüssel, eine Packung Patronen und eine russische Zeitung gab es darin, trockenes Papier immerhin, das sie sich unter den klammen Pullover schob.

Sie ging weiter, es schneite erneut, und kaum erkannte sie das Dach des Schlosses hinter den kahlen Bäumen, bog sie nach Süden ab in der Hoffnung, es weiträumig umgehen zu können. Sie duckte sich unter einem Draht hindurch und überquerte eine Weide, auf der hier und da gelbe Halme und verdorrte Silberdisteln aus dem Schnee ragten. Sanft eingesunken war die weiße Fläche über den vielen Trampelpfaden der Tiere, die hier ab

dem Frühjahr gingen, und sie folgte ihnen, bis sie an einen verlassenen Melkstand kam. Es wurde heller, schneite stärker, und während sie sich auf das Kannenbrett setzte, um kurz auszuruhen unter dem Dach, wo an einem Draht ein paar gefrorene Seihtücher hingen, roch sie es. Wie eine Erinnerung aus einer friedlicheren Zeit wehte es sie an, und sie schluckte trocken und schloss die Augen.
Rasch stieg sie über den Zaun und stand kurz darauf an einer abschüssigen Straße. Hier gab es Fahrzeugspuren, sie konnte bequemer gehen, und der Geruch nahm mit jedem Schritt zu: Zwiebeln, womöglich in Schmalz oder Butter gebraten, frisch gebackenes Brot. Langsam näherte sie sich einer Siedlung von vier oder fünf Häusern und Ställen, ehemals reetgedeckt. Aus den Dächern ragten verkohlte Balken, und auf den Höfen lagen zertrümmerte Möbel, zerschlagenes Geschirr oder aufgeschlitzte Federbetten im hellroten Schnee. Ein Haus aber, eine niedrige Kate – die Wehen reichten fast bis an die Traufen heran – schien unversehrt zu sein. Kein Laut war zu hören, kein Licht brannte in den winzigen Fenstern, doch aus dem Schornstein stieg Rauch.
Militärfahrzeuge sah sie nirgends, und nicht nur die Fußspuren im Garten waren schon fast wieder überschneit. Auch von den beiden toten Hunden neben dem Räucherofen, Schäferhunden, schauten lediglich die Ohrspitzen und ein geblecktes Gebiss aus dem Schnee. Die Haustür stand einen Spalt offen, und vorsichtig, Schritt für Schritt, näherte sie sich dem Duft, der ihr daraus entgegenströmte und sie schwindelig machte vor Hunger. Keine Bewegung hinter den graublinden Fensterschei-

ben, während sie immer wieder stehen blieb und horchte, kein Laut, und schließlich wagte sie es.
Sie trat unter den Türsturz, an den ein Medaillon aus Blech genagelt war, der Erzengel Michael, und blickte in den Raum, die Küche. Fast noch dunkel war es darin; nur die Glut, die zwischen den Fugen der Kochstelle hervorschien, gab ein bisschen Licht. Sie erkannte einen Teekessel und eine verkohlte Pfanne mit Deckel auf den Eisenringen, und gleich dahinter einen Spülstein samt Wasserpumpe und ein Regal voller Weckgläser. Die Ärmel ihres Pullovers über die Hände gezogen, drückte sie die Tür etwas weiter auf, reckte das Kinn vor und rief leise, fast hauchend: »Hallo?«
Auf dem Tisch lag ein großes Roggenbrot, wie ihre Mutter es einmal wöchentlich buk, daneben stand ein Topf Griebenschmalz, aus dem ein Messer ragte, und da niemand antwortete, fügte sie etwas lauter »Dzień dobry!« hinzu, das polnische »Guten Morgen!«. Doch auch jetzt blieb es still in dem Haus, dessen Bewohner womöglich gerade geflohen waren oder sich irgendwo versteckt hatten, und endlich konnte sie nicht mehr widerstehen, machte zwei Schritte in den Raum und hielt – nur kurz, sagte sie sich, nur einen Augenblick – ihre eiskalten Hände über die Herdplatte.
Das war nicht klug, denn sie krampften in der plötzlichen Wärme, der Schmerz trieb ihr Tränen in die Augen, und rasch tauchte sie die Finger in einen Eimer neben dem Kohlenkasten; das kalte Wasser darin kam ihr warm vor. Offenbar lebten hier Deutsche, oder sie hatten hier gelebt: Auf den Briketts lagen eine alte Ausgabe des »Völkischen Beobachters« und eine zerdrückte Schach-

tel »Jupiter«-Zündhölzer, und über der Spüle hing ein Holzschild mit dem eingebrannten Spruch »Eine Kuh macht Muh, viele Kühe machen Mühe!«.

Auch die Einweckgläser in dem Regal über der Anrichte waren deutsch beschriftet; »Kirschen« las sie auf einem, in dem sich offensichtlich Kirschen befanden. Zudem gab es welche mit Kürbisstücken, Rosenkohl und Grützwurst, und wieder hielt sie die Hände über den Herd. Die herabfallenden Wassertropfen verzischten auf der heißen Platte, und als sie nach dem Pfannendeckel griff und ihn so lautlos wie möglich beiseiteschob, als ihr der Duft von Gepökeltem mit Sauerkraut und Zwiebeln in die Nase stieg – sogar Gewürznelken und ein Lorbeerblatt konnte sie riechen –, fiel hinter ihr die Tür ins Schloss, und sie fuhr herum.

Ein Kreuz aus Porzellan, eine Weihwasser-Phiole und zwei Kerzenstummel standen auf der Bank des kleinen Fensters, das halb zugeweht war von dem Schnee draußen und in dessen Zwielicht sie den Soldaten sah, denselben Offizier, dem sie am Vortag nach einem Sprung in den Graben entkommen war. Die Mütze mit dem Stern lag neben einer Schnapsflasche auf dem Tisch, und er lehnte sich zurück, knickte den Filter einer »Papirossa« und riss ein Streichholz an der Fensterwange an. Seine kupferfarbene Haut glänzte im Flammenschein, und eine Narbe über der schwarzen Braue zuckte.

Plötzlich fühlte sie wieder die eisnassen Strümpfe in den Stiefeln und das Stechen im Hals. Dass man durch alle Schmerzen, die für einen vorgesehen sind, irgendwann auch hindurchmuss, dass es keine Schonung gibt, nie, nun verstand sie es. In einem gesprungenen Spiegel an der Wand konnte sie ihre Augen sehen, den starren Blick, und all das Blut von den Erschossenen im Laster auf den Wangen und am Mantelkragen. Mit zitternden Fingern zupfte sie sich etwas von dem Spreu des Nachtlagers aus den stumpfschwarzen Haaren, und als sie einen Moment lang die Lider schloss, war sie der Situation und allem, was ihr drohte, einen Herzschlag lang wie im Traum voraus: Nun durfte sie etwas essen und sich und ihre Kleider waschen, durfte im Warmen schlafen und am nächsten Morgen weitergehen, ihre Familie suchen, und sie atmete tief und lächelte den Soldaten an.

Drittes Kapitel

PARADIESE

Der Schrank in Elisabeths Mansarde stand offen, und meine Mutter, das Fenster putzend, wies auf die zerschlissene Rosshaar-Matratze. »Das passt so richtig ins Bild«, sagte sie. »Da vertraut man der, gibt ihr eine Stelle und ein Dach überm Kopf, und zum Dank wird man beklaut. Das Plaid hat sie mitgehen lassen, die Tagesdecke von Tante Friede, erinnerst du dich? Monatelang hatte die daran gehäkelt, sogar mit Brokatfäden, ich habe den Goldglanz immer so gemocht. Diese Flüchtlingsbrut … Arbeiten konnte sie ja, aber ein Luder war sie doch.«

Ich erinnerte mich kaum an die Decke, und Elisabeth zu verteidigen, fiel mir nicht ein; in meinen Augen hatte sie ein Recht auf ein Andenken an die Zeit bei uns, die sie später einmal – seltsam genug – als ihre heiterste und glücklichste bezeichnen würde.

Wir schrieben uns manchmal Postkarten oder Briefe, und im Gegensatz zu mir, meiner wetterwendischen Klaue, hatte sie eine durchgehend lichte und schwungvolle, auf ein harmonisches Gesamtbild bedachte Handschrift und machte so gut wie nie Fehler, auch nicht bei der Zeichensetzung. Umso amüsanter fand ich es, dass sie mich nach all den Jahren unserer Freundschaft mal Luisa, mal Louisa oder Luise nannte und ihren neuen Namen – die beiden hatten inzwischen geheiratet, ein kurzer Abstecher zum Standesamt in Schleswig – entweder Urban, Uhrban oder Urbahn schrieb. »Ihr fehlt mir alle so«, beendete sie einen ihrer ersten Briefe. »Aber am meisten fehle ich mir selbst.«

Mit meinen Antworten schickte ich Elisabeth manchmal Bücher, die ich gelesen hatte und von denen ich mir vorstellte, dass sie ihr gefallen könnten. Darunter waren auch meine Lieblingsromane, »Anna Karenina« von Leo Tolstoi, »Professor Unrat« von Heinrich Mann, »Der Steppenwolf« von Hermann Hesse oder »Mrs Dalloway« von Virginia Woolf, damals noch mit dem deutschen Titel »Eine Frau von fünfzig Jahren«. Und da sie nie darauf reagierte oder sich auch nur bedankte, fragte ich sie einmal direkt, ob ihr denn eines der Bücher etwas gesagt habe. Denn dass sie die gelesen hatte, davon ging ich selbstverständlich aus; es gab noch keine Fernseher, und Missunde war ein einsamer Ort.

»Nein«, schrieb sie unverhohlen zurück, »da muss ich Dich enttäuschen. Nicht einmal zum Zeitunglesen komme ich. Was hast Du denn für Illusionen vom Landleben in Deinem schnieken Kiel? Bei uns rasselt um halb vier der Wecker, wir essen ein Stück Brot und trinken Kaffee, während schon die Kühe brüllen, und kurz darauf zünden wir unsere Petroleumlampen an und gehen in den Stall oder auf die Weide, auch wenn es regnet, auch bei Sturm.

Überhaupt ist das Wetter das Wichtigste. Wir melken drei, manchmal vier Stunden lang, die Füße im nassen Gras, die dreckigen Kuhschwänze im Gesicht. Mittlerweile hab ich Oberarme wie ein Boxer. Dann spannt der Walter unseren Haflinger vor den Wagen und fährt die Kannen in die Molkerei, und ich rühre diesen Milchaustauscher samt Kleie für das Jungvieh an, einen großen Kessel voll, und verteile den Brei in den Eimern. Manche Kälber muss ich auch mit der Flasche füttern, und vor Gier rammen sie mir dann ihren Kopf in den Bauch, und ich flieg ins Stroh. Das arme Baby.

Wenn Walter aus der Molkerei kommt, spülen wir die Kannen und essen ein Käsebrot, und während er sich um die Weidezäune kümmert, die immer schadhaft sind, denn die Viecher wollen natürlich ins Freie, wasche ich mir den gröbsten Dreck ab, ziehe einen Kittel an und laufe rüber ins Gutshaus, zum Putzen. Es hat viele hohe Fenster und unzählige Zimmer, und die Böden und Treppen müssen alle naslang gebohnert werden; das geht auch in die Arme.

Die Paulys, unsere Chefs, sind eigentlich ganz in Ordnung, sie gucken nicht auf die Uhr, und ich kann mir die Arbeit einteilen. Nur rauchen darf ich nicht im Haus. Die Alte ist ein Krüppel, hat eine versehrte Hüfte und so einen Holzfuß, da höre ich sie immer schon von weitem auf den Dielen. Aber er steht manchmal ganz plötzlich im Raum, stiller als der Samtvorhang, und dann weiß ich nicht, was er gesehen hat, als ich mich bückte. Er züchtet Traber, richtige Rennpferde, hat nur Turniere und Wetten und Preise im Kopf und manchmal noch was anderes … Na, Du kennst mich; mit so was kann ich umgehen.

Nach dem Putzen laufe ich quer über die Koppel in unser Prunkschloss, in dem wir neuerdings Ameisen haben, die im Winter hoffentlich verrecken. Einen Teil des Lohns kriegen wir als Deputat: Mehl, Butter, Gänse

und sogar ein halbes Schwein im Jahr, die Speisekammer ist voll. Doch das Kochen mit Holz und Kohle macht Mühe, man schwitzt immer, und Glut ist nicht Glut. Nach dem Mittagessen legen wir uns eine Stunde hin, manchmal lässt Walter mich auch etwas länger schlafen. Zu lange ist aber auch nicht ratsam, dann komme ich nämlich kaum mehr hoch, nicht nur wegen der schmerzenden Gelenke. Der Bauch wird immer schwerer, und dauernd muss ich pupen.
Bis drei kümmern wir uns um unseren Garten, das heißt, mein Göttergatte macht das. Der hat den grünen Daumen, Blumenkohl wie Schnee, und ich mag auch nicht die Jauche auf die Beete kübeln. Ich wasche die Wäsche oder koche ein, was gerade einzukochen ist, Äpfel, Kürbisse, Marmeladen. Auch die Hühner machen Arbeit, wir haben zehn eigene und so einen kleinen, kratzigen Italiener-Hahn. Komm ich dem ins Gehege, schießt er auf mich los wie eine Flamme, um seine Weiber zu schützen. Aber ich hab ihm schon mal eins mit der Schaufel verpasst, und jetzt ist er vorsichtiger.
Gegen halb vier, nach einem Stück Rosinenstuten und einer Tasse Tee, geht das zweite Melken los, was in der Weidezeit meistens länger dauert, weil den Kühen nach all dem frischen Gras mehr Milch in die Euter schießt. Dann bringt Walter auch den Ertrag in die Molkerei, und wieder heißt es Kannen spülen, Kälber füttern oder Raufen füllen, und mit etwas Glück sind wir um acht in unserem Häuschen. Ein Bad haben wir nicht, nur einen Spülstein, ich setze einen großen Bottich Waschwasser auf den Herd, und während es warm wird, koch ich uns ein Abendessen, Bratkartoffeln, Milchsuppe, irgendwas

mit Eiern. Um neun jucken uns oft schon die Schlafläuse, und wenn wir gut sind, halten wir noch eine Stunde durch. Walter sitzt dann über seinen Tabellen für die Meisterprüfung, und ich höre Radio. Zum Lesen habe ich aber keinen Kopf mehr, höchstens noch zum Sockenstopfen. Also, spar Dir die teuren Bücher, Kind, für unsereins sind die nicht geschrieben. Schick mir lieber ein Päckchen ›Juno‹. Hier im Dorf gibt's nur ›Overstolz‹ oder ›Roth-Händle‹, die reinsten Lungen-Torpedos. Die schmecken wie geröstetes Stroh.«

Die Decke mit den Goldfäden fand sich übrigens ordentlich zusammengefaltet in einem Wandschrank der Abseite, wo sie schon vor Elisabeths Anstellung gelegen hatte. – Nachdem Wolf, ihr erster Sohn, zur Welt gekommen war, besuchte ich sie einmal übers Wochenende in Missunde. Das Abitur war gerade geschafft, wenn auch nicht mit einer Glanzleistung, aber für das Studium der Bibliothekswissenschaft reichte es. Mit Birte und ein paar Jungen aus unserer Klasse hatte ich am Nachmittag nach der letzten Prüfung im Café Fiedler am Alten Markt gefeiert – nicht mit einem Gelage, wie es heute üblich ist, sondern brav mit Torte und Kakao. Irgendwer hatte aber doch eine kleine Flasche »Old Smuggler« dabei, und die anderen hielten ihm ihre Tassen unter dem Tisch hin; es wurde immer lustiger. Ich kann bis heute keinen Schnaps vertragen, mir wird schlecht, wenn ich nur daran rieche, Birte dagegen kippte ihn weg wie nichts, kriegte glühende Backen und riss dreckige Witze. Und als sie einmal lange nicht von der

Toilette kam und ich nach ihr sehen wollte, bemerkte ich Lorenzo.

Meine Liebe, oder was ich vor Monaten so genannt hätte, war inzwischen ausgekühlt davon, dass er sie beharrlich ins Leere laufen ließ. Denn natürlich wollte ich nach einer Weile mehr über ihn wissen als das, was er ohnehin von sich preisgab: Geboren in Mestre als Sohn eines deutschen Arztes und einer italienischen Köchin mit eigener Osteria, Abitur auf einer deutschen Schule in Rom, Medizinstudium in München, Ehe mit einer Stuttgarter Krankenschwester, die schon nach einem Jahr geschieden wurde, und schließlich junger Heeresarzt auf dem Lazarettschiff »Robert Möhring« bei Sassnitz. Seine Geschichte war in vielem eine Kriegsgeschichte, darüber sprach damals niemand gern, und als ich ihn nach der Bedeutung der winzigen Tätowierung an seinem inneren Oberarm fragte, stutzte er denn auch, als hätte er sie bereits vergessen, und wischte mit dem Daumen darüber. »Ach das ... Keine Ahnung. Ich glaub, das ist die Vorwahl von Venedig«, sagte er grinsend und zog mich wieder aufs Bett.

Wir trafen uns nach wie vor auf seinem Schiff, immer und ausschließlich zu demselben Anlass, und natürlich fragte ich mich manchmal, wie ich diese Konstellation nun nennen sollte; das Wort Beziehung meinte damals vor allem berufliche oder geschäftliche Kontakte. Er ließ mich nicht in seine Welt, von seinen Gefühlen und Gedanken zu schweigen, und ging nirgendwo mit mir hin, nicht einmal ins dunkle Kino oder zum Schwimmen nach Laboe. Aus Angst, ihn zu verprellen, wagte ich aber auch nicht, das einzufordern, denn ich mochte nicht verzichten auf diese Momente, in denen ich sprach- und atemlos wurde, sobald er mich berührte, und fast jedes Mal, wie Birte sagen würde, hochging wie eine Rakete. Natürlich hätte seine Liebe mir geholfen, mich dabei weniger ausgeliefert zu fühlen, aber ich konnte sie nicht erkennen. Schnell war sein Blick wieder silbergefasst und kühl, und er blätterte in seinem Dienstkalender auf der Suche nach der nächsten freien Zeit für uns.

An jenem Nachmittag im Café Fiedler saß er in dem schmalen Seitenraum mit den verspiegelten Wänden. Er trug einen Anzug mit zweireihigem Jackett und eine gelockerte Krawatte, und ich blieb zwischen dem Kuchenbüfett und dem Garderobenständer in seinem Rücken stehen, so dass er mich eigentlich nicht bemerken konnte. Die schlanke, fast hagere Frau mit den starken Wangenknochen und den blass geschminkten Lippen, mit der er sich unterhielt, war etwa in seinem Alter, Anfang vierzig, und hatte sich die kastanienbraunen Haare mit der Brennschere knapp über der Schulter nach außen gedreht. Unter ihrem dünnen Rollkragenpulli, Nylon vielleicht oder weiße Viskose, zeichnete sich einer der sehr spitzen BHs ab, die gerade Mode wurden, und ihre Wildlederpumps waren so rot wie der Rock.

Ein kleiner Koffer mit Messingschlössern stand auf dem Stuhl neben ihr, ein Trenchcoat hing über der Lehne, und die beiden sprachen italienisch miteinander, was sich bei ihr trotz der gelegentlich hohen, rasch hervorgestoßenen Laute seltsam heiser anhörte. Etwas Beleidigtes und auch Vorwurfsvolles klang darin an, während er, dessen Stimme ich kaum wiedererkannte in der angeborenen Diktion, sich um eine sanfte, nahezu beschwörende Melodik bemühte. Alles rundete er mit weichen Gesten ab und griff einmal nach ihrem Ellbogen, umschloss ihn zärtlich, wie mir schien; aber ihr Gesicht mit den fein gezupften Brauen und der schmalen Nase behielt das Herbe oder gar Strenge. Offenbar hatte es eine Unstimmigkeit oder einen Streit zwischen den beiden gegeben, und ihrem starren Blick nach zu urteilen war sie zur Versöhnung noch nicht bereit, die Lippen blieben gestrafft.

In dem Moment – ich musste zur Seite treten, ein Kunde wollte ans Büfett – bemerkte Lorenzo mich in dem stockfleckigen Spiegel hinter ihrem Rücken.

Sollte ihn meine Gegenwart überrascht haben, verzog er doch keine Miene; an seinem Kehlkopf war eine Schluckbewegung nicht zu erkennen. Weiter auf die Frau einsprechend, musterte er mich ruhig und unverwandt, was für sie ausgesehen haben mochte, als suchte er im Unbestimmten nach überzeugenden Worten im richtigen Ton. Andere Leute traten an die Glastheke, Weinbrandbohnen wurden verlangt, eine Makrele aus Marzipan, und fast schon hätte ich ihm zugenickt und wäre an den Tisch getreten, um die beiden zu begrüßen, denn vielleicht, dachte ich, war die Frau ja eine Verwandte oder eine Kollegin? Fragend blickte ich ihn an.

Aber Lorenzo nahm die Hand der Schönen, an der ich erst jetzt den schmalen Ring sah, und verneinte mit einer Kopfbewegung, die kaum jemand bemerkt hätte, der nicht so ängstlich auf Zeichen seiner Zustimmung oder Ablehnung achtete wie ich. Eine senkrechte Falte blitzte zwischen seinen Brauen auf, und dann drückte er einen Kuss auf ihre dunkelrot lackierten Fingernägel, und sie lächelte vage, das heißt, sie hob ein wenig die Mundwinkel und schloss wie begütigt die Lider. Hauchgrau geschminkt waren die, was damals in Deutschland kaum jemand machte und ihr eine einschüchternde Eleganz verlieh.

Noch einmal blickte Lorenzo mich aus dem Spiegel mit der eingravierten »Meßmer«-Reklame an, eine stumme Drohung, und schließlich verschob er seinen Stuhl und sagte etwas nah an ihrem Ohr, das sehr wahrscheinlich nichts mit mir zu tun hatte – und doch alles. Das Stutzen der Frau sah zwar etwas theatralisch aus, aber ihr plötzliches Lachen mit wunderschönen weißen, leicht nach innen stehenden Zähnen klang silberhell und rein, und was da am Rand meines Blickfelds, wo die Pralinen verpackt wurden, sanft schillernd zu Boden schwebte, waren natürlich Schnipsel des Cellophan-Papiers, keine Libellenflügel.

Ich drehte mich um, verließ das Lokal, und am nächsten Tag, an dem wir eigentlich auf seinem Boot verabredet waren, machte ich mich auf den Weg an die Schlei, eine Fahrt von knapp neunzig Minuten. Walter hatte mich am Telefon gebeten, einen bestimmten Bahnbus zu nehmen, und wartete schon an der Haltestelle in Missunde, tippte sich grinsend an den Mützenschirm. Der fuchsbraune Haflinger-Wallach vor dem Wagen, mit dem er die Abendmilch in die Meierei gebracht hatte, sah mich mit freundlicher Neugier an und schnaubte, als ich ihm über den Hals strich. Er hatte eine sehr helle

Mähne, und der warme Atem aus seinen Nüstern roch nach Gras.
Jüppgen heiße er, sagte Walter und nahm mir die Reisetasche ab, stellte sie hinter sich auf die Ladefläche. Wir gaben uns die Hand, und nachdem ich mich zu ihm auf den schmalen, eigentlich nur für eine Person gedachten Bock gesetzt hatte, schnalzte er leise, und das Pferd trottete los. Die Zügel baumelten über der Bremskurbel, er zündete sich eine Zigarette an, und obwohl es wieder eine leise Verlegenheit zwischen uns gab, schwiegen wir zunächst aus einem anderen Grund: Die Fahrt durch das Dorf ging über altes Feldsteinpflaster, die großen Aluminiumkannen, ein Dutzend oder mehr, rappelten auf dem Boden des Anhängers und schlugen gegeneinander wie verstimmte Glocken; ein Gespräch war kaum möglich.
Nirgendwo Ruinen oder Krater; im Gegensatz zu Kiel hatte es hier keine Bombeneinschläge gegeben; jedes der reetgedeckten Häuser stand schon Jahrhunderte so an der krummen Straße. Die Vorgärten quollen über von Fuchsien, Rittersporn, Rosen und Levkojen, und auf vielen Fensterbänken standen Gläser voll Honig und Marmelade zum Verkauf. Am Schlei-Ufer gab es eine kleine Werft für Segelschiffe, Fischernetze hingen zum Trocknen an Pfählen, und hinter der Kirche und dem Friedhof mit den ordentlich geharkten Wegen hörte das Pflaster abrupt auf. Eine Straße aus gewalztem oder von der Sonne hart gebackenem Lehm begann, und nun war nur noch das Sirren der Gummiräder und der dumpfe Schlag der großen, von hellen Haarbüschen verdeckten Hufe zu hören.

Immer wieder versuchten wir, die Berührungen unserer Oberschenkel auf der schmalen Sitzbank zu vermeiden, was aber kaum möglich war, und schließlich hängte Walter ein Bein über die Seitenlehne, um etwas abrücken zu können, und wies zum Horizont. Sattgrüner Mais, ein großes Feld, wuchs bis zum Gutshof in der Senke, der fast verborgen war hinter alten Bäumen. Nur die eine oder andere gekalkte Mauer, der First des Herrenhauses und die Spitze des barocken Torturms waren zu sehen. Von der Anlage aus Ställen, Scheunen und ummauerten Güllegruben lief ein Fußpfad quer über die große Weide voller schwarz-weißer Kühe zu dem Ziegelhäuschen, in dem er und Elisabeth lebten und das ich schon von der Postkarte kannte. Umgeben von Obstbäumen, Gemüsebeeten und einem Gehege voller bunter Hühner stand es allein am Rand eines fast reifen Weizenfeldes, und aus dem Schornstein stieg Rauch. Man roch das Buchenholz, auf dessen Glut Elisabeth wohl gerade kochte, und ich atmete tief, wischte mir die Augen und sagte: »Schön habt ihr's hier. Wirklich schön.«

»O ja«, sagte Walter und schnalzte leise, woraufhin das Pferd die silberweiße Mähne schüttelte und in einen leichten Trab wechselte. »Es ist das Paradies, das glaub mal. Hier geh ich nie mehr weg.«

Jüppgen bog in die gepflasterte Allee, die zum Gut führte, die Schatten alter Linden flossen über sein Fell, über unsere Kleider, und als wir unter dem Gewölbe des Torturms mit der Jahreszahl 1712 hindurchfuhren, klang es momentlang so, als wären die Hufe des Wallachs aus Glas. Die Sonne stand schon tief, und die gewaltige Kas-

tanie in der Hofmitte überschattete das zweigeschossige weiße, von wildem Wein bewachsene Gutshaus mit den hohen Fenstern und dem Säulenportal, an dem es einen bunt ausgemalten Fries gab: Früchte, Ähren, Blumen aus Holz. Aus einem offenen Fenster kam Klaviermusik, immer die gleichen, ein wenig schiefen Akkorde.
Walter sprang ab, öffnete das Gatter, lenkte Pferd und Wagen rückwärts auf die Koppel, und ich half ihm, die Kannen abzuladen. Wir spülten sie mit dem Wasserschlauch aus und hängten sie kopfunter auf das Trockengestell vor dem leeren Kuhstall, und nachdem er Jüppgen ausgeschirrt hatte, folgte ich ihm auf dem Pfad zum Melkerhaus, stets bedacht darauf, nicht in die grünen Fladen zu treten, die überall lagen. Er trug meine Tasche, und einige Kühe unterbrachen das Grasen und reckten neugierig die Hälse, als sie mich sahen. Halme klebten an ihren feuchten Schnauzen.
Das Baby auf dem Arm, wartete Elisabeth an der Gartenpforte, und einen Moment lang traute ich meinen Augen kaum. Alles Maushafte war verschwunden aus ihrem sonnengebräunten Gesicht, nahezu rundlich wirkte sie in dem dunkelgrünen Jacquard-Kleid mit den schmalen Trägern, zu dem sie wie stets ihre Korksandaletten trug. Auch die Unterarme waren tiefbraun; man konnte sehen, wie weit sie sich beim Melken die Ärmel aufkrempelte. Toupiert das Haar, getuscht die Wimpern, die Lippen rot, und Walter pfiff leise durch die Zähne, während er seine Mütze an den Zaun hängte und an dem Hühnergehege vorbei zur Pumpe ging: »Da schau an«, sagte er grinsend. »Kaum kriegen wir mal Besuch, macht sie sich hübsch!«

Elisabeth tippte sich an die Stirn, und als sie mir zur Begrüßung über die Wange strich, fühlte ich die Schwielen auf der Handfläche. Wie Walter trug auch sie keinen Ehering. »Döskopp!«, rief sie ihm nach, wobei mir auffiel, dass sie tatsächlich die Oberarme eines muskulösen Mannes hatte. »Ich bin immer schön. Du siehst es nur nicht mehr.«

Sie drehte ein wenig die Schulter und hielt mir den kleinen, knapp sechs Wochen alten Wolf hin. Hellblond war er, wie keiner der beiden, hatte aber Walters grüne Augen, und er duftete nicht nur nach Puder und Babyseife. Als Elisabeth die flauschige Decke, in die er gewickelt war, ein wenig aufschlug, stieg mir dieser typisch reine, warm-süß milchige Geruch in die Nase, den es offenbar nur gibt, damit uns die Sehnsucht die Moleküle durcheinanderwirbelt und wir verrückt nach einem Baby werden. »Das ist schon ein Lieber«, murmelte sie. »Ich hatte kaum Wehen, und dann flutschte er raus wie nichts. Er schläft und isst und lässt mich ansonsten in Ruhe.«

Walter hatte seine blaue Melkerbluse an den Hühnerdraht gehängt und wusch sich prustend an der Pumpe, während wir über drei ausgemuldete Ziegelstufen ins Haus gingen. Winzig der Flur, voller Gummistiefel und Wetterjacken, und trotz des offenen Fensters verströmte der Herd, die Küchenhexe, eine atemberaubende Wärme. Ein großer emaillierter Kessel mit Wasserhahn stand darauf, und Elisabeth legte das Baby in sein Bettchen, einen Wäschekorb. Dann öffnete sie die Klappe des Backfachs, in dem ein Huhn brutzelte, fett wie eine Pute, und goss etwas von dem Fond darüber. »Extra für dich geschlachtet«, sagte sie. »Hab den halben Nachmittag mit Rupfen und Sengen verbracht. Aber die Innereien, die mochte ich noch nie; die flogen gleich ins Feld. Da hättest du mal hören sollen, wie die Marder sich balgten.«

Von Herd und Spüle abgesehen bestand die Einrichtung der Küche aus einem Büfett mit Aufbau, einem Tisch und drei Stühlen. Einen Eisschrank gab es nicht, Butter, Milch und alles, was kühl aufbewahrt werden musste, lagerte im Keller. Im angrenzenden Wohnbereich mit einem vergitterten Fenster zum Weizenfeld standen eine Kommode, der eine ovale Glasscheibe fehlte, ein niedriges Tischchen mit Kristallaschenbecher, ein Polsterstuhl und ein zerschlissenes Sofa. Über der Rückenlehne glänzte die Tapete mit dem Muster aus lichtgrauem Bambus, als hätten dort schon oft Menschen mit fettigen Haaren gesessen. »Das ist dein Schlafplatz«, sagte Elisabeth. »Die alten Sprungfedern knarren ein bisschen, aber sonst ist es ganz bequem. Wir verdienen nicht viel, weißt du.«

Aus dem Radio mit der treppenförmigen Skala kam leise Schlagermusik, und ich öffnete die Tasche und stellte meine Gastgeschenke auf den Tisch: Eine Flasche Bordeaux, eine Flasche »Cröver Nacktarsch« und eine jener flachen Schachteln, »Juno«, in der die Zigaretten nebeneinander in zwei Reihen lagen. Die fand ich schon in der Kindheit immer so elegant, und sie für meinen Vater zu öffnen und erst das halbtransparente Seiden- und dann das Silberpapier wie Buchseiten umzuschlagen, war ein ähnliches Glück gewesen, wie eine neue Dose Schuhcreme aufzuschrauben. »Kleiner Vitaminschub«, sagte ich. »Mit schönen Grüßen von meiner Mutter.«

Das war eine Lüge, allerdings eine lässliche, wie ich fand, aus der Empörung geboren. Denn auf meine Frage, ob ich ihre ehemalige Geschäftsführerin von ihr grüßen solle, hatte sie nur die Nase gerümpft und war wortlos aus dem Raum gegangen; Elisabeth hielt sich eine Hand vor den Mund. »O Gott, ist das wahr? Die denkt noch an mich? Dabei hab ich ihr damals den ganzen Teppich versaut. Sag ihr schönen Dank, hörst du.«

Ich nickte, drehte mich weg und sah in den Garten. Am Ende einer langen Reihe üppig bewachsener und makellos gepflegter Beete stand der grün gestrichene, von Holunderbüschen überwölbte Abtritt mit der Herztür, den sie einmal in einem Brief erwähnt hatte, und ich fragte mich, wie ich in der Nacht dorthin finden sollte, womöglich im Regen, im Sturm? Seit den Treffen mit Lorenzo war meine Blase sehr empfindlich geworden, und ich spürte bereits ein leises Ziehen im Unterleib, wenn ich mir nur vorstellte, mich im Schlafanzug mit einer Taschenlampe durch den Garten zu tasten.

Walter hatte drei Flaschen Bier aus dem Keller geholt und füllte unsere Gläser. Die nassen Haare zurückgekämmt, trug er einen sichtlich neuen Baumwollpullover, weiß und blau gestreift, was die kräftige Brust betonte, und während er das Huhn in der Kasserolle tranchierte, setzten wir uns an den Tisch. Zu dem Fleisch gab es gebratene Makkaroni mit Zwiebeln und Speck sowie junge Bohnen aus dem Garten, und ich staunte, wie viel und wie schnell die beiden aßen. Mal ein halbes Brötchen, eine Kartoffel, ein Salatblatt und jede Menge Kaffee, davon hatte sich Elisabeth ernährt, als sie bei uns angestellt war, und ich nahm mir noch von den Bohnen und fragte: »Seit wann arbeitest du denn schon wieder mit?«

Ein großes Stück Huhn verschwand in ihrem Mund. »Wie, seit wann?«, antwortete sie kauend. »Der Junge kam am zehnten Mai, gleich nach dem Abendmelken, wir hatten es gerade so auf die Entbindungsstation nach Schleswig geschafft, und am zwölften saß ich schon wieder auf dem Schemel, wenn auch noch ein bisschen weich in den Knien. Während ich meine Kühe melkte, tropfte mir die Milch raus, aber was willst du machen: Mittlerweile stehen hier fünfunddreißig von den Viechern und müssen zweimal am Tag abgefertigt werden, von ihren Kälbern ganz zu schweigen. Das schafft der stärkste Mann nicht allein.«

Walter nickte, sagte aber nichts. Er aß konzentriert, sah selten auf von seinem Teller, und die Bewegungen der Kiefer- und Schläfenknochen in seinem kräftigen Gesicht erinnerten mich seltsamerweise an ein Pferd, an den friedlichen Haflinger gerade. Manchmal knackte es zwischen seinen Zähnen, vermutlich genierte er sich vor dem Besuch, Knorpelstücke oder kleine Knochen auf den Tellerrand zu legen. Er aß sie einfach mit, und als er bemerkte, dass ich das bemerkte, grinste er mich an. »Und was macht die Meisterschule?«, fragte ich. »Fährst du noch regelmäßig nach Malente?«

Er hob sein Glas, ein altes Senfglas mit Griff, und trank einen Schluck von dem Bier. Dabei sah er stirnrunzelnd aus dem offenen Fenster, als stimmte etwas auf der Weide nicht. »Wie sollte das gehen«, murmelte er schließlich, »jetzt, wo das Kind da ist. Die Liesel kann nicht mehr alles machen, wegen der Gebärmuttersenkung, und nach der ganzen Arbeit fehlen mir die Nerven fürs Lernen, das glaub mal. Man muss zu viel rechnen, Milchquoten, Fettanteile, Laktationskurven und Bilanzen, und das war noch nie meins. Auch das Paragrafengedöns und das Deutsch in den Lebensmittel- und Tierschutzverordnungen, das bleibt abends nicht mehr hängen … Aber was soll's, einen Stall kann ich schließlich auch ohne Meisterbrief ausmisten.«

Ich schwieg wohl einen Atemzug zu lange, zu deutlich betroffen oder hörbar enttäuscht, denn nachdem sie ihren leeren Teller von sich geschoben hatte, glaubte ich eine Spur von Unwillen oder Befremden in Elisabeths Miene zu sehen. Aber vielleicht meinte die Verdunkelung in den Augen auch das plötzliche Wimmern im Korb, ein unendlich zarter Laut, wie ein Haarriss in der Luft, und sie beugte sich hinab und befühlte die Windel. Dann kehrte sie Walter den Rücken zu, damit er ihren Reißverschluss öffnen konnte, glitt mit einer Schulter aus dem Kleid und gab ihrem Kind die Brust.

»Wir haben es doch gut so, wie es ist«, sagte sie, wobei ich tatsächlich einen herben Trotz in ihrer Stimme hörte. Sie steckte sich eine Zigarette zwischen die Lippen und griff nach dem Sturmfeuerzeug auf dem Büfett. »Wer weiß denn, ob nicht irgendwann alles nur noch von Maschinen gemacht wird, auf vielen Höfen passiert das schon. Die verlegen Milchleitungen bis zum Transporter, und dann ist auch so ein Meister überflüssig; dann braucht man nur noch Buchhalter und Ingenieure, und die Kälber werden mit dem Flaschenzug auf die Welt geholt.« Sie stieß den Rauch aus dem Mundwinkel hervor und zwinkerte ihrem Mann zu. »Da ziehen wir doch lieber in eine Stadt und probieren was Neues aus, oder? Wir sind jung, wir sind stark, arbeiten können wir überall. Hört mal …«

Das Baby schlürfte leise, und das rasche Platzen von Milchblasen klang wie ein entferntes Zwitschern. Eine Hand in die Höhe haltend, schien es dabei nach dem Rauch greifen zu wollen mit seinen Fingern, deren winzige Vollkommenheit mich entzückte, und nachdem es wieder eingeschlafen war und Elisabeth es ins Ehebett gebracht hatte, brühte sie Kaffee für den nächsten Morgen auf, füllte ihn in eine Thermoskanne. Dann spülten wir zusammen ab und setzten uns ins Wohnzimmer, wobei die beiden wiederholt ihr Gähnen unterdrückten. Im Hühnergehege krähte der Hahn, und auch das klang seltsam müde, eher wie ein Krächzen.

Walter goss noch einmal unsere Gläser voll und erzählte, dass er sich neben dem Milchvieh auch um den Zuchtbullen des Gutes kümmere, Mozart hieß er und war preisgekrönt. Er stand gewöhnlich angekettet auf einer Extraweide hinter dem Herrenhaus, »tüddelte« sich aber manchmal los, das hieß, er ruckte so lange an dem tief eingerammten Stahlpflock herum, bis er ihn aus der Erde ziehen konnte. Und dann, in den Abendstunden oft, marschierte er mit seinen zwei Tonnen Gewicht durch den Zaun, als wäre der gar nicht da.

»Aber wohin denn?«, fragte ich. »Will er auf die Kuhweide?«

»Nein, nein«, sagte Elisabeth, »die Mädels interessieren ihn kaum, die haben jetzt nicht den Geruch, auf den er scharf ist. – Der trottet die Straße rauf, die lange Kette mit dem Pflock im Schlepp, und sieht sich die Dorfgärten an. Er liebt nämlich Mangold; wenn der reif wird, wittert er ihn Kilometer gegen den Wind, und dann steht er plötzlich zwischen den schön geharkten Beeten der Leute, die sich hinter ihre Möbel ducken, und lässt es sich schmecken. Gott sei Dank gibt es am Kiosk ein Telefon, und irgendwer ruft dann immer hier an und fragt: ›Alles klar bei euch? Könnt ihr mal bitte euren Mozart holen?‹«

»O Gott«, sagte ich. »Und wie kriegt ihr ihn da wieder weg?«

Walter hob die Schultern, blies den Rauch dezent am Kinn hinunter und drückte seine Zigarette aus, wobei die Finger etwas zitterten. »Mit Mangold«, sagte er und gähnte nun unverhohlen. »Ich schnapp mir einen Armvoll und lock ihn zurück, Blatt für Blatt, was natürlich dauert. Aber er ist eigentlich ein gutmütiges Tier. Manchmal frisst er sogar Rosen.«

Er leerte sein Glas, ging hinaus, und kurz darauf war ein Plätschern durch das offene Fenster zu hören, ein starker Strahl. Elisabeth, die meinen amüsierten Blick ignorierte oder gar nicht bemerkte, stand auf und kramte im Schlafzimmerschrank nach Decken und Kissen, legte sie mir auf die Couch. Dann zog sie Kleid, BH und Baumwollhöschen aus, schöpfte eine Schüssel warmes Wasser aus dem Kessel und begann, sich über dem Spülstein zu waschen. »Falls du heute Nacht mal pinkeln musst«, sagte sie und fuhr sich ungeniert mit dem Waschlappen zwischen die Beine, »brauchst du nicht durch den ganzen Garten zum Klo zu gehen. Bei Regen ist das manchmal glitschig. Du kannst den Eimer in der Diele benutzen oder dich einfach an den Feldrand hocken; hier kommt kein Mensch vorbei, das machen wir auch.«

Am nächsten Morgen gaben sich die beiden zwar Mühe, mich nicht zu wecken, aber natürlich hörte ich ihr Flüstern; die Küche war von dem Wohnbereich nur durch einen Wachstuchvorhang getrennt. Dennoch blieb ich liegen und wartete, bis sie gegessen und ihren Kaffee getrunken hatten, und nachdem die Haustür ins Schloss gefallen war, stand ich auf und sah ihnen nach.

Es war kurz nach vier; den Wäschekorb mit dem zugedeckten Baby in der Mitte, gingen sie langsam durch die Morgendämmerung, jeder eine glimmende Zigarette in der freien Hand. Elisabeth trug ein turbanartig gebundenes Kopftuch, eine dicke, etwas zu große Wolljacke und eine ausgebeulte Trainingshose. Auch Walter, die Mütze weit aus der Stirn geschoben, hatte sich einen Pullover um die Schultern gehängt, und beide blickten sie in verschiedene Richtungen, offenbar stumm, während hinter dem Maisfeld die Sonne aufging, ein rotgoldener Streifen. Die Kühe warteten bereits eng gedrängt zwischen dem Kannenwagen und dem Giebel des Kuhstalls, der dort unten die Weide begrenzte. Ihr Atem stieg wie Dampf aus den Mäulern, und ihr Brüllen war nichts als Schmerz.

Ich frühstückte und trank den Rest Kaffee aus der Kanne. Dann nahm ich mir eine Rolle Papier vom Garderobenhaken im Flur und ging durch den Garten. Das Morgenlicht fiel durch die Ritzen des Häuschens, und angesichts der verschiedenen Farben und Konsistenzen dessen, was in dem Loch unter dem Sitzbrett glänzte, hatte ich das Gefühl, einen unzulässigen Blick in eine Intimität zu werfen, die ich kaum mit dem Vorabend – dem Walter im neuen Matrosen-Pullover und der Elisabeth im eleganten Kleid – in Verbindung bringen konnte. Die Kluft, die sich hier auftat, war vermutlich nur mit Humor zu überwinden: Während ich mich setzte, fiel mir meine Freundin Birte ein. Bei unseren Schularbeiten in der Mansarde war ihr zu ihrem eigenen Schrecken mal ein Furz entfahren, und sie hatte mit der Hand gewedelt und gesagt: »Puh, da ist mir mein Lavendelduft aber missraten!«

Ich streute etwas Kalk aus einem kleinen Eimer über die Hinterlassenschaft und legte mich wieder aufs Sofa. An Lorenzo dachte ich und an die Italienerin in dem roten Rock, skizzierte einen Brief an ihn und lenkte mich ab davon mit einem der Bücher, die ich mir mitgebracht hatte, von Keyserlings »Wellen«. Dann schlief ich noch mal ein, und als ich zwei Stunden später barfuß durch den blühenden Löwenzahn und über die Kiesinseln der Koppel ging, hockten die beiden immer noch auf ihren einbeinigen Schemeln und melkten die letzten Kühe. Warm war es, fast schon heiß, und der Druck der Strahlen, die sie aus den Zitzen pressten, ließ die Milch in den Eimern schäumen.

Der Korb mit dem Baby stand im Gras unter dem Kannenwagen. Wölfchen sah mich mit großen Augen an, gluckste sogar leise und strampelte erfreut mit den Beinen. »Nimm ihn mit«, sagte seine Mutter über die Schulter, ohne ihre Arbeit zu unterbrechen. Sie trug jetzt nur ein Unterhemd, und auch Walter molk mit freiem Oberkörper, braungebrannt. »Macht einen Spaziergang auf dem Gut, der liebt die Sonne. Aber komm den Gäulen nicht zu nah, die halten sein helles Haar für Heu.« Dann stand sie auf und goss die Milch durch ein Seihtuch in eine der Kannen, wobei ihr zwei Katzen um die Stiefel strichen. Doch sie verscheuchte sie mit einem Tritt.

Das Kind auf dem Arm, zwängte ich mich durch einen Spalt zwischen Gatter und Pfosten und ging an einigen Futtersilos und dem Kälberstall vorbei, einem flachen Backsteinbau. Alle Schiebetüren waren geöffnet, und die Tiere, annähernd so viele wie auf der Weide, lagen oder standen stumm in ihren hölzernen, zum Teil mit Jute abgedeckten Einzelboxen und sahen mich traurig durch die Gitter an. Verzinkte Trinkeimer mit schnullerartigen Schlauchstücken waren daran befestigt, allesamt leer, aber unter dem großen Kessel am Gangende, gefüllt mit einem grauen Brei, gloste schon ein Feuer.

Ein Hund lag im Schatten der Hofkastanie, ein offenbar sehr alter Neufundländer, der kaum den Kopf hob, nur etwas Staub aufwirbelte mit der klopfenden Rute, als er mich bemerkte, und es war erstaunlich ruhig für einen landwirtschaftlichen Betrieb; nirgendwo arbeitete ein Mensch oder lief eine Maschine. In einer offenen Scheune stand ein gepflegter Mercedes 170 V, ein ähnliches Modell, wie wir es vor dem Krieg besessen hatten; allerdings war dieses ein Cabriolet, mit hochgeklapptem »Schwiegermuttersitz«. Auf dem Tempo Hanseat daneben, auf der Ladefläche, lag ein grauschwarzes, von Fliegen umschwirrtes Fohlen, vermutlich bei der Geburt gestorben. Es war noch halb in die Reste der Fruchtblase gewickelt.

Leer der Horst für die Störche auf dem Dach, und auch aus dem Herrenhaus drang kein Laut. Die Blätter des wilden Weins an der Fassade glänzten wie lackiert, hier und da blähten sich nachtblaue Vorhänge auf den Hof hinaus. Zwischen den Säulen des Portikus standen Töpfe voller Geranien, ein Palmfarn und sogar ein kleiner Zitronenbaum, und die ältere Frau, die mich aus einem offenen Parterrefenster musterte – in dem schattigen Raum voller Eichenmöbel lag ein blinder Schimmer auf den Brillengläsern –, erwiderte mein »Guten Morgen!« erst nach einem Augenblick, und dann auch nur mit einem Nicken.

Der kleine Wolf hatte eine meiner Strähnen zu fassen gekriegt und lutschte lallend an der Spitze herum, während ich weiterging. Alt waren die Wirtschaftsgebäude und Schuppen mit dem ausgedörrten Fachwerk, hier und da vom Sturm angegriffen die Dächer aus moosigem Reet. Nur ein Stall, eine imposante Halle auf der Nordseite des Hofes, war neueren Datums. Bis in Mannshöhe aus rotvioletten Klinkern gemauert, bestanden die Wände und das Dach darüber aus grün gestrichenem Blech, und als ich darauf zuging, hörte ich so etwas wie eine Schleifmaschine hinter den Lüftungsgittern und einmal ein dunkles Wiehern, das fast wie ein Röcheln klang.

Neben dem Gebäude erstreckte sich eine leicht ansteigende Koppel bis zum Buchenwald des Gutes, und die meisten der etwa zwanzig Pferde darauf, die sich durch meinen Anblick nicht beim Grasen stören ließen, hatten Fohlen. Fast alle waren dunkelbraun, mit schwarzen Mähnen und Schweifen, aber es gab auch einige Rap-

pen, und die Stute, die nah an den Zaun kam, um mich und das Baby zu betrachten, war hellgrau. Offenbar schon älter, mit hängendem Rücken und schwarzen Tränenrinnen in den Lidwinkeln, stellte sie freundlich die Ohren vor und schnaubte sanft. Doch dabei wirkte sie unendlich traurig. »Die passt zu Ihnen«, sagte eine Stimme hinter mir. »Die Grauen sind die Rothaarigen unter den Trabern.«
Ich drehte mich um. Ein fülliger Mann um die fünfzig, das weiße Hemd weit offen, trat aus dem Stall. Wie die Weste war auch seine Schiebermütze aus braunem Leder, und der Schirm überschattete zwei schmale Augen und eine Narbe, die sich quer über die schlaffe Wange bis zum Mundwinkel zog, was seinem Grinsen etwas Ironisches gab. Aber vielleicht war es auch der goldene Eckzahn, der kurz einmal aufblitzte, und er sah auf seine Armbanduhr, ehe er fragte: »Und Sie sind der Besuch aus der Stadt?«
Ich hatte das Gefühl, dass er seine Stimme tiefer machte, als sie war, und nickend reichte ich ihm die Hand und stellte mich vor. Ein seltsamer Geruch ging von ihm aus, ein brandiger, und dass er mir seinen Namen nicht sagte oder selbstverständlich voraussetzte, dass ich ihn kannte, fiel mir zunächst gar nicht auf, so sehr passte es zu seiner gestiefelten Aura. Stallmist klebte an den Absätzen und auch an den Knien seiner Reithose, und ich widerstand dem Impuls, zurückzuweichen, als er nah herantrat, um Wölfchen zu betrachten. »Dann wird das der Lütte von dem Walter sein – oder ist es Ihrer?«
Ich lächelte und ärgerte mich sogleich über meine Verlegenheit. Vielleicht wurde ich sogar rot, aber mit einer

Antwort schien er gar nicht zu rechnen. Er schob sich den Mützenschirm aus dem grauen Blick und musterte mich eine aufdringliche Weile stumm, als zählte er meine Sommersprossen. Dann fuhr er sich mit der Zunge über die untere Zahnreihe. »Die Urbans sagten, Sie wollen studieren? Irgendwas mit Bibliothekswesen?«, fragte er schließlich. »Na bravo, das nenne ich zielstrebig. Muss es auch geben. Ich wollte früher selbst auf die Universität, Junkerschule Posen-Treskau, schon mal gehört? Aber denen war ich zu alt, und dann wurde der Hof hier kriegswichtig, und ich musste übernehmen. Am Ende haben die sogar meine Pferde gefressen.«

Unter seinem Bauch hing ein Hemdzipfel aus der Hose, und er rieb sich das spitze Kinn, ließ die Stoppeln dort knistern. »Kommen Sie mal zu mir in einer stillen Stunde, unsere Bibliothek ist eine Rumpelkammer, das kann ich Ihnen sagen. Der Urgroßvater meiner Frau hat Voltaire gekannt und noch ein paar andere Schlauköpfchen. Ich hab jede Menge ledergebundener Bücher mit französischen Titeln, kann hier kein Aas lesen.« Nach einem raschen Blick zum Gutshaus strich er dem Baby über den Kopf, wobei er mit den Fingerrücken scheinbar absichtslos meine Brust berührte, einen Herzschlag lang. »Wahrscheinlich stehen die völlig durcheinander und könnten eine helfende Hand gebrauchen ...«

Erneut hatte ich das Gefühl, rot zu werden, vielleicht auch blass, doch nun hob ich den Kopf, verengte die Augen, und schmunzelnd tippte er sich an die Mütze und ging zurück in die blecherne Halle, wo er etwas auf Plattdeutsch rief; dabei klatschte er gebieterisch in die Hände. Nach Pferd hatte er gerochen, wie mir plötzlich

klar wurde, nach verschmortem Hufhorn, ein altes Mittel gegen Ratten, und ich ging weiter.
Der Glockenstuhl im Torturm war leer, Tauben hockten auf dem morschen Joch. In einem überdachten Verschlag mit drei Boxen lagen drei gescheckte Säue mit ihren unzähligen Ferkeln, blinzelten träge unter den geknickten Ohren hervor, und Wölfchen wurde unruhig, hatte wohl Hunger. Durch den leeren, sauber gefegten Kuhstall, in dem ein Traktor mit aufgestellten Mähmessern stand, trug ich ihn zur Weide zurück, wo die beiden gerade fertig geworden waren.
Elisabeth, immer noch auf dem Melkschemel, drückte ihre Zigarette ins Gras und hob die Arme. Ihre schwarzen Achselhaare waren nass. »Gib mir mein Kalb«, sagte sie und entblößte eine Brust. »Hat der Chef mit dir geschäkert? Das ist ein Hallodri, wie er im Buch steht, sieh dich vor. Im Dorf sagt man, der hat drei Hoden. Und seine Alte hält ihn kurz.«
Walter spannte den Haflinger an, und nachdem er mit den vollen Kannen davongefahren war und sie ihr Baby gestillt und wieder in den Wäschekorb gelegt hatte, zog sie sich die Gummistiefel aus und hängte Hose und Kopftuch in einen Blechschrank im Stall. Ihr selbstgenähtes Hemd aus cremefarbenem Satin war am Busen voller Milchflecken, und sie streifte eine ärmellose Kittelschürze darüber, tupfte sich aus einer winzigen Flasche »Mouson Lavendel« unter die Achseln und sagte: »Simsalabim. Gerade war ich noch die Melkerin mit den harten Händen, jetzt bin ich die Putzfee mit dem Federwisch. Und frag mich bitte nicht, wie es meinem Rücken dabei geht.«

Sie lockerte sich die Haare auf, kramte einen versilberten Stift aus der Tasche und zog sich vor einem Handspiegel die Lippen nach. Dann schlüpfte sie in ein Paar Sandaletten und lächelte mich an. »Hör mal, könntest du vielleicht den Kleinen ins Bett bringen und schon mal den Herd anfeuern und ein paar Kartoffeln kochen? Und such dir im Garten ein Gemüse aus; wir essen immer früh, damit wir uns bald hinhauen können.« Sie nahm sich einen Besen und einen Eimer voller Putzzeug aus dem Schrank. »Mein Mittagsschlaf ist der einzige Lichtblick am Tag.«

Ich nickte, und schon eilte sie quer über den Hof zum Herrenhaus, zu dem Seiteneingang am Giebel. Die Sonne stand hoch, fast im Zenit; auf der Schlei war ein Bootshorn zu hören. Schwalben schossen dicht über die Rücken der Kühe hin, um sich die Fliegen dort zu schnappen, eine lohbraune Katze beschnüffelte einen Euter. Die Luft roch nach Raps und auch nach frisch gemähtem Gras, das wohl irgendwo gewendet wurde, und Wölfchen schlief bereits, als ich in die Wohnung kam. Ich legte ihn aufs Elternbett und deckte ihn mit einem Laken zu.

Die Küchenhexe zog schlecht in der Wärme, ich musste viel pusten und fächeln, und nachdem die Buchenscheite brannten und das Wasser kochte, sah ich mich im Garten um. Mangold gab es nirgendwo auf den akkuraten Beeten, aber jede Menge Gurken, Porree und Karotten, und ich schnitt zwei dicke Kohlrabi-Knollen und einen Salatkopf von den Wurzeln und warf die äußeren Blätter den Hühnern hin. Die kamen sofort herbeigerannt und perforierten sie mit ihren Schnäbeln, doch der Hahn sprang mit gesträubten Federn gegen den Draht, um mich zu verjagen. In großer Höhe kreisten Störche in dem wolkenlosen Himmel, und klingelnd verschwand der rote Bahnbus hinter dem Mais. Ja, das Paradies, dachte ich und konnte mir nicht vorstellen, dass die beiden trotz der harten Arbeit hier nicht glücklich waren.

Am Nachmittag bat ich sie, mir das Melken beizubringen; ich wollte mich nützlich machen, und Walter grinste. »Na gut«, sagte er, »wenn du dir die schönen Hände ruinieren willst ... Im Stall hängen noch ein paar Schemel an der Wand. Wir haben nur einbeinige, die sind ein bisschen schwer auszubalancieren am Anfang, aber das schaffst du. Bind dir den Lederriemen um den Bauch, so, dann hast du die Hände frei, wenn du zwischen den Kühen herumgehst. Und für den Anfang nimm die Schwarze da drüben, die ist geduldig. Sprich mit ihr, Mona heißt sie und hat schon achtmal gekalbt. Vielleicht adoptiert sie dich ja.«

Bisher hatte es für mich ausgesehen, als müsste man nur an den Zitzen ziehen, und schon schösse die Milch in den Eimer; doch so leicht lässt sich eine Kuh ihren Schatz nicht rauben. Melken, besonders das beidhändige, ist eine motorisch komplizierte Angelegenheit, Walter machte es mir vor: Daumen und Zeigefinger einer Hand müssen direkt unterhalb des Euters um die Zitze gelegt werden, ein fester, rhythmisch zu erneuernder Ring, der die gierig zustoßenden Kiefer des Kälbchens imitiert und dessen Druck die Milch schon einmal aus den oberen Drüsen fließen lässt. Die drei übrigen Finger müssen dann einer nach dem anderen fest um die nun pralle Zitze gedrückt werden, eine rasch massierende Bewegung, die entfernt an ein Flötenspiel erinnert, den Triller. Dazu sollten beide Hände ein wenig zeitversetzt arbeiten, damit der Milchfluss gleichmäßig stark bleibt und nicht zu früh versiegt, und es dauerte eine Weile, bis ich jeden Strahl in den Eimer bekam; der eine oder andere schoss mir auch ans Knie.

Die Kühe, die keine anderen Melker als Walter und Elisabeth kannten, spürten natürlich, dass ich einen gewissen Respekt vor ihnen hatte. Damals wurden die Hörner noch nicht abgesägt, und schon ein neugieriges Herumfahren des Kopfes konnte einen Achtlosen gefährlich verletzen. Zudem hatte ich das Gefühl, dass die Tiere sich über meine Unsicherheit amüsierten: Die schwarze Mona strich mir immer wieder mit ihrer dreckigen Schwanzquaste über den Nacken, eine andere drückte mich mit einer Flankenbewegung vom Schemel ins Gras, und eine dritte machte einen jähen Schritt und stellte ein Hinterbein in die mühsam gewonnene Milch, einen fast vollen Eimer, der dann auch noch umfiel.

Urinierten oder schissen die Tiere während des Melkens, flogen Spritzer aus dem Unkraut oder von den Kieseln auf, mir ins Gesicht, und außerdem begannen meine Hände und Oberarme schon nach einer halben Stunde zu schmerzen, wie sonst nur beim Tragen sehr schwerer Dinge. Aber Elisabeth, die mehrmals hinter mir stehen blieb, wenn sie zum Kannenwagen ging, schien zufrieden zu sein. »Das klappt ja prima!«, sagte sie und trank einen Schluck Milch aus einer Blechtasse.

»Primissima! Du bist ein Naturtalent, Kleine, dich stellen wir ein!« Sie löste den Lederriemen vor ihrem Bauch, hängte den Schemel an den Zaun. »Dann könntest du jetzt hier beim Walter bleiben, und ich geh schon mal die Wäsche machen, oder? Hab einen ganzen Kessel voller Windeln …«
Ihr Mann hob den Kopf, zog die Brauen zusammen, blickte auf seine Uhr. Doch sie streckte ihm die Zunge heraus, nahm das Baby aus dem Korb und ging pfeifend davon. Das schien sogar die Kühe zu erstaunen, die eine oder andere brüllte ihr nach, und stumm arbeiteten wir weiter, wobei es nach einer Weile unüberhörbar war, dass Walter sein Tempo steigerte, damit der abendliche Liefertermin eingehalten werden konnte. Das druckvolle Prasseln der Milchstrahlen in seinem Eimer klang fast wie ein Stampfen – während es mir vor Schmerzen immer schwerer fiel, meine Tiere richtig auszumelken. Bei den meisten musste er noch einmal nacharbeiten, und schließlich rief er den Haflinger, der zwischen den Kühen graste, und schirrte ihn an.
Meine Arme unter dem Wasserhahn an der Stallwand kühlend, hoffte ich insgeheim, mich etwas ausruhen zu können, am liebsten auf der Couch im Melkerhaus, zumal ich plötzlich großen Hunger hatte, aber nun erklärte er mir, wie das Jungvieh zu versorgen war. Während er in die Meierei fuhr, sollte ich den großen ummauerten Kessel im Kälberstall befeuern und den Brei aus Kleie, Vitaminpulver und Wasser darin anrühren. Den bekamen die Tiere statt der Milch ihrer Mütter, und um ein Verklumpen der köchelnden Masse zu verhindern, musste ich sie eine halbe Stunde lang mit einem Ruder bewe-

gen, ehe ich sie mit einigen Litern Molke, der grünlich gelben Restflüssigkeit, die bei der Quarkherstellung entsteht, auf Körpertemperatur herunterkühlte.
Es war übrigens dieselbe, die gesunde Menschen haben, und nach Walters Rückkehr begannen wir, die Boxen auszumisten. Dazu mussten die furchtsamen Tiere auf den Gang, was keines von allein über sich brachte. Zwar ließen sich viele lenken, indem man ihnen sanft beide Hände an die Rippen legte, aber einige, die Widerborstigen, musste Walter auch in den Schwitzkasten nehmen. Die Augen staunend groß, stakten sie ungelenk über den Ziegelboden, wobei ihre noch weichen Klauen kaum Geräusche machten, berochen und beleckten einander oder probierten ihre winzigen Hörnerstummel aus. Manche wollten auch liebkost werden, und als ich einem meine Hand ins Maul schob, umwühlte es die mit seiner warmen Zunge voller Papillen und saugte an meinen Fingern, bis mir ein leises Kreischen entfuhr. Grinsend sah Walter mich aus den Lidwinkeln an.
»Hast du eigentlich jemanden außer der Elisabeth hier?«, fragte ich und wischte die Hand an dem Kalbsfell ab. »Ich meine, Freunde?«
Gleich wurde er wieder ernst. »Nein«, sagte er, mit der Forke über den Steinboden kratzend. »Nur Kollegen. Und die wechseln immer schnell wegen der Bezahlung. In der Lehre und im Krieg, da hatte ich mal einen Freund, einen wilden Kerl, mit dem hab ich die letzte Zigarette geteilt. Aber der ist gefallen.«
Wir schaufelten das kotige Stroh in Karren und schoben es zu der ummauerten Mistgrube hinter dem Stall, und ich sagte: »Seltsames Wort, oder? Gefallen …«

Doch er runzelte die Stirn. »Wieso seltsam?«
»Na ja, es klingt so harmlos. Als wäre er gestolpert und könnte gleich wieder aufstehen.«
Walter hob die Schultern, nickte stumm, und während er frisches Stroh in den Boxen verteilte und die Tiere wieder einschloss, reihte ich die gut dreißig Trinkeimer vor dem Abflusshahn des Kessels auf und füllte sie mit dem süßlich riechenden Brei. Sie waren schwer, und kaum hatten wir sie zurück in die Boxen gehängt, entstand ein unglaublicher Lärm im Stall, denn vor Hunger und Gier rissen und saugten die Kälber so heftig an den Schnullern unter den Blecheimern, dass die immer wieder gegen die Gitter schlugen – umso lauter, je leerer sie wurden. Und bald schon war das eine oder andere enttäuschte oder auch wütende Blöken zu hören, gefolgt von traurigem Schnaufen, und wir versorgten alle noch einmal mit frischem Wasser.
Der Weg über die Koppel zurück ins Haus war dann sehr lang und der Abend nach dem Essen eher kurz, ein Bier und die Acht-Uhr-Nachrichten im Radio. Und noch am nächsten Morgen schlief ich so fest, dass ich die beiden nicht hörte.

Als ich wach wurde und mich am offenen Fenster räkelte, fuhr Walter schon wieder die Kannen mit der Frühmilch vom Hof. Der Wallach trabte mit wehender Mähne am Maisfeld entlang, und während ich mich anzog, merkte ich, dass meine Oberarme zitterten, ein unkontrollierbares Muskelzucken. Ich hatte Schwierigkeiten, mir die Zähne zu putzen, konnte die Finger kaum um den Messergriff schließen, um mir Butter aufs Brot zu streichen, und musste die Tasse mit beiden Händen halten, mit den Handballen nur. Elisabeth, die ein dunkelblaues Leinenkleid mit rotem Gürtel angezogen hatte, um mich zum Bahnbus zu bringen, schmunzelte. »Ja, das kenn ich gut«, sagte sie und holte den Kinderwagen aus dem Schuppen hinter dem Hühnerstall, in dem sich auch der Waschkessel befand. »Am Anfang kriegte ich hier eine Sehnenscheiden-Entzündung nach der anderen. Ich konnte mir nicht mal den Hintern abwischen ohne Schmerzen. Aber jetzt geht's. Jetzt muss es ja gehen.«

Wir legten meine Reisetasche auf den Wagen, eine der damals üblichen Rattan-Beulen mit grüner Sonnenblende und kleinen Rädern, und gingen über den schmalen Weg hinterm Haus ins Dorf. Trotz des holperigen Schotters schlief das Baby, Elisabeth sagte länger nichts, und als sie einmal stehen blieb, um sich eine Zigarette anzuzünden, war nur der Wind im Weizen zu hören, das Zischeln in den Grannen. Der Schatten eines Reihers glitt darüber hin, und einen Moment lang dachte ich, Rauch wäre ihr in die Augen geraten. Aber dann schob sie die untere Lippe über die obere, wie sie es oft tat, wenn sie nachdenklich oder traurig war, und blickte an mir vorbei zum Horizont. Schließlich harkte sie sich mit gespreizten Fingern durch die Haare und fragte: »Wann kommst 'n mal wieder, Kleine?«

Ich sagte, dass ich es nicht wüsste, mein Studium stände bevor, und wahrscheinlich müsste ich nebenher noch arbeiten, um mir ein eigenes Zimmer zu finanzieren – sofern ich eines fände; ich wollte nicht mehr über der lau-

ten und auch stinkenden Kneipe wohnen. Hinter dem kleinen Kirchhof lag das Ufer der Schlei, doch konnte man vom Wasser nichts sehen; nur eine Segelspitze glitt langsam nach Osten, dem Meer zu, und sie schüttelte den Kopf und sagte: »Du machst es fein. Wie gern würde ich mit dir nach Kiel fahren ... Ich hab keine Manschetten vor der Arbeit, das weißt du, deine Mama war immer zufrieden mit mir, da konnte der Laden noch so voll sein. Aber hier ... Niemand sagt dir mal was Nettes, es gibt kein Vergnügen, nur Sorgen, und in all dem Dreck hast du das Gefühl, langsam selbst zu Dreck zu werden. Sogar an meinem Hochzeitstag musste ich in schmierigen Klamotten auf die Weide, kannst du dir das vorstellen? Am angeblich schönsten Tag im Leben einer Frau musste ich mit der Uhr im Nacken melken und die Kälberställe ausmisten. Ist das nicht witzig?«
Bitter grinsend stieß sie den Rauch durch die Nase und schüttelte den Kopf. »Menschenskind, ich fühl mich langsam wie mein eigenes Echo. Seit ich denken kann, schon als kleines Mädchen, wollte ich aus der Kuhscheiße und den Jauchegruben raus in eine richtige Stadt voller Leben, so einer wie Stettin oder Danzig mit all den Jahrmärkten und Tanzhallen und schönen Häusern und Geschäften. Da war ich selig, das war das Leben. Und nun schau, wo ich gelandet bin ...«
Ich atmete tief, wusste nicht, wie ich sie trösten sollte – mir gefiel es ja hier, und es mochte an der Zigarette in ihrem Mundwinkel und der aufrechten und kraftvollen Haltung liegen, mit der sie den Kinderwagen schob, dass ich ihren Kummer auch nicht wirklich glauben konnte. »Warum ich? Wieso mir das? Was hab ich jetzt

schon wieder getan?« – das war in den vergangenen Jahren allzu oft auch dann von ihr zu hören gewesen, wenn sie das Missliche, unter dem sie litt, selbst herbeigeführt hatte. Ich legte ihr einen Arm um die Schultern.

Der Bahnbus wartete an der Haltestelle, der Motor lief. Obwohl Walter und ich uns am Vorabend verabschiedet hatten – er musste nach der Milchfahrt zum Arzt, der Magen –, beschlich mich die heimliche Hoffnung, dass er am Gleis stehen würde auf ein kurzes »Leb wohl!«. Aber als wir um das Wartehäuschen herumkamen, sah ich nur ein paar Postpakete und einen Korb voller Maiskolben auf dem Bahnsteig. Gras wuchs zwischen den Pflastersteinen, Spatzen hockten auf dem Ortsschild, und hilflos strich ich Elisabeth über den Rücken und sagte: »Wenigstens bist du nicht allein hier, Mädchen. Du hast einen wunderbaren Mann.«

Das war sicher ein verrutschter, ein trüber Trost, und doch schien er sie zu erleichtern. Sie holte leise japsend Atem und nickte, und wir küssten uns auf die Wangen und versprachen einander regelmäßige Briefe. Dabei schloss sie kurz die Augen, die wieder feucht wurden, und ich stieg ein, setzte mich ans offene Fenster. Sofort, als hätte er nur auf mich gewartet, fuhr der Schienenbus an, die Spatzen flogen auf, und Elisabeth ließ den Kinderwagen stehen, ging ein paar Schritte mit und hob zum Abschied beide Hände: Eine kleine Frau mit Wind in den Haaren und einem Lächeln, das trotz der Tränen wieder so warm und herzlich strahlend war wie in ihren freudvolleren Tagen in Kiel; fast kindlich kam es mir vor. Sie winkte, und in der Sonne schimmerten die Narben an ihren Handgelenken zartrot.

An der Fensterwange riss er das Zündholz an, das Flämmchen spiegelte sich in der Scheibe. Sie sprach ein paar Worte Polnisch, es gab Landarbeiter in ihrem Dorf, die von den Deutschen, auch von ihrer Mutter, Polacken genannt wurden. Ein unaufgeräumtes oder dreckiges Zimmer war eine Polackenwirtschaft, und sie wusste, dass »dzień dobry« guten Tag heißt und »dziękuję« danke. Aber das Russische war ihr gänzlich fremd, und nachdem der Offizier das verstanden hatte, wies er auf den Eimer und bedeutete ihr mit einer Geste, sich das alte Blut aus dem Gesicht zu waschen.

Seife gab es nirgends, und sie trocknete sich noch mit einem löcherigen Geschirrtuch ab, da griff er bereits nach ihrem Ellbogen. Sie konnte sich denken, was jetzt folgte, sie war fast siebzehn Jahre alt – aber der pausbäckige Mann mit den dunkel umrandeten Augen und dem sehr kurzen Bürstenhaarschnitt wollte nur prüfen, ob sie eine Uhr trug, was nicht der Fall war. Dann knöpfte er ihren Mantel auf, tastete sie ab und zog an dem Papierzipfel, der unter dem Pullover hervorsah. Die alte Zeitung hatte sie im Schneetreiben gewärmt, und er tippte auf den Titel und sagte: »›Prawda‹? Du Spion?«

Erschrocken schüttelte sie den Kopf, und er ließ ein heiseres Lachen hören; die Zähne waren kurz und braun.

Dann zerknüllte er das Blatt, warf es zu dem »Völkischen Beobachter« in den Kohlenkasten und stellte die große Pfanne mit dem Fleisch und dem dampfenden, nach Nelke und Lorbeer duftenden Sauerkraut auf den Tisch. Er zwinkerte ihr zu, sie musste schlucken, und nachdem er ein Messer und zwei Blechlöffel aus einem Kasten gekramt hatte, machte er eine einladende Geste. Ungläubig starrte sie ihn an.

Aber er bekräftigte das Angebot mit einem Nicken, und sie setzte sich zu ihm auf die Bank. Während er etwas von dem Roggenbrot abschnitt, bemerkte sie einen Ring mit kyrillischen Zeichen an seiner rechten Hand, vielleicht einen Ehering, und als sie einen ersten Löffel des senffarbenen Suds aus der Pfanne hob, zitterte sie so, dass die Hälfte davon auf den Tisch tropfte. Aber dann aß sie rasch und schluckte gierig, vor allem das zarte Geselchte, und wieder lachte der Mann und zog ihr ein paar Krautfäden vom Kinn. Auch das Brot schmeckte mindestens so gut wie das ihrer Mutter.

Warm wurde ihr; sie glitt aus dem Mantel, und obwohl sie noch gern weitergegessen hätte, hörte sie auf, als auch der Soldat aufhörte, verschränkte die Hände im Schoß. Er steckte sich eine neue Zigarette an und schob ihr die Schnapsflasche hin, doch sie verneinte mit einem kurzen Schließen der Lider, schob sie zurück; Wasser wollte sie trinken. Der Schwengel der Pumpe neben der Spüle war aber kaum zu heben, nur ein Gurgeln kam aus der vereisten Leitung, und mit einer Kopfbewegung wies der Mann auf die Tür. Sie leerte den Eimer mit dem Blutwasser vor dem Haus und füllte ihn mit frischem Schnee, und während sie ihn auf die Herdplatte stellte

und noch ein Buchenscheit in die Glut schob, trat er plötzlich hinter sie. »Devushka ...«
Rissige Fingernägel hatte er, und obwohl er selbst nach Schweiß und Schnaps, nach Tabak und auch nach Urin roch, dachte sie daran, dass sie sich seit Tagen auf der Flucht nicht richtig waschen konnte und ihr Unterzeug kaum noch sauber war. Er zog sie an sich, drückte ihr schmales Gesicht zu einer Schnute zusammen, um sie mit herausgereckter Zunge zu küssen, und mehr als die Angst vor dem, was ihr drohte, war es die Scham, die sie widerspenstig machte. Sie war nicht sauber, entwand sich ihm mit einem schiefen Lächeln und zeigte auf den Wassereimer; aber der verdutzte Mann, die schwarzen Augen nur noch Schlitze, stieß ein paar empört klingende Laute in seiner Sprache hervor. Speicheltröpfchen spritzten von seinen Lippen.
Dem Gesichtsausdruck nach schien er sie für unverschämt oder undankbar zu halten, was sie annähernd verstehen konnte. Dennoch wollte sie der jäh veränderten Situation – er hatte sich ihre dünnen Zöpfe um die Faust gewickelt und die Tür zum Nebenraum mit einem Tritt geöffnet – einen Herzschlag lang nicht glauben, hielt sie einfach nicht für möglich. Erst als sie in dem ovalen Spiegel des Kleiderschranks einen Soldaten sah, der ein junges Mädchen, fast noch ein Kind, an den schwarzen Haaren zum Bett zog, begann sie zu wimmern und umklammerte seine Hände. Er ließ sie aber nicht los, warf sie bäuchlings auf die Matratze und riss ihr die Trainingshose in die Knie, die Wollstrümpfe vom Halter. Knöpfe hüpften über die Dielen.
Ohne auf ihre Tränen zu achten, drückte er ihr den Kopf

mit dem Gesicht voran ins Kissen, und sie hörte ein metallisches Geräusch, sein Koppelschloss wohl. Das alte Bett knarrte, als er über sie kam, und der brennende Schmerz, den sie fühlte, war zunächst nicht viel schlimmer als der von platzenden Lippen im Frost; dennoch keuchte sie mit letzter Kraft »Njet!«, das einzige russische Wort, das sie kannte. Sie verlor etwas Urin und hatte sogleich die Hoffnung, dass es den Mann ekeln würde, was es aber nicht tat. Der Druck der gespreizten Finger auf ihrem Hinterkopf ließ kaum nach, und dann fuhr etwas Fremdes und Dunkles in sie, etwas, das schwerer war als der Soldat auf ihrem Rücken, und presste ihr mit Macht den Atem aus der Brust.
Alles in ihr begann zu wogen, Säuerliches stieg ihr in die Kehle, ließ sie gegen ihren Willen rülpsen, und sie bemühte sich krampfhaft, das Gesicht aus den Daunen zu bekommen, um nicht zu ersticken. Und als ihr das endlich gelang, als sie die blechernen Knöpfe der Uniform auf der Wange fühlte und sich lautlos auf den Ärmel und die linke Hand des Keuchenden erbrach, Brotbrei und hellrote, kaum zerkaute Brocken Fleisch, drückte der sich noch einmal fester in sie, ein zähneknirschendes Aufbäumen, nach dem er ihr die Faust ins Gesicht schlug. Es war die mit dem Ring.
Dann verließ er das Zimmer und schloss die Tür ab, wobei er offenbar Verwünschungen ausstieß, Flüche, und sie drehte sich auf den Rücken, betastete vorsichtig ihre Scham. Ein Madonnenbild hing an der Tapete über ihr, daneben das braunstichige Foto eines älteren, festlich gekleideten Paares, das unter einer »50« aus Immergrün saß. Der Kleiderschrank mit der halboffenen Spiegeltür

in der Ecke war leer; nur ein paar Drahtbügel und eine einzelne schwarze Krawatte hingen darin, und schniefend wischte sie sich die Nase mit einem Kissenzipfel, betrachtete das Blut.
Nebenan, unter den schweren Schritten des Offiziers, klangen die Bodendielen, als wäre alles darunter hohl. Dem Klappern und Plätschern nach wusch er sich in dem Eimer, wobei er plötzlich pfiff, eine Tanzmelodie, die ihr bekannt vorkam, ein russischer Walzer. Kurz darauf vibrierten die vereisten Scheiben der kleinen Fenster, ein olivgrüner Lastwagen verdunkelte das Morgenlicht, eine Autotür knallte. Sie fror in dem ungeheizten Raum, sie weinte still, und ohne die feuchten Kleider zu richten oder die Gummistiefel abzustreifen, zog sie ein Federbett über sich und schlief vor Erschöpfung und Traurigkeit ein.

Viertes Kapitel

MARDER

Ich habe nie geleugnet, sentimental zu sein: Man misstraut dem, was kommen mag, und hält so lange an einem beglückenden Gefühl der Vergangenheit fest, wie es eben geht – auch auf die Gefahr hin, dass man damit die Kräfte mindert, die für die Gegenwart nötig wären.
Kaum aus Missunde zurück, stieg ich auf mein Rad und fuhr an die Förde, wo sich gerade ein Hochzeitspaar vor dem alten Leuchtturm fotografieren ließ. Jemand streute Blüten von dem Rundgang herab, und mein Herz setzte einen Schlag lang aus, als ich die Lücke in der langen Reihe der sanft schaukelnden Schiffe sah. Nach einer Schleusenöffnung war das Wasser etwas heller als sonst, wie gelbes Glas, und Schwärme winziger Fische, fast durchsichtig im Licht, huschten über die moosigen Steine auf dem Grund.
In der Hoffnung, dass Lorenzo die Anlegestelle nur kurz verlassen hatte, um den neuen Motor seiner »Libellula« auszuprobieren, fuhr ich auch in den nächsten Tagen immer wieder dort vorbei; aber als ich schließlich in der Parkklinik anrief, sagte man mir, Dr. D'Onda habe gekündigt, man wisse nicht, wo er jetzt arbeite oder wohne. Und schon wenig später stand ein neuer Kutter, ein Gaffelkutter mit einem senkrechten Vordersteven in der Lücke. Zähne waren darauf gemalt, ein höhnisches Blecken.

Derweil begann ich mit dem Studium in der Fraunhoferstraße. Das Universitätsgebäude am alten Schloss war immer noch ein Trümmerfeld, und so fanden die Vorlesungen und Seminare auf dem Gelände der »Elac« statt, heute wieder bekannt für Plattenspieler. Im Krieg war dort eine Fabrik für hydroakustische Geräte gewesen, voller riesiger, zum Teil noch mit Salzwasser gefüllter Becken, in denen man Echosysteme für U-Boote getestet hatte. Winters pfiff Eiswind durch die schadhaften Oberlichter, unsere Professorin trug einen Pelzmantel, und mancher der Studierenden brachte sich eine Wärmflasche mit ins Seminar.

Anstrengend war das Studium aber nicht allein deswegen. Eine Bibliothekarin nummeriert ja nicht nur Bücher und stellt sie nach Gattung oder Fachgebiet geordnet ins Regal: Die Vermittlung von Kultur- und Literaturgeschichte, die Beurteilung und Sicherung von Medienqualität, die Gestaltung von Lernräumen, die Organisation von Lesungen und Vorträgen und schließlich die Finessen der Verwaltungsarbeit – das musste zweisprachig gelernt werden, und weil es kaum noch Ablenkungen für mich gab, lernte ich es auch. Schwierigkeiten bereitete mir hingegen die Art der Lektüre, die nun von mir verlangt wurde, und daran wäre ich fast gescheitert.

Die intime Angelegenheit, die das Lesen bislang für mich dargestellt hatte, das Staunen darüber, woher der Autor so viel über mich und meine Gefühle wusste, das Mich-Einschmiegen in seine Sprache, ihren musikalischen Geist, die Freude über Einband, Papier und Schrifttypen – besonders, wenn man sie unter den Fingern fühlen konnte, es gab noch Bleisatz –, das alles war plötzlich nicht mehr von Belang. Was mich früher nächtelang wachgehalten hatte vor Faszination oder Glück, der ganze Dostojewski, die Erzählungen Tschechows oder »Schau heimwärts, Engel!«, musste nun ohne persönlichen Impetus in einer Zwanzig-Zeilen-Analyse charakterisiert und literaturgeschichtlich eingeordnet werden, als pädagogisch grundierte Erwerbsempfehlung für Bibliotheken ... So mochte sich ein Schriftsteller fühlen, der einfach nur seiner Eingebung gefolgt ist und nächtelang Gefüge aus Atem, Klang und Leidenschaft hervorgebracht hat und sich auf einmal mit Syntax und korrekter Grammatik befassen soll – oder gar damit, wie der Verkauf des Buches zu optimieren wäre.

»Tja«, sagte mir der Dozent für Literaturkunde einmal, »die Zeit der kuscheligen Lektüre auf dem Sofa ist halt vorbei. Nun heißt es, professionell zu lesen!«

Dabei sah er mit seinen graumelierten Locken selbst wie ein Dichter aus, der Mittvierziger mit dem schmalen, einschüchternd klugen Gesicht. Die Sprechstunden hielt er in seiner Wohnung ab, stuckverzierten Räumen mit Buntglas in den Türen und immer warmen Kachelöfen; eine Haushälterin kochte dann Tee. Er ließ mich stets an seinem aufgeräumten Schreibtisch sitzen und nahm in einem Sessel gegenüber Platz, während ich laut vortrug, was ich geschrieben hatte; das war ungewöhnlich und half doch, die klangliche Logik der eigenen Sprache besser zu erkennen und sich ihrer überflüssigen Wörter bewusst zu werden. »Ein Satz«, sagte er einmal, »ist kein Satz, wenn er sich nicht rhythmisch beglaubigt«, und wir alle hatten das Gefühl, nach den Stun-

den bei ihm besser und konzentrierter zu sprechen und einen innigeren Zugang zu den Texten zu haben.
Gerade darum traf es mich tief, als er mir eines Tages eine Seminararbeit zusammenstrich, einen Essay über die »Duineser Elegien« und ihre mögliche Bedeutung für junge Leser heute. Er vermisste eine wissenschaftliche Herangehensweise und schüttelte den Kopf angesichts meiner Schlussthese: »Diese Verse sind gewiss nicht ganz leicht«, hatte ich geschrieben, »aber sie nehmen einem auch viele Schwierigkeiten.« Das klingt heute natürlich ein bisschen affektiert oder altklug, aber es drückte meine damalige Erfahrung aus, und schmunzelnd stopfte er sich Tabak in die Pfeife und fragte in schonungsvollem Ton: »Hand aufs Herz, Fräulein Norff: Sagt Ihnen Rilke überhaupt etwas?«
Da stockte mir der Atem, und fast kamen mir die Tränen. Wenn ich einen Autor verehrte, weil er mich so oft und tief erschüttert hatte, wenn mich ein Dichter kraft seiner Sprache, deren Schönheit fast etwas Dingliches besaß, immer wieder verstummen ließ bis ins Herz, dann war es Rilke. Die ersten Gedichte hatte ich mit vierzehn gelesen, viele Strophen kannte ich auswendig, und statt auf seine Frage zu antworten, schob ich den Drehstuhl zurück, blickte aus dem Fenster zur Förde und sagte trotzig, mit leicht zittriger Stimme: »Ich glaube nicht, dass man professionell lesen kann. Wie sollte das denn gehen? Das geht doch gar nicht. Man kann ja auch nicht professionell lieben.«
Dann nahm ich meine Tasche und eilte hinaus, wobei ich die Hälfte der Unterlagen auf seinem Tisch vergaß – und ich war nicht wenig erstaunt, als er sie mir schon

am nächsten Tag in unser Lokal brachte und sich ein Tagesgericht bestellte.
Block hieß er, Richard Block, und dass er mich während der Sprechstunden stets an seinem aufgeräumten Schreibtisch sitzen ließ, war mir zunächst nicht verdächtig erschienen; ich betrachtete es als Entgegenkommen alter, kultivierter Schule; seine Großmutter war eine Schriftstellerin gewesen, sein Vater ein Verleger. In einem seltenen, manchmal fast scheu anmutenden Respekt vor jungen Menschen und ihrem Zukunftswillen war er einfach höflich und machte mir darum Platz für meine Papiere und Bücher, dachte ich. Erst als ich von anderen Studentinnen und Studenten hörte, dass sie stets in seinem schiefen, nach Pfeifenrauch stinkenden Ohrensessel sitzen mussten, wenn er ihnen auf den Zahn fühlte, sah ich mich während der nächsten Sprechstunde genauer um.
Die Flügeltür zum Nebenraum, einem Schlafzimmer mit deckenhohen Bücherregalen, stand immer ein Stück weit offen, und an den Nachmittagen im Herbst brannte dort auch ein Licht über dem großen Portrait-Gemälde einer blassen Frau; ich konnte die Jahreszahl 1885 erkennen. Sie saß in einem Garten und trug ein weit über die Steinbank gebreitetes Kleid mit grauen und schwarzen Streifen. Auch ihr Samthalsband und die Spitzenhandschuhe waren schwarz, und das Haar, das in Locken unter ihrem kleinen Hut hervorquoll – er war mit einer Pfauenfeder geschmückt –, schimmerte rötlich wie meins. Nicht nur einen kleinen, aber doch schwungvollen Mund, ein paar Sommersprossen auf den Wangen und große blaue Augen wie ich hatte sie, sondern

auch eine ähnlich markante Nase, leicht aufgewölbt vor der Wurzel – was bei mir von einem Fahrradsturz in der Kindheit herrührte. Bei ihr aber wirkte es sehr edel.
Unübersehbar für mich und mein Augenmerk hing dieses goldgerahmte Bild über dem Bett, und das war also die Annäherung, die er sich in seinem Alter und seiner Position noch getraute – was ich so raffiniert und dezent zugleich fand, dass ich mich augenblicklich verliebte. Leise las ich ihm meinen korrigierten Rilke-Aufsatz vor, stockender als gewöhnlich, immer wieder störte mein Puls in den Ohren die rhythmische Logik der Sätze, und obwohl genug Platz war, als er mir beim Hinausgehen die Wohnungstür aufhielt, wie stets, streifte ich seine herabhängende Hand mit meinen Fingerrücken. Auch er war plötzlich verlegen und wusste nicht, wo er hinsehen sollte mit seinen hellbraunen, im Sonnenlicht fast honigfarbenen Augen, lächelte wie ein ertappter Junge, und beim nächsten Mal, bei einem Glas Wein nach der Arbeit, küssten wir uns schon.

Von Walter und Elisabeth hörte ich lange nichts mehr. Die Briefe, die wir uns gelegentlich geschrieben hatten, wurden bald zu Postkarten, weil es letztlich nicht viel zu erzählen gab. In Missunde kamen die neuen Kälber zur Welt, das erste Heu wurde vor der Grasblüte geerntet, und der vierte Schnitt hätte etwas reichhaltiger sein können: Mir das in immer kürzeren Sätzen zu schreiben wirkte ein bisschen pflichtschuldig und fiel Elisabeth dennoch nicht leicht, wie es schien. Ihre Schrift

wurde krakeliger, und oft drückte sie den Kugelschreiber so fest auf, dass man die Buchstaben auf der Rückseite ertasten konnte.
Ob sie mein Studium besonders interessierte, wusste ich nicht. Angesichts seltsam ehrfürchtiger Sätze wie »Du bist ja jetzt Akademikerin« oder »Mach's gut, Frau Doktor« hielt ich mich auch zurück mit Einzelheiten aus der Uni. Stattdessen fragte ich nach dem kleinen Wolf und erfuhr, dass er inzwischen ohne Angst in den Ställen und Gehegen herumkrabbelte und die Hühner ihm den Mais aus den Händen pickten. »Vor kurzem hatte ich vergessen, die Dose mit dem Melkfett wegzustellen, und er dachte wohl, es wäre Hautcreme und rieb sich damit den teuren Wollanzug ein«, schrieb sie. »Da hat es natürlich was gesetzt. Aber die Viecher mögen ihn, lecken ihm das Gesicht, dass er quietscht vor Vergnügen, und manchmal läuft er schon ein paar Schritte und hält sich dabei an den Kuhschwänzen fest.«
Erst über zwei Jahre nach meinem letzten Besuch, ich hatte gerade eine Zwischenprüfung bestanden, sah ich sie wieder. Richard kam mittlerweile fast täglich zum Essen in unser Lokal. Das lag für ihn näher als die Mensa der Schweizer Mennonitinnen, die auch etwas fade kochten, und manchmal leistete ich ihm Gesellschaft, ein paar Bücher zur Tarnung auf dem Tisch. Es war nicht ungefährlich für ihn, sich öffentlich mit seiner Studentin einzulassen, natürlich nicht, und darum verabschiedete ich mich oft schon vor dem Kaffee mit Handschlag und einem hörbaren »Auf Wiedersehen, Herr Professor!«. Ich bewohnte inzwischen Elisabeths ehe-

maliges Zimmer, das etwas größer war als mein altes, und er besaß einen Schlüssel für die Hoftür.
An einem Nachmittag Ende Februar, gerade war er wieder zur Uni gefahren, kam ich herunter, um in der Küche zu helfen. Ich wollte mir Geld für eine Paris-Reise im Sommer verdienen, und meine Mutter, eine Braue erhoben, wies mit einem Blick auf die Durchreiche. Das Lokal dahinter hatte sich bereits geleert, die Beamten und Angestellten des Ministeriums waren wieder in ihren Büros, und die beiden Kellnerinnen und die Büfettkraft hockten an dem kleinen Tisch neben der Standuhr und aßen. Mirka, die Katze des Hausmeisters, schlief auf der Fensterbank über der Heizung, und am Ende des getäfelten Raums, wo jetzt die Messingglocke hing – sie wurde immer geläutet, wenn ein Gast ein besonders großzügiges Trinkgeld gegeben hatte, mindestens eine Mark, was deswegen tatsächlich öfter vorkam –, saßen Walter und Elisabeth.
Er trug einen dunklen Anzug und ein hellblaues Hemd ohne Schlips, den Halsknopf geschlossen, sie eines ihrer taillierten grauen Kostüme und eine weiße Bluse mit Tulpenkragen. Man hatte ihnen gerade Kaffee gebracht, stumm verrührten sie den Zucker und die Sahne in ihren Tassen, und im Gegensatz zu Walter schob Elisabeth sich den Löffel anschließend nicht in den Mund; sie klopfte ihn elegant am Tassenrand ab. Wie vornehm oder stilvoll ein Gast war, hatte sie schon früher immer daran festgemacht, und meine Mutter zischte: »Was soll das jetzt! Die hat mir gerade noch gefehlt.«
Den Selbstmordversuch in ihren Räumen, Thekengespräch für Wochen, mochte sie ihr so wenig verzeihen

wie die Blutflecken an der Tapete und auf dem Teppich; nur mit Mühe hatte ich sie damals davon abhalten können, Elisabeth eine Rechnung für die Reinigung zu schicken. Sie nahm ihre Schürze ab und ging kopfschüttelnd zur Treppe. »Auf keinen Fall will ich die sehen, das bringt Unglück. Sag der, ich bin nicht da.«

Sehr aufrecht saßen die beiden in ihrer dämmerigen Ecke, wo sie niemand beachtete. Die Kellnerin hatte ihnen die Kerze – auf jedem besetzten Tisch brannte eine – nicht angezündet, und sie kamen mir seltsam scheu vor, wie Landleute eben, die Sonntagskleider angelegt hatten für einen Ausflug in die Stadt. Immer wieder reckte Walter den Hals und fuhr sich mit einem Finger hinter den Hemdkragen, hielt es aber wohl für unschicklich, den oberen Knopf zu öffnen, und auch Elisabeth wirkte angespannt oder befangen. Die schmalen Lippen geschlossen, stieß sie den Zigarettenrauch fast nur durch die Nase aus und zupfte sich nach jedem Schluck Kaffee die Manschetten zurecht.

Meine Mutter hatte die Wände über dem Eichenpaneel streichen und weiße Decken auf die Stammtische des Ministeriums legen lassen, sonst aber war kaum etwas verändert. Dennoch blickte Elisabeth in den Raum mit dem Steuerrad-Leuchter, an dem noch Papierschlangen vom Rosenmontag hingen, als wäre sie zum ersten Mal hier. Zu ihrer Zeit hatten wir den Kaffee nur in Tassen serviert, und sie drehte eines der Kännchen, die es inzwischen gab, musterte das Kieler Wappen mit dem Nesselblatt darauf, las die Horoskope auf den neuen Zuckerbriefchen und fuhr mit der flachen Hand über die Damastdecke. Dann blickte sie zu dem Personaltisch

neben der Uhr, und eine leise Wehmut kam in ihre Augen, als die Frauen, die längst nicht mehr die albernen weißen Spitzen-Krönchen trugen oder sich die Schürzen mit Broschen unterm Busen feststeckten, plötzlich laut über etwas lachten.
Keine von ihnen konnte sie noch kennen; meine Mutter bezahlte die Angestellten nach wie vor miserabel, sie wechselten alle paar Monate. Dennoch lächelte sie und nickte ihnen zu in der Hoffnung auf ein paar Worte, nehme ich an, es war ja kaum etwas zu tun um diese Stunde. Aber die Frauen ließen sich nie gern stören in der Pause, zumal alle Gäste kurz vorher versorgt oder abkassiert worden waren, und als Elisabeth dennoch weiter zu ihnen hinsah, hob Hertha, die neue Büfettkraft aus Berlin, das Kinn und rief: »Wat is? Wolln Se noch wat? Wir essen.«
Da schüttelte sie kurz den Kopf, senkte die Lider und griff nach ihrer Schachtel »Juno«; Walter gab ihr Feuer. Beide sahen sie blass und abgearbeitet aus, und irgendetwas bereitete ihnen Sorgen, wie es schien. Jedenfalls blickten sie einander kaum an und sprachen auch nicht, das Schweigen lag wie graue Luft zwischen ihnen. Aber als ich aus der Küche trat, hellten sich ihre Mienen auf, sie schoben die Stühle zurück, und wir begrüßten uns herzlich. Elisabeth und ich umarmten und küssten uns sogar, wobei mir auffiel, dass sie wieder ein Kind erwartete; der unterste Knopf der Kostümjacke war geöffnet. »Mein Gatte hier, der wollte es erst nicht«, sagte sie, als ich ihr gratulierte. »Der hat sich die Haare gerauft, bei unserem Einkommen. Aber als ich ihm versprochen hab, dass es ein Mädchen wird, kriegte er sich wieder ein.«

Walters Händedruck war so, dass ich fast das Gesicht verzogen hätte vor Schmerz; ich setzte mich zu ihnen und rieb mir die Finger unter dem Tisch. Viel Zeit hatten sie nicht, der kleine Wolf wurde von der Gutsbesitzerin gehütet, bis zum Abendmelken mussten sie wieder in Missunde sein. Vom Dorfarzt war Elisabeth in die Universitätsklinik überwiesen worden, eine Untersuchung wegen gelegentlicher Krämpfe und Blutungen, und sie schüttelte den Kopf, strich sich über den Bauch. »Vierter Monat«, sagte sie. »Ist noch nicht auf der Welt, das Gör, und macht nur Probleme. Was glaubst du, was ich mit dem schon gekurt habe. Wenn wir nicht so ’n niedriges Haus hätten, wäre ich aus dem Fenster gesprungen.«
Ich sah ihren Mann an, der nichts sagte; er stieß nur etwas Luft durch die Nase, und seine Kieferknochen zuckten, als bisse er die Zähne zusammen. Die beiden hatten sich inzwischen Eheringe zugelegt; das blasse Gold glänzte neu oder doch so, als würden sie selten getragen. Ihre Mäntel, die hinter ihnen an den Wandhaken hingen, rochen nach Mottenkugeln. »Und wie schafft ihr die Arbeit, wenn es dir so schlecht geht?«, fragte ich und nahm mir Walters Streichholzschachtel, zündete die Kerze in dem Kristallstern an. »Habt ihr denn eine Hilfe?«
»Ach Gott, schön wär’s«, sagte Elisabeth. »Die müssten wir ja selbst bezahlen, so ist der Vertrag. Als Melker-Ehepaar sind wir unsere eigenen Unternehmer – was nicht heißt, dass wir da ’ne Lebensstellung haben.« Sie strich die Zigarettenasche ab, betrachtete die Glut. »Geht noch mal die Milchleistung runter wie im vorigen Quartal, als der Prüfer da war, können wir wohl unsere Klamotten packen.«

Nun schnalzte Walter und zog verärgert die Brauen zusammen. »So ein Quatsch!«, sagte er. »Spinn doch hier keine Schauergeschichten! Niemand schmeißt uns raus, wenn es ein paar Tage lang weniger Milch gibt. Das kann an allem Möglichen liegen, am Heu zum Beispiel, der dritte Schnitt hat immer weniger Eiweiß. Oder an der Mondphase, am Labmagen, was weiß man … Bisher hat sich jedenfalls noch niemand wirklich beschwert.«

Elisabeth sah mich an, machte eine Kopfbewegung in seine Richtung und verdrehte die Augen. Dann lächelte sie und erkundigte sich nach meiner Mutter, und der Schatten einer Enttäuschung glitt über ihr Gesicht, als ich log, sie habe sich hingelegt, das Rheuma. »Sie denkt aber oft an dich«, fügte ich nach einem raschen Blick zum Personaltisch hinzu: »Keiner hier konnte so gut mit den Gästen umgehen. Und denen fehlst du immer noch.«

Da drückte sie stolz den Rücken durch und stieß ihren Mann mit dem Ellbogen an. Aber der starrte über unsere Köpfe hinweg aus dem Fenster, auf den Parkplatz des Ministeriums, wo fast nur schwarze Wagen standen, und nagte an einem Daumen. Schließlich trank er seinen Kaffee aus und sagte halb in die Tasse hinein: »Vielleicht wird die Milch ja auch weniger, weil du die Kühe nicht richtig ausmelkst. Die vielen Euterentzündungen in der letzten Zeit kommen nicht von ungefähr. Wenn der Alte uns die Hölle heizen kann, dann wegen der Tierarzt-Rechnungen. Die gehen richtig ins Geld.«

Mit den Spitzen ihrer lackierten Nägel zupfte Elisabeth einen verkohlten Streichholzkopf vom Tisch und ließ ihn in den Aschenbecher fallen, und mir wurde unbehaglich. Damals, lange vor meiner Ehe mit Richard, verstand ich noch nicht, dass ein Paar gelegentlich jemanden braucht, einen neutralen, aber wohlmeinenden Menschen, um aus einer Situation oder Stimmung herauszukommen, in der lautstarke Vorwürfe und verbissene Entgegnungen einander jede Möglichkeit der Klärung nehmen.

Elisabeth, die gerade erst ihre Zigarette ausgedrückt hatte, zündete sich schon wieder eine neue an und musterte ihren Mann aus schmalen Augen. »Ich hätte meine Kühe sehr wohl leergemolken, das weißt du«, sagte sie scheinbar ruhig. »Aber wenn man mich dauernd treibt! Sitz du mal schwanger auf so einem Melkschemel, stundenlang! Da wird das Baby doch eingequetscht! Der Arzt hat gesagt, dass ich von Glück reden kann, wenn ich in den neunten Monat komme, bei meiner schiefen Gebärmutter und der Schufterei in dem zugigen Stall. Ich bin viel zu zart dafür!« Dann sah sie mich an, hob die Brauen und fügte gedämpfter hinzu: »Hat er ehrlich gesagt.«

Verblüfft klang das, als hätte sie es selbst nie für möglich gehalten; in ihrer Welt war man nicht zu schwach für eine harte Arbeit, das gab es nicht, und Walter schluckte. »Ich treibe niemanden«, erwiderte er, ebenfalls in meine Richtung. »Die Molkerei treibt, das ist normal. Unsere Milch muss zu bestimmten Zeiten abgeliefert werden, sonst steht sie vor verschlossenen Türen, und wenn sie tagesfrisch nicht mehr verwertet werden kann, bringt sie nur noch die Hälfte. So ist das nun mal, so war es immer.«

Jetzt öffnete er seinen Hemdknopf doch, wobei die Finger wieder zitterten, und wies mit einer Kopfbewegung auf seine Frau. »Und was ihre angebliche Zartheit betrifft: Um eine nach der anderen zu qualmen und Bier und eine Flasche schwarzgebrannten Korn zu trinken im vierten Monat, dafür ist sie nicht zu zart. Das geht. Ich komme mit dem Trecker aus der Werkstatt, da liegt die stockbesoffen und vollgekotzt im Stroh und schnarcht, das stell dir vor. Der Kleine hockte daneben und weinte, und ich hatte die ganze Arbeit am Hals.«

Sein Seufzen bewegte das Kerzenflämmchen, und ich wollte meinen Ohren nicht trauen, starrte Elisabeth an. Doch die senkte die Lider und zupfte erneut an ihrer Manschette. »Ist das wahr? Du bist schwanger und trinkst Schnaps?«, fragte ich verblüfft. »Eine ganze Flasche selbstgebrannten Schnaps? Wieso machst du das? Ist der nicht besonders stark?«

»Ach, Blödsinn!«, erwiderte sie und rieb sich die Nase, um ihr verlegenes Schmunzeln zu verbergen. »Hör bloß nicht auf den Kerl, der gönnt mir nicht den Staub unterm Nagel. Es war höchstens eine halbe. Außerdem hatte ich das Zeug mit Molke verdünnt, sonst kriegt man's ja nicht runter, und Molke ist gesund, oder? Dem Flitzek, einem von den Pferdeknechten, war die Freundin mit einem Jockey durchgebrannt, und ich hatte auch meinen Moralischen. Da haben wir uns halt an den Kälberkessel gesetzt, wo's muckelig warm war, und unsere Traurigkeit gefeiert.«

Walter schloss kurz die Augen, schüttelte den Kopf, und der gleichzeitige Ausdruck von Unwillen, Sorge und

Güte in seinem Gesicht ging mir derart nah, dass ich den Blick abwenden musste. »Schöne Feier, auf unser aller Rechnung«, sagte er traurig. »Und jetzt sitzen wir endlos in dieser Klinik herum, müssen uns das Kauderwelsch von den hochnäsigen Weißkitteln anhören, die's auch vom Lebendigen nehmen, und zu Hause brüllen die Kälber vor Hunger und die Kühe, weil sie nicht gemolken werden.«

Unwirsch setzte Elisabeth ihre Tasse ab, der Löffel klirrte. »Das ist doch nicht deswegen!«, sagte sie – plötzlich so laut, dass die Frauen am Uhrtisch die Köpfe drehten. »Bei dem Wölfchen hatte ich auch schon mal ein Bier getrunken, das schadet niemandem, kann sogar nahrhaft sein wegen dem Hopfen. Es ist, weil ich zu zart bin, hat der Arzt gesagt! Ich bin zu zart! Warum verstehst du das denn nicht!«

Ihre Augen füllten sich mit Tränen, die Unterlippe zitterte, und sie beugte sich vor und sagte leiser: »Ich werd bald rammdösig, Luisa. So ist das immer. Der will mich einfach nicht verstehen, als würde ich Chinesisch reden. Warum versteht der mich denn nicht?«

Sie wischte ein paar Zuckerkristalle von der Tischdecke, und ich griff nach ihrer Hand, hielt sie mir an die Wange. Dabei blickte ich Walter an, doch der, noch einmal blasser als zuvor, langte hinter sich, zog sein dünnes Portemonnaie aus dem Mantel und winkte einer Kellnerin.

»Wir überschätzen das Unglück«, sagte Richard, »es ist niemals so absolut wie die Angst davor. Wie öde eine Existenz auch sein mag und wie lange Tristesse oder Verzweiflung dauern: Wir schaffen uns Lichtblicke und kleine Momente des Behagens sogar dann, wenn alles aussichtslos erscheint. Die Hoffnung ist eine Hure, das mag stimmen, sie bietet sich jedem noch vor dem Hinsinken an, aber ich hatte im Leben schon einige Sternstunden mit Huren. Am Ende dient alles persönliche Unglück wohl nur dazu, herauszufinden, wohin es gehen soll im Leben und wie wir gemeint sind.«

Seine alte Haushälterin, vor der er sich immer ein wenig genierte, war zur Kur im Schwarzwald, und so konnten wir uns eine Weile auch in seiner Wohnung treffen. Es machte ihm Freude, mich zu baden, er saß auf einem Hocker neben der Wanne, und ich liebte seine Hände auf mir, ihren sanften und dennoch bestimmten Zugriff, mit dem er meine damals oft eingesunkenen Brustwarzen hervordrückte. Den leicht gebeugten Rücken ausgenommen war sein Körper alles andere als der eines Büchermenschen: Mochte die grau behaarte Haut dem Alter entsprechend etwas trocken, mürbe oder nachgiebig sein, spürte man doch die Muskeln darunter, ihre Härte und Spannkraft, sobald er den Arm um meine Taille schlang. Er war ein umsichtiger und selbstloser Liebhaber, er wusste mir den Atem zu nehmen, und wann immer ich dabei die Augen öffnete, um Orientierung bemüht, sagte mir sein ernstes Lächeln, dass ich am richtigen Ort war.

Wir schliefen bereits seit Wochen miteinander, als mir zum ersten Mal eine Besonderheit an seinem Körper auffiel, die nichts mit meinem Glück zu tun hatte: zwei runde Narben. Wenig kleiner als Markstücke, befand sich eine am rechten Rippenbogen, die andere eine Handspanne höher, knapp unter der Achselhöhle, und es war nicht die Zeit, nach ihrer Herkunft zu fragen; das konnte man sich damals denken. Aber als ich es in der Hoffnung, sie mögen ganz andere, harmlosere Ursachen haben, dennoch tat, sagte er: »Oh, das sind Stempel aus dem Jenseits, würde ich sagen: ›Annahme verweigert‹ oder so ähnlich.«

Von einem Kollegen denunziert wegen einer abfälligen Bemerkung über einen Blockwart, hatte er die letzten Kriegsjahre in Neuengamme verbracht, in einem der unzähligen Außenlager, wo er Torf stechen und Trümmer räumen musste. Als die Engländer über Friesland vorrückten, wurden die transportfähigen Häftlinge auf langen Fußmärschen oder in Viehwaggons in den Lübecker Industriehafen gebracht und dort auf Schiffe verladen. Man vermutete, dass die SS sie entweder ins noch besetzte Dänemark bringen wollte, um sie im Fall einer Kapitulation als »Verhandlungsmasse« zu verwenden, oder dass sie einfach alle in der Ostsee versenkt werden sollten, damit keiner mehr erzählen konnte von den Gräueln hinter dem Stacheldraht.

Es waren Abertausende aus allen möglichen Lagern, sogar aus schlesischen, die sich auf die Schiffe zwängen mussten – nicht nur auf die später berühmte ›Cap Arcona‹, die ›Deutschland‹ oder die ›Thielbek‹. »Alles, was damals noch Raum oder Frachtraum hatte und halbwegs manövrierfähig war, wurde mit Häftlingen beladen«, sagte Richard. »Fast zwei Wochen lang, in denen immer neue Menschen eintrafen, ankerten die vollgestopften Kähne zwischen Scharbeutz und Neustadt in der Lübecker Bucht, und es gab kaum sanitäre Anlagen, nichts zu essen und selten Wasser an Bord. Größtenteils im Dunkeln eingepfercht, ließen die zu Tode erschöpften und vor Durst oft irrsinnigen Menschen ihren Kot unter sich, wo sie saßen oder lagen. Viele starben denn auch an Fleckfieber oder Typhus, und weil man die Leichen wegen der Küstennähe nicht ins Meer werfen wollte – es war Anfang Mai, trotz des Krieges wurden die ersten Strandkörbe aufgestellt –, mussten die noch Lebenden zwischen den Verwesenden liegen.«

An dem Nachmittag, an dem schließlich der Himmel bebte und die Engländer mit zweihundert Jagdbombern angriffen, glaubte Richard zunächst noch, dass ihm und seinen Mitgefangenen nichts oder nur wenig geschehen konnte. »Wir waren auf ein ehemaliges Lazarettschiff für Marinesoldaten gepfercht worden, es gab ein großes rotes Kreuz auf dem Oberdeck und jeweils eines an den Seiten. Die anderen Schiffe hatte man nicht gekennzeichnet, das Hissen weißer Fahnen blieb bei Todesstrafe verboten, und weil ein Funkspruch ihrer Spione die Engländer verfehlt hatte, wie man später nachlesen konnte, wussten sie nicht, dass die Laderäume und Kajüten voller KZ-Häftlinge waren. Auf der ›Thielbek‹ und der ›Cap Arcona‹ hatte man sogar Bordwaffen installiert, so dass die Piloten in ihren Hawker Typhoons denken mussten, es handele sich um Transporte deutscher Soldaten, die sich Richtung Norwegen oder Dänemark absetzen wollten.«

Nach dem Kalkül der SS-Oberen sollten sie das wohl auch denken, und plötzlich schien die Ostsee zu kochen. In mehreren Angriffswellen versenkten die Engländer zwanzig Schiffe und beschädigten über hundert. »Auch unser Lazarettschiff, das viel zu nah bei den anderen ankerte, wurde von den Druckwellen der Explosionen wie im Sturm herumgerissen und bekam schließlich zwei Treffer«, sagte Richard. »Tausende verbrannten in den Frachträumen, und sogar die Häftlinge, die den Bomben durch einen Sprung ins eiskalte Wasser entkommen wollten – in die Rettungsboote durften nur Wächter –, wurden bei Kehrtwenden des Geschwaders beschossen. Aus ihrer Höhe konnten die Engländer lediglich die Köpfe der Schwimmenden sehen, die sie vermutlich für Soldaten hielten. Und nun rächten sie sich mit den Bordwaffen für das, was die deutschen Piloten ihrem Land und ihren Leuten angetan hatten.«

Richard betastete die Narbe unter seiner Achsel. »Natürlich sprang auch ich ins Wasser, aus großer Höhe. Und im Gegensatz zu vielen jüngeren Gefangenen wusste ich gleich, die nächste Stunde war schwimmend nicht zu überleben. Die rettende Küste, der fast vier Kilometer entfernte Strand, war bei der Wassertemperatur sogar für einen geübten Schwimmer kaum erreichbar – wie erst für einen geschwächten, von Hunger und Durst ausgedörrten oder kranken Häftling. Durch die panischen Bewegungen würden die verbliebenen Muskeln nach kurzer Zeit krampfen und schließlich blockieren, und man ginge unter wie ein Stein. Also sah ich mich nach irgendetwas um, an das ich mich klammern konnte, denn instinktiv begriff ich: Wenn du gegen die Kälte nicht ankommst, dann musst du darin aufgehen, musst zu Kälte werden und dich treiben lassen.«

Mit seinem Gürtel, einem Strick, band er sich an ein zerbeultes Blechfass und richtete es nach der Dünung aus.

Die Flieger verschwanden gen Westen, und der Motorenlärm verebbte – was die verzweifelten Schreie und Klagen der Verwundeten nur lauter über das Meer gellen ließ. »Um mich herum schaukelten abgeschossene Hände und Hirnschalen auf den Wellen, und dem einen oder anderen vorbeitreibenden Toten griff ich an die Hüfte, um mir seinen Gürtel zu nehmen und mich noch fester an das Fass zu binden.«

Die zur Seite kippende ›Cap Arcona‹, ein ungeheurer Koloss, und die anderen sinkenden Schiffe erzeugten Strudel und Strömungen voller Trümmerteile, die Richard und die anderen vor sich hertrieben, dem Ufer zu, doch auch da nahm die Gefahr nicht ab, im Gegenteil. Denn die Wachmannschaften, inzwischen mit ihren Booten gelandet, hatten sich in einer langen Reihe auf die Dünen und bewaldeten Steilküsten gestellt. »Wie vor einer Schießbude zielten sie in aller Ruhe auf die Köpfe der Verzweifelten, die vielleicht schon Grund unter den Füßen gefühlt hatten. Sogar der Kommandeur des Lazarettschiffes, ein Arzt in SS-Uniform – er war mir wie ein halbwegs Kultivierter vorgekommen, weil er tagelang gelesen hatte auf dem Achterdeck, sogar englische und italienische Bücher –, lud wieder und wieder seinen Karabiner und schoss. Und nicht nur das beifällige Gelächter seiner Soldaten, auch der Applaus der Neustädter Bürger hallten über das Meer.«

Kein KZ-Häftling sollte in die Hände der Alliierten gelangen, das war Himmlers Befehl gewesen, und schließlich wurde auch Richard bemerkt hinter seinem Fass; aber die ersten Treffer gingen ins Blech. Die von der Kälte verursachte Apathie verwandelte sich noch einmal in

Panik, die seine erstarrten Glieder belebte, und er band sich los und tauchte dem Ufer zu. »Das Wasser wurde klar und wollte mir durch seine lichtgrüne Farbe sogar wärmer vorkommen«, sagte er. »Schuhe, Brillen und faserige Fleischfetzen schwebten über dem Grund mit den Perlmuttsplittern hier und da, aber ich hatte nicht mehr viel Atemkraft, musste bald wieder auftauchen. Die Silhouetten der breitbeinig dastehenden Schützen vor mir zerflossen in der Abendsonne, und als ich endlich Schritt fassen konnte auf dem weichen Sand, hatte ich das absurde Gefühl, aus einem bösen Traum in die rettende Wirklichkeit zu treten. Und mitten im befreiten Luftholen trafen mich die Kugeln, beide gleichzeitig, und ich sank ins Wasser zurück.«

In den folgenden Stunden wurde Neustadt eingenommen, und die englischen Soldaten fanden ihn und brachten ihn in ein Krankenhaus. Da viele Einwohner aus Angst um ihre Vorräte an den Erschießungen mitgewirkt hatten – schon am frühen Vormittag hatten sie fast dreihundert Häftlinge aus dem KZ Stutthof ermordet –, gab der Kommandant der Alliierten den Ort zum Plündern frei, was ihn nebenbei der Sorge enthob, die Überlebenden zu ernähren. Aber davon bekam Richard nichts mit. »Glück hatte ich«, sagte er. »Ein Steck- und ein Durchschuss, und in dem kalten Wasser zogen sich die Adern zusammen, ich musste nicht verbluten. Über siebentausend Tote lagen damals auf dem Grund der Lübecker Bucht, viele liegen wohl noch dort; siebzehn Meter tief und wegen mangelnder Zuflüsse nicht sehr sauerstoffreich ist das Wasser an der Stelle, Verwesung geht nur langsam vonstatten. Nach wie vor werden Men-

schenknochen an die Strände gespült, zwischen die Feriengäste, und die Fische in der Region, die Dorsche, Schollen und besonders die Aale, die sich ja gern in Kadaver wühlen, sind zur Freude der Wirte schön fett.«
Er stopfte sich seine Pfeife, und fröstelnd zog ich mir die Decke unters Kinn und starrte aus dem Fenster. Auf der Förde glitten ein paar Jollen vorbei, und jemand warf den Möwen Brotstücke in die Luft. – Mit der Wahrnehmung dessen, was man das Leben oder die Wirklichkeit nennt, ist es für mich manchmal wie mit dem Lesen: Man ist ganz da, ganz gegenwärtig, und gleichzeitig ganz woanders. Aber wie ich mich bei der erhellenden Lektüre Seite um Seite von mir selbst entferne, um mir, wenn es gutgeht und die Sprache hilft, am Ende näher zu sein als zuvor, so gerate ich bei dem Versuch, in den Mienen oder Seelen derer zu lesen, die das Böse für eine Kraft oder das Gewissen für eine Schwäche halten, regelmäßig tiefer in ein Unverständnis, in dem am Ende nichts mehr einen Namen hat, nicht einmal der Schmerz.
Wind trieb die Wolken aufs Meer, und getroffen von einem Sonnenstrahl wollten mir die Bilder an den Wänden, die überfüllten Bücherregale bis zum Deckenstuck hinauf und die Manuskriptstapel auf dem Boden, all das, was man Kultur nannte, plötzlich vergeblicher vorkommen als die flüchtigen Schatten der Möwen auf den Segeln draußen. Denn die sagten mir deutlicher, wie ich gemeint bin.

Mitte Juli rief mich Elisabeth aus dem Gutshaus an. Die Semesterferien hatten gerade begonnen. Zusammen mit Birte, die inzwischen Physik studierte, wollte ich zum ersten Mal im Leben nach Paris reisen, per Schlafwagen ab Hamburg; die Fahrkarte, damals noch aus harter Pappe und kleiner als eine Zündholzschachtel, hing seit Wochen an meinem Spiegel. Das Geld dafür hatte ich mir neben dem Studium mit Gemüseschnippeln und Abwaschen in unserer Küche verdient – meine Mutter bezahlte mich wie die anderen Angestellten auch. Richard, der die Stadt gut kannte, lieh mir seinen ledergebundenen »Plan de Paris« von 1930 und gab mir Adressen von preiswerten Hotels und Restaurants auf der Rive Gauche. »Dein Rilke hat übrigens in der rue Madame gewohnt«, sagte er augenzwinkernd, »wo sonst.«
Elisabeth klang bedrückt, fast kleinlaut am Telefon, in dem, wenn sie schwieg, entfernt auch Stimmen anderer zu hören waren. »Es ist bald so weit«, sagte sie. »Aber ich kann nicht mehr, ich komm kaum noch aus dem Bett, und wir haben niemanden. Der alte Dürling ist tot, und die Pferdeknechte sind dauernd unterwegs, ist ja Trabersaison. Hier stehen mittlerweile vierzig Milchkühe und fast ebenso viele Kälber, das schafft der Walter nicht allein, und da dachte ich, du würdest uns vielleicht ein paar Tage helfen? Melken kannst du doch, und unser Wölfchen mag dich, oder? Es soll nicht dein Schaden sein.«
Das Baby kam wohl in zwei bis drei Wochen zur Welt, aber die Schwangerschaft wurde immer problematischer, es gab eine »vermehrte Myom-Bildung«, wie es hieß. Nicht nur hatte der Arzt ihr jede körperliche Ar-

beit verboten, sie sollte auch zur Beobachtung in die Entbindungsklinik an der Spielkoppel in Schleswig, und zwar sofort, ein Bett sei reserviert. Im Hintergrund hörte ich eine Glocke, das Mittagsläuten der kleinen Kirche in Missunde, und sie sagte: »Der Walter repariert gerade noch den Zaun und bringt mich dann weg. Dabei hab ich nicht mal ein Nachthemd, nur seine Schlafanzugjacken. Und zum Abendmelken wäre er dann allein …«
Sie schniefte, und ihre Stimme wurde momentlang wieder von den fernen Gesprächen anderer überlagert. »Schon seit Wochen bin ich nur noch die Hälfte wert. Er arbeitet viel mehr als ich, sogar am Waschkessel; die Klumpen Bettzeug krieg ich gar nicht mehr hoch. Stark ist er ja, aber so stark nun auch wieder nicht, weißt du. Die Magengeschwüre werden immer schlimmer wegen der Sorgen, vor Schmerzen hängt er manchmal über der Kuh«, sagte sie weinend. »Ich weiß bald nicht mehr ein noch aus. Was soll ich denn mit einem zweiten Kind, wenn ich einen kaputten Mann hab!«
Verzweifelt klang das, und gleichzeitig sagte sie mitten im Schluchzen: »Nicht dahin! Leg's auf den Boden!« Da beruhigte ich sie, schob den Koffer, den ich für Paris gepackt hatte, unters Bett und rief Birte an. – Aber die war weniger enttäuscht als befürchtet, gab es doch gerade einen neuen Freund, einen Kommilitonen, der schon länger eine Fahrradtour nach Kopenhagen mit ihr machen wollte, zu Niels Bohr. »Da kann ich ihn noch ein bisschen bearbeiten«, sagte sie. »Der ist mir nämlich zu hölzern in den Hüften. Die meisten Männer werden Physiker, weil sie Angst vor der Poesie haben.«

Wir verabredeten, uns in drei Wochen an der Place Saint-Sulpice zu treffen, sie gab mir die Telefonnummer einer französischen Tante, und dann packte ich meine Tasche für Missunde. Der Fahrer im Bahnbus war noch derselbe wie vor einigen Jahren, und er nickte mir zu, als wäre ich erst vor Stunden ausgestiegen. »Moin, Moin, min Plüschappel. Ma wieder bisschen Ferien machen?« Er hielt ein Stück Schwarzbrot in der linken Hand, dick mit Teewurst bestrichen, während er mir mit der rechten den Fahrschein gab, und ich blies mir eine Strähne aus der Stirn und lächelte ihn an. Plüschappel, das plattdeutsche Wort für Pfirsich, hatte ich schon lange nicht mehr gehört.

Niemand holte mich ab an dem frühen Nachmittag, natürlich nicht; langsam ging ich an dem reifen Weizenfeld entlang und blickte über die Koppel voller grasender Kühe. Fast verblüht der Löwenzahn, die Stängel schwankten im Wind, und hier und da lösten sich Samen von den Kugeln. Das Gartentor stand offen, auch das Häuschen war nicht verschlossen, und ich stellte die Tasche auf den Tisch und blickte mich um. Kaum etwas hatte sich verändert, sah man von den Wasserflecken unter der Decke ab, sogar die fehlende Scheibe in der Kommode war nicht ersetzt worden. Neben dem Sofa stand ein Gitterbett, über dem ein hellblaues Mobile von »Nivea« hing, Vögel und Wolken, und in der Ecke lehnte ein weißes Steckenpferd mit rotem Zügel und einer Mähne aus Wollfäden.
Ich zog meine Schuhe und mein Kleid aus und schlüpfte

in die alte Cordhose, die ich schon mal beim Streichen meines Zimmers getragen hatte. Mit Kiefernzapfen aus einem Eimer neben der Küchenhexe fachte ich ein Feuer an, legte zunächst dünnes Spaltholz und dann ein paar Buchenscheite darauf und freute mich, als die Flammen durch die Ritzen der Herdplatte züngelten. Aber wie schon bei meinem letzten Besuch zog der Schornstein schlecht in der Sommerwärme, die kleine Wohnung war rasch voller Rauch, und ich öffnete alle Fenster, um Durchzug zu schaffen.

Auch im Schlafzimmer der beiden war die Einrichtung eher eine zusammengewürfelte oder gar notdürftige. Eine Tür des bauchigen, wie eine Bootswand in den Raum sich wölbenden Kleiderschranks wurde mit einem Stück Isolierband zugehalten, und die Nachttische, die das durchhängende Eisenbett flankierten, waren zwei verschiedene. Der eine hatte eine Marmorplatte, auf der ein Aschenbecher voller »Juno«-Kippen stand, und auf dem anderen, einem blechernen, lagen ein Fachbuch, »Milchwirtschaft heute«, und ein Groschenheft, »Tod in Chicago«. Über dem Kopfende des Bettes hing das Kaufhausbild, das ich noch aus Elisabeths Zimmer bei uns kannte, ein großer Engel, der seine Flügel schützend um zwei Kinder breitete, während die über eine marode Brücke gingen. Das Glas davor war wohl beim Umzug gesprungen.

Nachdem ich einen Topf voller Kartoffeln auf den Herd gestellt hatte, nahm ich mir den Korb vom Garderobenhaken und ging in den Garten. Eine Reihe Zwiebelpflanzen lag zum Trocknen auf einem Beet, und ich sammelte sie ein und zog ein Dutzend dicker Möhren am Grün aus der lockeren Erde, spülte sie unter der Pumpe ab. Wie Perlreihen zeichneten sich die Erbsen in ihren Schoten ab, und auch davon zupfte ich zwei Hände voll von den Stängeln. Anschließend stieg ich über eine schmale Treppe in den Keller, wo das Gewölbe so niedrig war, dass ich gebückt gehen musste. Neben allerlei Gerümpel stand hier auch Elisabeths Nähmaschine auf dem gestampften Lehmboden, und ich wischte mir die Spinnweben aus dem Gesicht und stach mit einem Holzspatel etwas Butter aus einem kleinen, mit einer Steinplatte abgedeckten Fass. An den meisten Weckgläsern im Regal klebten Etikette, auf denen stand, was offensichtlich darin war, Kürbis, Blumenkohl, Schattenmorellen und sogar Kuchen, Marmorkuchen. Ich entschied mich für eingekochte Mettwurst und ging wieder in die Küche.

Das Abendessen war vorbereitet, als ich das Knattern auf der schmalen, nach wie vor nicht asphaltierten Landstraße hörte. Die Staubfahne hinter dem Tempo Hanseat zog sich bis zum Dorf hin. Der dreijährige Wolf, dessen Haare nun dunkler blond waren als nach der Geburt, saß auf dem Schoß seines Vaters und hielt wie er beide Hände an das Lenkrad, wobei er einmal den Kopf in den Nacken bog und zu ihm aufsah, strahlend. Walter dagegen, das weiße Hemd offen, eine Zigarette hinter dem Ohr, wirkte ein wenig zusammengesunken in dem kleinen Führerhaus, und trotz der täglichen Arbeit im Freien waren seine Wangen fahl. Auf der Ladefläche schwankte eine ausladende Pflanze im Fahrtwind, ein Hibiskus in einem Holzkübel, die Blüten leuchtend rot.

Ich schob die Pfanne und den Topf an den Herdrand, schlüpfte in meine Segeltuchschuhe, zog mir eine alte Bluse an und lief über die Weide. Mozart, der gewaltige Zuchtbulle, brüllte hinter dem Herrenhaus, und die ersten Kühe trotteten mit schaukelnden Eutern zum Kannenwagen, dem Abendmelken entgegen. Spreizbeinig, um nicht in die vielen Fladen zu treten, sprang ich an ihnen vorbei durch das Gras, und als ich auf den Hof kam, setzte Walter sich gerade die fettglänzende Mütze mit dem Gummischirm auf. Außer ihm und seinem Kind war niemand zu sehen zwischen den Ställen und dem Turm, auch der alte Neufundländer nicht. Stumm hockten die Tauben auf dem Glockenjoch.

»Oh«, sagte ich während unserer Begrüßung, einem sachlichen Händedruck, bei dem ich das Gefühl hatte, dass er die Ellenbeuge durchdrückte, um mich auf Distanz zu halten: Angerührt von der Melancholie, die sein etwas hohlwangiges Gesicht noch schöner machte, als es ohnehin war, hätte ich ihn tatsächlich fast umarmt. Ich zeigte auf den Hibiskus. »Hast du mir Blumen mitgebracht?«

Kopfschüttelnd löste er die Taue, mit denen der Kübel fixiert war, und sein kleiner Junge winkte mir zu, das heißt, er knickte die Finger mehrmals ab im Gelenk. Kurze dunkelblaue Wollhosen und ein rosa kariertes Hemd trug er, und seine knöchelhohen Schuhe sahen neu aus und kamen mir ein bisschen eng vor. Auf ein Knie sinkend, lockerte ich ihm die Schnürbänder, und wie schon als Säugling griff er auch jetzt wieder nach meinen Haaren, betrachtete ihre Kupferfarbe, strich sich mit den Spitzen über die Wange. Ein heiteres, ein glückliches Kind, wie es aussah, mit jenem engelhaften Schimmer im Gesicht, der noch aus einer anderen Sphäre zu kommen scheint, und er lächelte mich an. Seine oberen Milchzähne standen beträchtlich auseinander, ein Zeichen für spätere weite Reisen, wie ich einmal gelesen hatte, und aufgrund fehlender brauner Pigmente waren die Augen etwas heller grün als die seines Vaters. Aber die Nase hatte schon denselben winzigen Stups, und sein Mund, der Schwung, wirkte auf mich wie die Signatur einer Sinnlichkeit, die eines Tages ähnlich beunruhigen mochte, wie das seltsam traurige, seltsam wissende Lächeln seines Vaters es tat. Der deutete mit einer Kopfbewegung auf die Pflanze. »Hilfst du mir mal?«

Der Kübel hatte Griffe, und wir stellten ihn zwischen die Säulen des Vorbaus, zu dem Palmfarn, den Geranien und dem Zitronenbäumchen dort. Dessen Früchte waren mehr grün als gelb, doch die Blätter, zerrieb man eines, dufteten atemberaubend. Ich hielt Wölfchen die Fingerspitzen unter die Nase, und in dem Moment knarrten die Angeln, irgendetwas polterte, und eine Frau trat aus der Flügeltür, eine etwa Fünfzigjährige mit kurzen grauen, an den Seiten mit Wasser zurückgekämmten Haaren. Sie trug eine schwarze Seidenbluse und eine weite Hose, ebenfalls schwarz, stemmte die Fäuste an die Hüften und musterte den Hibiskus über den Rand ihrer Lesebrille hinweg. Dabei bewegte sie die Kiefer, als schöbe sie ihr Gebiss im Mund herum.

Bitternis: Noch nie war mir das Wort, das ich vor Zeiten einmal bei Thomas Mann gelesen hatte, zu irgendwem eingefallen. Klein die sehr hellen blauen, von Krähenfüßen umfächerten Augen, schlaff die flaumigen Wangen, der Mund nur ein Strich. Die Bluse ließ kaum Brust und keine Taille erkennen, und unter dem Saum des rechten Hosenbeins schaute ein klotzartiger orthopädischer Schuh hervor; links trug sie eine Sandale. Obwohl die Gutsbesitzerin einen Mann hatte, wie ich wusste, sah sie wie eine Witwe aus, und Walter stellte mich vor, die Vertretung. Ihr vages Lächeln, ein Zucken der Mundwinkel nur, wirkte abwesend, allenfalls höflich, und sie nickte zwar, reichte mir aber nicht die Hand. »Hast du dir eine Quittung geben lassen?«

Zusammen mit ein paar Münzen zog er sie aus der Tasche. »Dreimal in der Woche gießen, meinten die in der Gärtnerei, am besten mit Regenwasser aus der Tonne; das aus der Leitung könnte zu kalt und zu kalkhaltig sein«, sagte er. »Die Erde sollte nur wenig gedüngt werden. Wenn Sie Hühnerdreck nehmen, müssen Sie auf die Blattränder achten; werden die braun, haben Sie's übertrieben. Ein Hibiskus blüht übrigens auch im Winter, dann müsste er aber ins Warme, und nach zwei Jahren wird ein Rückschnitt empfohlen, im März, wie bei den Rosen. Dabei muss man vorsichtig sein, weil die Pflanze heikel ist; der Gärtner sagte, Sie sollen ihn anrufen, dann kommt er rum.«

Sie grunzte spöttisch, überprüfte die Rechnung und sagte: »Ja, das glaube ich. Der will mein Geld, der Schlawiner … Danke vorerst. Dann könnt ihr euch jetzt um die Kühe kümmern. Wahrscheinlich brauche ich dich später noch zum Umtopfen. Wie geht's deiner Frau?«

Bei der Frage hatte sie mich kurz aus den Lidwinkeln gemustert, und Walter hob den kleinen Wolf hoch, setzte

ihn sich auf die Schultern. »Ach, ich glaub, ganz passabel«, antwortete er. »Sie kennen sie ja, die ist zäh. Die haben ihr gleich Medikamente gespritzt, zur Stärkung, und außerdem gibt es vor dem Zimmer einen Balkon mit Schleiblick, auf dem sie rauchen darf. Dann ist alles immer halb so schlimm.«
Die Frau nickte, drehte sich um und humpelte grußlos ins Haus zurück, und wir gingen über den Hof zur Weide. Die Kühe drängten sich bereits vor dem Wagen, ihr ohrenbetäubendes Brüllen hallte in den leeren Kannen wider und wurde von dem Blöken aus dem Kälberstall beantwortet. Die Euter waren sichtlich prall, hier und da hingen Milchtropfen an den Zitzen, und Walter klatschte der einen oder anderen die Hand auf den Hals, damit wir zwischen den Hörnern hindurchkamen. Zertrampelt der Boden an dieser Stelle, aufgeweicht vom Kot und Urin, und nachdem er mir einen Schemel, einen Eimer und ein sauberes Leintuch gereicht hatte, öffnete er eine Dose und strich mir einen Batzen Melkfett auf den Arm.
»Also, legen wir los«, sagte er, »die Meierei schließt um acht. Die Mädels sind gerade ein bisschen gereizt wegen dem Schattengras und dem Johanniskraut, das hier plötzlich wächst, davon kriegen sie diese juckenden Flecken am Maul. Nimm du die mit den kürzeren Schwänzen, die können sie dir nicht ins Gesicht hauen, und wenn dir warm wird und du was ausziehen willst, häng es bitte nicht an die Hörner, wie's die Liesel oft tut. Manche werden dann panisch und galoppieren davon.«
Wir hockten uns auf die Schemel, die etwas einsanken in dem Morast, und kaum war das Prasseln der Milch-

strahlen in den Eimern zu hören, beruhigte sich die Herde, und aus den Ställen, den Schuppen und dem Maisfeld gegenüber streunten magere Katzen herbei und legten sich still ins Gras. Nur eine traute sich näher, rieb maunzend ihren Nacken an meinem Bein, und ich staunte. Offenbar hatten meine Finger die kurze, aber schmerzhafte Lektion seinerzeit verinnerlicht, denn nach zögerlichem Anfang – ich verwendete zu viel von dem bernsteingelben Fett, so dass mir die Zitzen entglitten – melkte ich, als hätte ich nie etwas anderes gemacht.

Die Milch schäumte, und die wiederkäuenden Kühe schienen sich wohlzufühlen mit mir, weil ich sie rasch von dem Druck befreite. Keine trat mir in den Eimer oder versuchte, mich vom Hocker zu drängen wie einst, keine pisste oder schiss, und als ich mit meinem zweiten Ertrag zum Kannenwagen ging, sagte ich: »Das Abendbrot ist übrigens vorbereitet. Mettwurst, Bratkartoffeln und Gemüse. Vielleicht sollten wir dem Jungen noch einen Pudding kochen?«

Unter Walters gespanntem Hemd, immer noch dem weißen, mit dem er in der Klinik gewesen war, konnte ich das Spiel der Rücken- und Schultermuskeln sehen, ein rasches Pulsieren der stets gleichen Stränge, und als er nicht antwortete, nur ein billigendes Brummen hören ließ, wobei er die Augen schloss, musste ich an seinen Magen denken. Vermutlich hatte er Schmerzen, jedenfalls nagte er innen an der Lippe, und ich goss die Milch in die Kanne und wrang das Siebtuch über den Schnauzen der herandrängenden Katzen aus.

Dann nahm ich mir die nächste Kuh vor, doch offenbar

gab es eine Rangfolge in der Herde, denn sie wurde von einer anderen, sichtlich älteren mit dick geädertem Euter zur Seite gedrückt, ein kurzer Tumult, der mich zurückweichen ließ. Die Augen plötzlich rot unterlaufen, neigten die Tiere drohend die Köpfe, und erst als Walter einen Lappen nach ihnen warf, schnellten sie überraschend leichtfüßig auseinander. In dem Augenblick wurde ein Poltern und Klirren im Melkerhaus laut, das Kind blickte auf von seinem Spiel mit Halmen und Kieseln, und er hob die Brauen und fragte: »Hast du da was offen gelassen? Im Ernst? Na, dann kannst du unser Abendbrot vergessen.«

Stöhnend trat ich mir die schlammschweren Schuhe von den Hacken, rannte barfuß über den Pfad und durch den Garten und nahm die Stufen zur Haustür mit einem Sprung. In der Wohnung war es still, hinter der Gardine huschten Schatten ins Feld, und nichts mehr stand auf der Kochhexe. Die angebratenen Kartoffeln lagen mitsamt der zersprungenen Schüssel im Spülstein, die Erbsen und die Möhrentaler waren aus dem umgekippten Topf bis unters Sofa gerollt, und in der Pfanne mit den Mettwurststücken befanden sich nur noch ein paar Zwiebelfäden. Auf der schwarzen Herdplatte, kaum mehr lauwarm, konnte ich Pfotenabdrücke erkennen, kleine fettige, in alle Richtungen davonstürzende Sterne, und ich schloss die Fenster, die ich wegen des Qualms geöffnet hatte. Dann erst schrie ich auf vor Wut.

»Marder«, sagte Walter, als ich nach einer Viertelstunde, nach dem raschen Räumen und Putzen, wieder bei ihm war. Das Kind kniete neben ihm, hielt ihm beide Händchen wie eine Schale hin, und vorsichtig molk er

etwas Milch hinein, die sogleich ausgeschlürft wurde. »Die haben jetzt Paarungszeit, da sind sie besonders aktiv. In den ersten Wochen fand Liesel die so süß und gab ihnen Abfälle zu fressen. Inzwischen werden wir sie nicht mehr los, die nisten überall, wie Ratten, denn der Geruch ihres Kots zieht andere Marder an. Und wenn sie ihre Jungen haben und mit ihnen im Keller oder auf dem Dach herumtollen, kannst du nicht mehr schlafen und wünschst dir nur noch eine Schrotflinte. Aber der Kleine mag sowieso am liebsten Gemüse, und Eier und Brot sind immer da.«
Obwohl ich mich bemühte, schneller zu melken, um die verlorene Zeit wettzumachen, wurden wir offenbar später fertig, als es dem täglichen Rhythmus entsprach. In der Baracke begannen die Kälber zu brüllen und an den Schnullern unter den Trinkeimern zu zerren. Wieder und wieder schlug das verzinkte Blech gegen die Gitterstäbe, und Walter wischte mit dem Daumen einen Milchtropfen von dem Glas seiner Uhr und sagte: »Dann bring ich jetzt rasch die Kannen weg und fahr anschließend zum Schmied, der Jüppgen braucht neue Eisen. Rühr du schon mal den Kesselbrei an, das kennst du ja, siebenunddreißig Grad. Das Ausmisten werden wir uns heute sparen.«

Gebannt starrten die Kälber auf den Brummkreisel aus buntem Blech, den Wölfchen Mal um Mal auf dem Stallgang betätigte. Er schien es tatsächlich für sie zu machen und lächelte über ihr empörtes Brüllen, sobald der Harmonika-Ton verstummte. Es dämmerte zusehends, als wir nach der Arbeit über die Weide gingen. Wiederkäuend ruhten die massigen Kühe im Gras, stolz gehörnte Silhouetten, während ich das Gefühl hatte, mein Rücken wäre ein Brett voller krumm geschlagener Nägel. Ich fachte das Feuer in der Kochhexe an, und obwohl ich ihn höchstens bis zur Hälfte füllte, brachte ich den großen Kessel mit dem eingelassenen Wasserhahn nur mit Mühe von der Pumpe ins Haus. Ich stolperte sogar auf der kurzen Treppe, und Wölfchen sagte leise »Hoppla!«, wobei er den Kopf nicht von seinem Malbuch hob.

Der Kamin zog besser in der Abendkühle, die Herdplatte glühte, und nachdem das Wasser warm war, wusch ich ihn in einer Emailleschüssel, zog ihm seinen kleinen Frotteemantel an und setzte ihn auf die Fußbank, die auf einem der drei Stühle stand. Walter kam mit einem alten, zur Tüte gedrehten Zeitungsblatt voller Stachelbeeren und zwei Flaschen Bier herein und besichtigte, was ich vom Boden geklaubt und abgespült hatte. Die Kartoffeln und die Möhrentaler, an denen Nagespuren zu sehen waren, schmiss er aus dem offenen Fenster und murmelte: »Die Biester übertragen Tollwut und noch ein paar andere Gemeinheiten …«

Dann verrührte er den Rest mit einer gehackten Zwiebel und zehn Eiern in der Pfanne und streute ein paar Gewürze aus den schmalen Schütten des Büfettschranks darüber. Sie waren aus geriffeltem Glas, und ich hörte seine Mutter heraus, als Wolf sie »scharfe Schiffchen« nannte. Der Himmel draußen war noch dunkelblau, aber man sah schon erste Sterne, und still beobachtete er, wie sein Vater eine Faust voll Schnittlauch mit Elisabeths alter Schneiderschere direkt über unseren Tellern zerkleinerte, ein frischgrüner Regen. Von den Kartoffeln und dem Ei aß er allerdings nur wenig; viel mehr interessierten ihn die Zuckererbsen, jede schob er einzeln auf seinen kleinen roten Löffel aus Bakelit, und als ich ihm noch welche von mir gab, lächelte er mich hocherfreut an.

Obwohl mir meine Portion anfangs zu groß erschienen war, hatte ich immer noch Hunger und schnitt mir eine dicke Scheibe Käse vom Laib. »Hör mal«, sagte ich zu Walter, der während des Essens den »Molkereizettel« überflog, die Lieferliste des vergangenen Monats, »es geht mich ja eigentlich nichts an, aber die Gutsbesitzerin vorhin, diese Frau Pauly: Wieso duzt die dich eigentlich? Macht sie das bei der Liesel und den anderen Arbeitern auch? Ich meine, du sagst doch Sie ...«

Er hob den Kopf und blickte kurz einmal zum Herrenhaus, wo Licht in einem Giebelfenster brannte und ein paar unmelodische Klaviertöne zu hören waren; sie klangen wie die Fingerübungen, die Menschen mit Arthrose verordnet werden. »Natürlich sage ich Sie«, antwortete er. »Sie ist die Chefin, sie hat uns eingestellt und lässt uns hier wohnen, weshalb sollte sie da etepetete sein. Solange sie pünktlich den Lohn zahlt, darf sie duzen, wen sie will, jedenfalls auf ihrem Grund und Boden.« Er zwinkerte mir zu, aber sein Lächeln sah verlegen aus. »Ich muss mich ja nicht gemeint fühlen.«

Nach dem Essen ließ ich den Verschluss meiner Bierflasche ploppen, lehnte mich zurück und trank einen großen Schluck, wobei ich den getrockneten Schweiß unter meiner Achsel roch, was mich etwas erschreckte. Wegen meiner leicht schwülen, bei Rothaarigen oft vorkommenden Duftnote aus Honig und Ambra wusch und desodorierte ich mich in Kiel so oft, dass sie gar nicht erst entstehen konnte. »Und wann müssen wir morgen wieder raus?«, fragte ich mit Blick auf mein Nachtlager, das breite Sofa, auf dem schon Kissen und Decken lagen. »Allen Ernstes um Viertel vor vier?«

Langsam stieg der fast volle Mond hinter dem Maisfeld empor. Nachdenklich zog Walter die Brauen zusammen und kniff mit den Fingernägeln die Glut von der halbgerauchten »Overstolz«. »Nein«, antwortete er schließlich und begann, das Geschirr abzuräumen, stellte es in den Spülstein. »Wir waren heute Abend hinter der Zeit, da können wir morgen ruhig etwas später anfangen, damit die Milchmenge nicht zu ungleich ausfällt.« Er hob den Deckel, blickte in den Wasserkessel, und es hallte leicht, als er hinzufügte: »Sagen wir, um vier.«

Dann zog er ein Handtuch aus einem Regal im Flur und ging hinaus, um sich unter der Pumpe zu waschen, und ich weiß nicht, wie ich ausgesehen hatte, vermutlich enttäuscht; jedenfalls legte der kleine Wolf den Kopf schräg unter seiner Frottee-Kapuze und betrachtete mich eine Weile fast mitleidig. Schließlich streckte er den Arm vor und schob mir, vor Eifer die Zunge zwischen den Lippen, die Hälfte seiner prallen Stachelbeeren hin. Ich kannte bislang nur grüne, saure, die ich allenfalls im Kuchen mochte, aber diese waren samtig rot und schienen im Innern zu glühen unter der Lampe. Und sie schmeckten süß.

Später, nachdem Walter mir eine gute Nacht gewünscht hatte und mit dem Kind ins Schlafzimmer gegangen war, spülte ich rasch die Teller und wusch mich ebenfalls. Ich fühlte mich so schwer, so in allen Gelenken ledern von der ungewohnten Arbeit, dass ich trotz der Müdigkeit nicht einschlafen konnte auf dem Sofa, zumal es im Wohnzimmer keinen Vorhang gab und die Nacht hell war. Auf dem Gutshof wieherte ein Pferd. Die Hände im Genick verschränkt, betrachtete ich einen alten Stockflecken unter der Decke, in dem ich mal ein Gesicht, mal eine Landkarte sah, Wind strich durch das Weizenfeld hinterm Haus, und als mir plötzlich klar wurde, dass Walter sich mit dem kalten Pumpenwasser im Garten gewaschen hatte, um mir das wenige warme im Kessel zu lassen, fühlte ich mich einen Moment lang aufgehoben hier, glücklich gar. Durch den Spalt der angelehnten Tür hörte ich sein regelmäßiges Atmen und einmal das traumverlorene Seufzen des kleinen Wolf. In dem Streifen Mondlicht über der Kommode sahen mich Elisabeths Augen an. Neben dem gerahmten Foto tickte ein alter Wecker auf einem Frühstücksteller. Er hatte Phosphorzeiger und große Kupferschellen, auf die Walter noch zwei Teelöffel gelegt hatte. Irgendwo draußen kläffte ein Fuchs.

Der Raum hatte sich verändert, als sie nach einem kurzen, kalten Schlaf erwachte; die Sonne schien durch die Schneewehe vor dem Fenster und erfüllte ihn mit einem Licht, das dem Bild der Jesusmutter, den Horngriffen am Schrank oder dem geblümten Vorhang eine seltsame Klarheit und Eindringlichkeit verlieh. Das alte Daunenbett war unbezogen, winzige Kiele stachen aus dem Gewebe hervor, graubrauner Flaum, den sie selbst oft mit den Brüdern aus den Unterfedern lebender Gänse gerupft hatte; in Danzig zahlte man viel Geld dafür. Sie dachte an das Gellen der Tiere und wie sie anschließend durch die Haufen ihrer eigenen Federn getaumelt waren, um sich panisch irgendwo zu verkriechen, und sei es zwischen den Schweinen im Koben.
Von fern hörte sie Musik, vermutlich eine jener kleinen Ziehharmonikas mit dem schönen Namen, die auch die polnischen Arbeiter in ihrem Dorf spielten, und sie schlug die Decke zur Seite, raffte sich die Hose hoch und ging auf Zehenspitzen zur Tür. Eingeschlossen hatte sie der Soldat, der Schlüssel steckte, doch niemand schien in der Küche zu sein. Im Herd knackte ein brennendes Scheit, was die Stille noch betonte, und sie setzte sich wieder auf den Bettrand, starrte eine Weile auf das Erbrochene dort, Brot und Kraut, und aß die kaum zerkauten Fleischbrocken noch einmal.

Auch die Musik draußen war verstummt, und fast schon wäre sie wieder eingenickt vor Erschöpfung, da hörte sie Stimmen vor dem Haus und ein Stampfen, als klopfte sich jemand Schnee von den Schuhen. Der Holzboden quietschte und knarrte, Porzellan zersprang, eine Tasse vielleicht, Gelächter wurde laut. Das Aroma von Zigarettenrauch und Schnaps drang durch die Türritzen, und jemand drückte auf die Klinke und stocherte mit dem Schlüssel im Schloss, was ihr plötzlich wie brechende Zähne klang.
Mit zwei, drei Schritten war sie am Fenster, stemmte einen Fuß auf die niedrige Bank und riss an dem Griff. Der ließ sich zwar drehen, aber die Rahmen waren festgefroren; sie knackten nur leise. Beim anderen war es ähnlich, eine Scheibe voller Eisblumen riss und etwas Kitt platzte ab, ohne dass es sich öffnen ließ. Draußen jaulte ein Tier oder was sie dafür halten wollte, ein Hund vielleicht; es waren aber die Angeln der schiefen Tür, und als sie sich umsah, starrten sie mehrere Männer an, junge Soldaten mit glatten Gesichtern, Pistolen am Gürtel. Sie hatten noch Schnee auf den Käppis, hielten Flaschen in den Händen, und einem hing der lange Balg einer Ziehharmonika von der Schulter. Offenbar erstaunt über die Anwesenheit eines Mädchens, dämpften sie ihre Stimmen und raunten sich etwas zu.
Einer der fünf oder sechs war kahl geschoren, mit einer schwarzrot verkrusteten Wunde auf dem Kopf, und der Größte von ihnen, der einzige Bärtige, trug zwar einen gesteppten russischen Uniformmantel, aber eine deutsche Offiziersmütze mit einem Reichsadler über dem Schirm. »Devushka!«, rief er, während er mit seinen ge-

nagelten Stiefeln in den Raum kam und rasch einmal in den Kleiderschrank sah. Er zwinkerte ihr zu, lächelte sie an, doch seine Augen schwammen im Schnaps, die Mundwinkel waren vom Kautabak braun. Mit haarigen Händen griff er ihr unter die Achseln, hob sie hoch und schwenkte sie herum, als hätte sie kein Gewicht. Die Männer johlten, und er warf sie auf das ächzende Bett, riss ihr die Hose samt blutiger Unterhose herunter und war schon über ihr, während ein anderer noch an ihren Stiefeln zog.
Sie machte sich steif und wimmerte leise, verstummte aber sofort, als der Soldat ihre Gurgel umfasste und sie drohend ansah, ein stierer Blick über dem schwarzen Bart. Erneut wurde ihr übel, nun von dem Schnapsdunst, den sie atmen musste, und während die Soldaten sich abwechselten, oft unter rhythmischem Applaus, Zigaretten zwischen den Zähnen, während die Blechknöpfe und Koppelschlösser ihr den Bauch zerkratzten und etwas in ihr riss, fuhren Panzer oder Lastzüge durch das Dorf und erschütterten das kleine Haus. Die gelben, fast durchscheinenden Blätter des alten Buchsbaumzweiges, der über ihr an dem Madonnenbild hing, zitterten wie winzige Flügel.
Nach einer Weile ließen die Soldaten von ihr ab, setzten sich in die Küche, brieten offenbar Eier in Schmalz und sangen und stampften gut eine Stunde lang zu der Musik des Konzertina-Spielers. Erst waren es kämpferische Melodien, fast Märsche, dann wurden sie immer trauriger, und endlich schliefen die Männer ein, wie es schien. Doch kaum hörte sie das Schnarchen auf den Bänken und dachte, nun hätte sie Ruhe, kaum entkrampfte sie

sich ein wenig in der Wärme, die aus der Küche kam, schlug etwas Blechernes auf den Boden, der Pfannendeckel wohl. Er wummerte noch eine Weile nach, und wieder torkelte ein Soldat herein, leerte seine Flasche und bedeutete ihr, sich auf den Bauch zu drehen.
Einmal aber brachte ihr der Jüngste, der Kahlgeschorene, ihren Mantel in das Zimmer und hängte ihn sorgsam über einen Stuhl in der Ecke. Er stellte eine angeschlagene Tasse mit heißem Tee auf den Nachttisch und wischte mit einem Stück Brot etwas Leberwurst aus einer Dose, einer deutsch beschrifteten Militärkonserve. Aufmunternd nickte er ihr zu, wobei sie erkannte, dass die schwarzrot verkrustete Wunde auf seinem Kopf ein eingeschnittenes Hakenkreuz war. Sie schluckte, und nachdem sie das Brot und die Wurst gegessen hatte, legte er sich eine Hand an die Wange und schloss einmal kurz die Augen, ein stummes: Nun schlaf! Dann ging er zur Tür, löschte das Licht, und sie krümmte sich unter den Daunen zusammen. »Devushka«, lernte sie später, heißt Mädchen.

Fünftes Kapitel

PERLEN

Fielen die Löffel auf den Teller, wurde das Rasseln des Weckers zu einem Klirren. Hinter den Straßenbäumen dämmerte es zartblau, man konnte ahnen, dass es ein sonniger Tag wurde, und mit Mühe setzte ich mich auf. Walter kratzte bereits den Hühnerstall aus, doch Wölfchen schlief noch, und ich wusch mich flüchtig mit dem Rest Wasser aus dem Kessel und ging in den Garten, um eine Handvoll Johannisbeeren zu pflücken. Mit der Gabel kämmte ich sie von den Rispen, verrührte sie mit Haferflocken, Milch und etwas Honig und füllte alles in ein Glas mit Schraubverschluss. Dann kochte ich mir Tee.

Seit fast zwei Wochen trug ich nun dieselbe Kleidung, die alte grüne Cordhose war steif wie Leder von der verspritzten Milch und dem Melkfett, das ich daran abgerieben hatte. Meine Hände kamen mir breiter vor, meine Finger dicker, und die Oberarme schmerzten wie früher nach den Turnstunden am Reck. Aber immer noch ließ sich ein Ende der Arbeit schwer absehen; kam das Baby nicht in den nächsten Tagen, sollte ein Kaiserschnitt gemacht werden, und ob Elisabeth dann wieder melken konnte, war fraglich. Ich aß ein Stück Brot mit ihrer selbstgemachten Marmelade.

An der Wand über dem Küchentisch hing ein gerahmtes Foto, das sie aus den »Kieler Nachrichten« geschnitten

hatte, vor einem Jahr schon. Mozart, jener schwarz und weiß gescheckte Bulle, der hinter dem Herrenhaus graste, hatte auf der Landwirtschaftsmesse in Malente den ersten Preis des Züchterverbandes gewonnen, und vor dem dösend dastehenden Tier mit der Plakette zwischen den Hörnern posierten drei Männer in Anzügen und weißen Hemden: der Landwirtschaftsminister, der Vorsitzende des Bauernverbandes und der grinsende Gutsbesitzer mit der Urkunde in der Hand. »Die Region beweist sich!« stand darüber.
Stolz drückte jeder die Krawattenbrust heraus, und ein blauer Pfeil, mit Kugelschreiber gezeichnet, wies auf eine weitere Person im gröber gerasterten Hintergrund. Die Schiffermütze aus der Stirn geschoben, die Drillichjacke bis zum Hals geknöpft, hielt Walter den Strick, der an den Nasenring des Bullen geknotet war, in beiden Händen und lächelte verlegen in die Kamera, fast genant: als würde ihm eine unvermutete Gunst erwiesen; als käme es ihm eigentlich nicht zu, mit diesen Herrschaften auf dem Bild zu sein.
Einmal mehr musste ich an meine Zeit als elf- oder zwölfjähriger Bücherwurm auf dem Gut meines Schwagers bei Bovenau denken, wo Walter gerade seine Melkerlehre beendet hatte und noch nicht zum Militär eingezogen worden war. Sein heiterer Ernst, seine Umsicht und sein immer klagloses Zupacken verliehen ihm stets eine stille Würde, die ihn noch hervorhob, wenn alle zehn oder zwölf Melker des riesigen Gutes ähnlich aussahen, am Sonntagvormittag etwa, an dem sie in weißen Hosen und Hemden ins Dorf gingen, um ein Bier zu trinken. Das war ein Ritual, und manche kamen ver-

dreckt und blutbefleckt zurück, weil sie sich mit Bauern oder Soldaten auf Urlaub geprügelt hatten, und schliefen im Stall ihren Rausch aus.
Nicht aber er: Noch in seinen guten Schuhen, die er peinlich pflegte, sah er nach den Kälbern oder versorgte ein verletztes Pferd, und wenn ich später in meinen Büchern das Wort »Märchenprinz« und noch später das Wort »Eros« las, fiel mir immer der weiß gekleidete Walter ein, seine grünen Augen, der schöne Mund und die warme Stimme. – Das war auch der Grund, warum ich dieses graue Foto nicht mochte, denn es zeigte mir einen verlegen und kleinmütig dreinblickenden Knecht, wo ich einen selbstbewussten Meister sehen wollte, den Souverän seiner Fähigkeiten, der etwas ins Werk setzt ... Und Elisabeth, die es wohl aufgehängt hatte, dachte augenscheinlich wie ich, denn der Pfeil durchkreuzte die Brust des Gutsbesitzers.

Flaum in den Haaren, kam Walter mit einer Schüssel Eier aus dem Hühnerstall und schloss sie ins Büfett. Dann trank er eine Tasse Milch, aß ein Stück Brot mit Butter und Salz und schluckte zwei Tabletten, sein Magenmittel. Schließlich betteten wir das schlafende Kind in den Wäschekorb und trugen es über die taufeuchte Weide zum Kannenwagen, wo schon die Kühe brüllten. Ihr Atem dampfte, und in der Sonne, die gerade hinter dem Maisfeld aufging, schienen die Hornspitzen zu glühen.
Wie meistens arbeiteten wir in den ersten Stunden schweigend, fast schläfrig, nur kurz einmal davon abge-

lenkt, dass der Junge erwachte. Ich zog ihn an und gab ihm seinen Lieblingslöffel, damit er die Haferflocken essen konnte, und nach dem Melken rief Walter den Wallach, um die Kannen in die Meierei zu bringen. Doch für meine Arbeit, das Füttern der Kälber, war es an dem Tag zu früh: Weil in der Nacht ein paar Rothirsche zwischen die Kühe gesprungen waren und für Angst und Unruhe gesorgt hatten – mit der Stablampe und einer Axt in der Faust war Walter auf die Weide gelaufen –, gaben sie an diesem Morgen viel weniger Milch, so dass wir weit vor der Zeit fertig wurden. Die Kälber aber mussten möglichst nach der Uhr versorgt werden, und so setzte ich mir das Kind auf den Schoß und fuhr mit, um mir den Molkereibetrieb anzusehen.

Wie erwartet war es heiß geworden, die Sonne brannte im Nacken, ein milder Teegeruch ging von dem Fell des Haflingers aus. Statt der blauen Melkerbluse trug Walter nur ein Trikothemd, und nach den vielen Tagen gemeinsamer Arbeit dachte keiner von uns mehr daran, sich um Abstand zu bemühen auf dem engen Sitz. Unsere schwitzenden Oberschenkel berührten sich während der ganzen Fahrt, und als er einmal den Arm hob, um jemanden am Feldrand zu grüßen, bemerkte ich wieder die winzige Tätowierung an seinem inneren Bizeps.

Sie war leicht verwachsen; auch aus der Nähe erkannte ich nicht, ob es sich um einen Buchstaben, eine Zahl oder um beides handelte, und ich tippte darauf und fragte ihn nach der Bedeutung. Da glitt ein Hauch von Unwillen über sein Gesicht, und er ließ den Arm sinken. »Meine Blutgruppe ist das«, murmelte er. »Ich war in der Waffen-SS, zwangsrekrutiert, jedem dort wurde sie

eingestochen – falls man sie nicht mehr über die Lippen brachte und eine Konserve brauchte.« Er grinste müde. »Soll ja vorkommen im Krieg.«
Ich erschrak. »Aber du hast keine gebraucht, nicht wahr?«
Stumm und wie abschließend schüttelte er den Kopf, wollte offenbar nicht reden über die Zeit, wie die meisten. Die Staubstraße war zu Ende, und als wir ins Dorf kamen, ahmte der kleine Wolf das Geräusch der Hufeisen auf dem Pflaster nach, ein »Klick-Klack!«, das er mit Zunge und Gaumen erzeugte. Dabei bog er den Kopf in den Nacken und lächelte mich an mit seinen Hasenzähnen, und ich kraulte ihm das helle Haar. »Gab es eigentlich auch Mitglieder der SS aus verbündeten Staaten?«, fragte ich. »Der Himmler hat doch nur stramme Deutsche rekrutiert, oder? Rassenreine Germanen ...«
Ohne dass er am Zügel ziehen musste, bog das Pferd auf den Hof der Meierei, eines Backsteingebäudes mit Fabrikfenstern und einem hohen Schornstein, vor dessen Rampe schon mehrere Gespanne und Lastwagen standen. »O nein«, erwiderte er, »gegen Ende haben die zwangsverpflichtet, was sie kriegen konnten, Holländer, Belgier, Italiener und bosnische Muslime mit Fez auf dem Kopf. Es gab sogar Offiziere unter denen, wir hatten kurz mal so einen Sauhund, einen Wallonen. Der hat uns in den schlimmsten Schlamassel geschickt, um sich vor den Vorgesetzten zu brüsten, wollte unbedingt das Eiserne Kreuz.« Er drehte die Bremskurbel fest, kletterte auf die Ladefläche. »Hat dann aber nur eins aus Birkenholz gekriegt, wie drei Viertel meiner Kameraden.«

Jede der Kannen hinter dem Bock, an sich schon schwer, weil doppelwandig, fasste fünfundzwanzig Liter, und wir stellten sie auf einen Rollwagen und schoben sie in die geflieste Halle voller Kessel und Schränke aus gebürstetem Stahl. Der Boden, der trotz der Noppen glitschig war, schien zu vibrieren von den Kühlaggregaten und den Motoren der Zentrifugen, und schon nach wenigen Atemzügen befiel mich eine leichte Übelkeit; sogar die Luft kam mir fett vor, und ich stieß leise auf. Ein Mann in einer Gummischürze notierte die Anzahl der Kannen und blickte kurz einmal in eine hinein, und während wir die Milch durch ein Sieb in die Anlage zur Pasteurisierung gossen, lief der kleine Wolf an den riesigen Buttertrommeln mit den Sichtfenstern vorbei und verschwand im Büro. Die Tür stand offen, ich hörte ein paar erfreute Ausrufe und ein Händeklatschen, und kurz darauf kam er zurück und zeigte mir stolz eine kleine Flasche Kakao. In der Aluminiumfolie, mit der sie verschlossen war, steckte bereits ein Trinkhalm, damals noch aus Stroh.

Auf dem Rückweg durch das Dorf hielt Walter vor einem Kiosk mit einer »Langnese«-Fahne und ließ sich einen Rosinenstuten und ein paar Flaschen Bier auf den Wagen reichen. Der greise Verkäufer, eine Meerschaumpfeife im Mund, hatte Eimer voller Frühkartoffeln, sandiger Roter Bete und Zuckerschoten an den Straßenrand gestellt, und er sagte etwas in einem Plattdeutsch, das ich nicht verstand. Aber ich spürte, dass es um mich ging, er zwinkerte mir zu, und als ich später danach fragte, schüttelte Walter den Kopf. »Ach, vergiss es«, sagte er, »der schnackt nur Blödsinn! Er fand, dass wir gut zusammenpassen, weil du vom Milchmann bist.« Und als ich verständnislos die Schultern hob, schmunzelte er verlegen. »Na ja, so sagt man hier manchmal: Die Rothaarigen sind vom Milchmann. Nie gehört?«

Wieder auf dem Gutshof, reinigten wir die Kannen, fütterten die Kälber und gingen schließlich über den schmalen Pfad zum Haus, wobei wir das Kind an unseren ausgestreckten Armen schaukeln ließen. Im stets ähnlichen Tagesablauf waren mir die folgenden Stunden die liebsten, denn nach dem Mittagessen konnte ich mich eine Weile auf das Sofa legen mit meinen steifen Knochen, unter eine flauschige Decke. Meistens kroch Wölfchen dann zu mir, wobei er seine immer etwas kalten Füße zwischen meine Schenkel schob, ich schlang einen Arm um ihn, und so schliefen wir tief, ohne dass Walters Harken im Garten oder Sägen im Brennholzschuppen uns wecken konnte.

Das Zwölfuhrläuten in der kleinen Kirche begann, blecherne Laute, und während ich noch überlegte, was ich kochen sollte – frisches Fleisch gab es nur einmal in der Woche, wenn der Metzger mit dem Kühlwagen aus Schleswig kam –, wurde im Giebel des Herrenhauses ein Fenster geöffnet. Schlagermusik war zu hören, die Stimme von Zarah Leander oder Lale Andersen, ich konnte die Lieder nie auseinanderhalten, und der Gutsbesitzer, eine Serviette im Kragen, winkte mit einem Telefonhörer und rief: »He, Urban, komm mal hoch, dein Kind ist da! Über sieben Pfund Lebendgewicht, und alles in Ordnung, glaub ich.« Kauend machte er eine Geste mit Daumen und Zeigefinger. »Aber leider fehlt das entscheidende Stück …«

Also tatsächlich das erwünschte Mädchen, sollte das heißen, und Walter nickte. Er hob eine Hand, und weder sah ich ein Zeichen von Überraschung noch von Freude in seinem Gesicht; er blies nur kurz die Backen auf, als würde ein Druck von ihm weichen. Doch als ich ihm gratulierte und ihn umarmen wollte, zuckte er zurück, der Chef und seine Frau standen noch am Fenster. Da schlug ich ihm lachend die Mütze weg und zerzauste seine Haare, woraufhin er den Mund verzog und die Augen rollte, als hielte er mich für albern. Den Jungen setzte er mir auf die Schultern und roch dabei kurz an seinen Achseln, und während er eilig auf den Hof zurückging, kam er mir fast bekümmert vor, wie von künftigen Sorgen übergraut. Unter dem Portikus trat er sich in die Hacken, schlackerte die kotigen Stiefel weg und strich sich die Haare wieder glatt. Erst dann betrat er das Herrenhaus.

Die Kartoffeln, die ich kochte, wollte ich später mit Sahne und Muskat zu einem Püree verrühren, und dazu sollte es gebratenen Speck mit jungen Schmorgurken geben, von denen Wölfchen schon mal die Blüten bekam; ich steckte sie mir nacheinander auf die Nasenspitze, und er knabberte sie ab. Dann zeichneten wir ein bisschen mit seinen Buntstiften, und als Walter nach einer Stunde noch nicht zurück war – zum zweiten Mal schon knallte ein Korken im Gutshaus –, aßen wir ohne ihn und legten uns anschließend wie sonst aufs Sofa. Aber vor Aufregung konnte ich nicht wirklich schlafen.

Ich dachte an Elisabeth in der Entbindungsklinik an der Spielkoppel in Schleswig, an das offenbar gesunde Neugeborene, und mein Herz schlug mir im Hals vor Freude. Ein soeben zur Welt gekommenes Kind, ein neuer Mensch mit neuen Hoffnungen und dem Willen zum Glück, das konnte in meinen Augen nur Gutes für alle und jeden bedeuten und ein Grund zur Hoffnung und zum Jubilieren sein. Und mit einem Mal erschien mir diese karge Hütte mit der abgewetzten Tapete, den oft überstrichenen Türen und den Wasserflecken unter der Decke wie ein Heiligtum, und ich überlegte, wie ich sie für die beiden schmücken könnte in den nächsten Tagen.

Es war sehr heiß, auf der Oberlippe des schlafenden Jungen glitzerten winzige Schweißperlen, und er zog seine Füße zwischen meinen Knien hervor und seufzte. Auch über Walters verhaltene Reaktion dachte ich nach und konnte sie mir nicht anders erklären als mit seinem stets etwas zurückgenommenen Wesen; schließlich hatte ich ihn noch nie laut lachen, pfeifen oder gar singen gehört. Er lebte in seiner eigenen Stille, die mir manchmal weise vorkommen wollte und oft etwas von einem Verstummen hatte, wer weiß wovor; eine Zeit im Krieg, wie vergangen auch immer, ist wohl stets eine schwebende Gegenwart. Die Gardine bewegte sich leicht in der Zugluft, und dann nickte ich doch ein und holte erschrocken Atem, als Walter plötzlich im Zimmer stand. Der Holzboden unter dem Stragula knarrte.

»Und?«, fragte ich flüsternd, schob mir ein Kissen ins Genick und sah auf den Wecker. »Wie geht's den beiden? Mutter und Baby wohlauf?«

Er antwortete nicht. Auf Strümpfen trat er an die Kochhexe, schob einen Topfdeckel zur Seite und aß einen Löffel von dem Gemüse; der Dillsud tropfte auf den Boden. Sein starker Rücken verdeckte das Fenster zum Garten, so dass ich fast nur seine Silhouette sah, und nun roch ich den Alkoholatem, was seinem Schweigen doch etwas Einschüchterndes oder gar Bedrohliches gab. In unserem Lokal hatte er allenfalls mal ein kleines Bier bestellt, meistens aber ein Glas »Fanta«, damals noch aus Molke, oder eine Tasse Kaffee, und wie beiläufig zog ich mir die Decke über die Schulter; ich trug nur einen BH. »Habt ihr ordentlich gefeiert?«, fragte ich immer noch leise, um den Jungen nicht zu wecken. »Du bist sicher stolz jetzt, oder? Das zweite Kind …!«
Er fingerte ein Stück durchwachsenen Speck aus der Pfanne, schlang es hinunter; ich hörte den Knorpel zwischen seinen Zähnen knacken. Dann nahm er die Mütze ab, warf sie aufs Büfett und näherte sich dem Sofa. Sein weißes Trikothemd war verschwitzt auf der Brust, unter dem nassen Stoff zeichneten sich die Haare ab, seine Stirn glänzte. Schwankend und schwer atmend sah er so auf mich herab, wie ich gerne, ich gebe es zu, an manchen der letzten Abende von ihm betrachtet worden wäre. Die harte Arbeit macht die Dinge zwischen Mann und Frau um einiges leichter, und für Scham ist in einer so engen Wohnung kaum Platz. Aber diese Kühnheit in seiner Miene hatte auch etwas Kaltes und Unpersönliches; in dem Moment hätte ich jede sein können, und um das zu billigen, war ich letztlich zu nüchtern; ich senkte den Blick.
Die Strümpfe, in denen er das Herrenhaus betreten

hatte, waren fadenscheinig und voller Löcher, und er schwieg eine Weile, schluckte trocken. Unter der Lampe umrissen Fliegen die Stille mit ihren geometrischen Bahnen, mit dem Daumennagel pulte er sich etwas zwischen den Zähnen hervor, und dann war der Anflug von Leichtsinn in seinem Gesicht auch schon wieder erloschen. Auf einmal gab es eine Traurigkeit in den umschatteten Augen, die mich an seine Tiere denken ließ, an Tiere überhaupt, in deren Blick man ja oft die eigene Bedrängnis und die eigene Sehnsucht nach Erlösung sieht. »Woher denn ...«, fragte er stimmlos und wischte sich den Mund mit dem Handrücken ab, »woher willst du wissen, dass das mein Kind ist?« Und ehe ich etwas sagen konnte, verschwand er im Schlafzimmer, schloss die Tür.

Kurz darauf wurde der kleine Wolf wach. Ich nahm einen Glaskrug aus dem Schrank und verdünnte etwas von dem goldgelben, noch von Elisabeth angesetzten Holunderblütensirup mit dem kalten Wasser aus der Pumpe. Dann schnitt ich uns zwei Scheiben von dem Rosinenstuten ab und bestrich sie dick mit Butter, und wir setzten uns auf die sonnenwarme Ziegeltreppe vorm Haus und aßen. Die Hühner im Gehege dösten in den Sandlöchern, die sie sich gescharrt hatten, Wespen umschwirrten uns, und zum ersten Mal fiel mir auf, dass es zwar einige Obstbäume und jede Menge Salat und Gemüse in dem Garten gab, jedoch nirgendwo Blumen, keine einzige. Das Rosenspalier an der Mauer war nach wie vor leer.

Ich mochte nicht glauben, was Walter soeben gesagt hatte, aber unwahrscheinlich kam es mir natürlich auch nicht vor, nicht nach dem, was ich von Elisabeth wusste und wie ich sie erfahren hatte in der Zeit bei uns, in der sie weniger das Süße als vielmehr das Herbe ihrer Freiheit zu interessieren schien. Meine damaligen Vorstellungen von Glück waren vermutlich ziemlich kitschig: ein paar Freunde, ein geliebter und liebender Mann, vielleicht einmal ein Kind und eine zufriedenstellende Arbeit. Dass Glück auch etwas Wildes und Dunkles sein kann, etwas Stürzendes gar, wo hatte ich das bei Rilke gelesen?

Später spielte Wolf mit seinen Bauklötzen, und ich begann, die Wohnung zu putzen, die tatsächlich voller Ameisen war, besonders längs der Fußleisten; einige in der Reihe trugen welke Kiefernnadeln in ihr Versteck irgendwo hinter dem Sofa. Dann hängte ich einen neuen Fliegenfänger unter die Lampe, und um kurz vor vier, als ich gerade die gespülten Teller und Töpfe in den Schrank räumte, kam Walter aus dem Schlafzimmer und ging wortlos an mir vorbei in den Garten. Er schwankte leicht, wie mir schien, und hielt Kopf und Oberkörper unter den Pumpenstrahl, ehe er eine frische blaue Bluse von der Wäscheleine zog. Dann stieg er in seine Gummistiefel, nahm den Jungen auf den Arm, und wir machten uns ans Abendmelken.

Blass im Gesicht, fast bleich, arbeitete er schneller als sonst, nahezu verbissen, und vermied es dabei, mich anzusehen. Wieder zuckten seine Wangenknochen, als drückte er die Zähne zusammen, und manchmal goss er mehr Milch auf das Seihtuch, als es aufnehmen konnte, so dass sie ins Gras floss; dann schüttelte er den Kopf über sich oder schnalzte verärgert. Aber niemals ließ er seine Missstimmung, irgendetwas zwischen Gram, Wut oder Verzweiflung, wie es schien, an den Kühen aus; leise sprach er mit den Zutraulichen und mahnte die Drängenden sanft.

Immer noch roch er nach dem Schnaps oder Wein, den er mit dem Gutsbesitzer getrunken hatte; er schien ihn auszuschwitzen, und als er einmal während des Melkens die Stirn gegen einen Kuhleib drückte und die Augen zusammenkniff, als hätte er Schmerzen, reichte ich ihm das Röhrchen mit dem Magenmittel. Ich hatte es vorsichtshalber eingesteckt, und erstaunt sah er auf, schloss die zitternde Hand darum und bedankte sich mit einem Nicken. Da nahm ich mir ein Herz und fragte ihn nach dem vorhin Gesagten und ob er es ernst gemeint habe. »Du warst betüddelt, oder?«

Doch er ging nicht darauf ein, zerbiss eine Tablette, trank einen Schluck Milch aus dem Testbecher und zog die nächste Kuh am Horn herum, damit er in ihrem Schatten sitzen konnte. »Etwas stimmt nicht mit dem linken Ohr«, murmelte er, während er die Zitzen einfettete. »Es ist größer als das andere, wie auch das Auge auf der Seite. Aber vielleicht wächst sich das mal weg. Ansonsten muss man operieren, wenn die Kleine zehn oder zwölf ist, vorher wäre es zu früh. Und mit den Nerven ist auch was nicht richtig, mit den Reflexen; das hab ich nicht ganz kapiert, zu viele Fremdwörter …« Er schüttelte den Kopf. »Es war eine schwere Geburt, endlose Wehen, was untypisch ist; auch Tieren fällt's ja beim zweiten Mal leichter. Jedenfalls hat die Liesel es ganz gut überstanden, meinte die Schwester, morgen Nachmittag hol ich sie nach Haus. Eigentlich müsste sie noch liegen, aber wir sind nicht richtig versichert, und die brauchen das Bett.«

Schweigend arbeiteten wir weiter. Damals gab es keine Ultraschalluntersuchungen und kaum pränatale Diagnostik, allenfalls der doppelte Herzschlag von Zwillingen ließ sich mit dem Stethoskop erkennen, und erst im Kreißsaal erfuhr die Mutter das Geschlecht ihres Kindes und ob es gesund war. Schon als Mädchen in der Pubertät hatte ich versucht, mir vorzustellen, wie sich das anfühlen mochte, nach allen Sorgen, Ängsten und guten Hoffnungen der Schwangerschaft aus der Klinik nach Hause zu kommen mit einem nicht gesunden oder gar versehrten Neugeborenen im Arm, und mich schauderte vor der tiefgrauen Seelenschlucht, die sich hinter dem Wort »Geburtsfehler« auftat.

In der Nacht, in der es sehr schwül war, fing es an zu donnern und zu blitzen, Regenböen fegten durch das Weizenfeld hinter dem Haus. Das Wasser prasselte auf das Teerdach und gluckerte in unzähligen Rinnsalen im Garten; aber nicht nur das weckte mich immer wieder auf. Eine seltsame Unruhe warf mich auf dem alten Sofa herum, den harten Sprungfedern, von denen ich mittlerweile jede einzelne fühlte; im Halbschlaf hatte ich die Vorstellung von dicht an dicht zusammenstehenden Konservendosen unter dem Stoff. Dann lag ich lange wach, Schweiß in der Kehlgrube und zwischen den Brüsten, und starrte auf den Wasserfleck an der Decke,

und ich war nicht überrascht, als Walter schließlich zu mir kam; ich hatte ihn ja erwartet.
Er ließ die Zimmertür ein Stück weit offen, sein Kind, den Daumen im Mund, schlief im schwachen Schein der Nachttischlampe, und ich trat meine Bettdecke weg und rückte zur Seite, atmete seinen Atem. Alles schien ganz selbstverständlich zu sein und ging fast traumwandlerisch vor sich, als hätte jeder schon lange ein Recht auf den Körper des anderen. Beide hatten wir trockene, fast raue Lippen, doch wagten wir nur flüchtige Küsse, vermutlich aus Angst vor innigeren, die mehr bedeuten konnten. Stattdessen ging es schon nach wenigen tastenden Berührungen heftig zu, fast grob, als wollte sich eine Verzweiflung ausleben. Als müsste jeder den anderen hinter sich bringen.
Die Lampe im Nebenzimmer ließ Walters Gesicht im Schatten, um die schweißglänzenden Muskeln an seinen Armen und in den Achselhaaren war ein bernsteinfarbener Schimmer, und ich stopfte mir das Unterhemd, das er mir über die Brüste geschoben hatte, mit beiden Händen in den Mund, um das Kind nicht zu wecken. Auch er gab keinen Laut von sich, knirschte nur mit den Zähnen, als er kam, was schon nach wenigen Augenblicken geschah. Doch die Zeit war völlig ohne Bedeutung, und als wir danach noch eine Weile liegen blieben und ich ihm sanft mit den Fingernägeln über den Rücken fuhr, klang der Regen draußen verändert.
Die Fenster beschlugen. So schwül wurde es, dass ich kaum Luft bekam unter seinem Gewicht, und schließlich bewegte ich mich vorsichtig, um das anzudeuten. Sein Samen lief aus mir heraus, und während ich schon

darüber nachdachte, wie ich die Flecken entfernen konnte, bevor Elisabeth aus der Klinik heimkehrte, umfing mich eine seltsame, trotz des Geprassels auf dem Dach vernehmliche Stille, die ich erst verstand, als ich Walters Zittern und die warmen Tränen in meinem Gesicht fühlte, an meinem Hals. Erschrocken griff ich nach seinen Schultern, suchte den Blick im Halbdunkeln, strich ihm über die stoppelige Wange. »Was ist?«, flüsterte ich, »Was hast du?«, aber er antwortete nicht, schüttelte nur kurz den Kopf und zog mir das Hemd über den Nabel. Dann stand er auf und ging zu seinem Kind.

Es goss immer noch, als am nächsten Morgen der Wecker klingelte. Nun war es kühl im Raum, mein Bettzeug und die Kleider kamen mir klamm vor, und zum ersten Mal roch ich das Erdklo draußen, dessen Inhalt mitsamt der Kalkschicht durch das Wasser zur Jauche wurde und stieg. Ich mochte nichts essen, trank nur etwas Tee und begutachtete die Wetterjacken im Flur, und eigentlich hatte ich befürchtet, dass der sonst eher schamhafte Walter meinem Blick ausweichen würde, als er aus dem Hühnerstall kam. Aber er lächelte mich an, ein schönes Lächeln, scheu vielleicht und gleichzeitig frei und verwegen; er schloss die Schüssel mit den Eiern in den Schrank und trank einen Schluck aus meiner Tasse.
Schon seit Tagen trug ich Gummistiefel, denn man trat ja immer irgendwann in den Kot, und nun zog ich auch Elisabeths Barbour-Parka an, der etwas größer war als ihr gelber »Friesennerz«. Wir ließen den Jungen schlafen und gingen über die Weide voller Pfützen, Matsch und

eingesunkenen Maulwurfgängen. Das Wasser prasselte auf meinen Rücken und tropfte von den Kapuzenrändern, während ich molk und darauf achtete, dass so wenig wie möglich in die Milch geriet. Bei dem Wetter würden Fettmessungen gemacht, sagte Walter, ein geringerer Gehalt verändere den Preis. Wenn wir zum Kannenwagen gingen, deckten wir die Eimer mit Tüchern oder Pappdeckeln ab, und als ich einmal aufblickte in dem Pladdern, stand der Gutsbesitzer in einem langen Cape am Zaun. Einen Sack über der Schulter, in dem offenbar kleinere Tiere waren – es zuckte und ruckte unter der Jute –, besprach er sich mit seinem Melker.

Es gab keinen Unterschlupf, nicht einmal einen Baum auf der großen Weide, die Kühe standen mit geschlossenen Augen in dem Regen. Gleichwohl waren sie unruhig, so dass wir oft nachrücken mussten auf unseren Schemeln, und wenn sie entnervt mit den Schwänzen schlugen, spritzte uns das kotige Wasser aus den Quasten ins Gesicht. Trotz der Imprägnierung durch das Melkfett war meine Hose an den Knien schnell nass, und auch in die Nähte der alten Jacke drang mehr und mehr Feuchtigkeit. Mein Rücken wurde kalt, und als ich einmal in eine Tasche griff, weil mich etwas darin stach, zog ich eine kleine Nadel mit Holzgriff, etwas Garn und eines von Elisabeths Schnupftüchern hervor; der Rand war erst halb fertig gehäkelt, weiße und hellblaue Eiskristalle, doch gab es eine Spur Lippenstift daran.

»Es ist nun klar, sie wird vorerst nicht melken können«, rief Walter mir durch das Geprassel zu. »Vielleicht ist es sogar ganz vorbei damit, auch mit jeder anderen Schwerarbeit; die Schwester ließ das durchblicken. Wir werden uns was überlegen müssen. Aber der Flitzek, der Traberknecht, der mich heute Nachmittag vertritt, der macht erst mal für sie weiter. Er hat beim Verladen einen Pferdekuss abgekriegt und will nicht mehr mit zu den Rennen.« Das Gesicht voller schwarzgrüner Spritzer, lächelte er melancholisch und molk den Katzen, die in einer Reihe unter dem Kannenwagen hockten, ein paar Strahlen Milch aus dem Kuheuter hin. »Wenn du willst, ist heute Abend also deine letzte Schicht, und wer weiß: Womöglich bist du am Wochenende schon in Paris.«

Ich antwortete zunächst nicht. Tief atmend schloss ich kurz einmal die Augen, und von einem Herzschlag zum anderen spielten die verkrampften Finger, die kalten Füße und die Schmerzen in den Schultern keine Rolle mehr. Inmitten der verregneten Kuhleiber klang das Wort Paris wie Paradies, aber ich wollte mir meine Erleichterung nicht ansehen lassen, das hätte Walter womöglich gekränkt; ich nickte nur und biss mir auf die Lippe. Innerlich jubilierte ich aber doch, und die schwarze Mona, die ich gerade molk, sah sich wiederkäuend nach mir um. Tropfen hingen in ihren Wimpern, und ihr Atem roch nach Nagellackentferner.

Während Walter in die Meierei fuhr, hellte es auf, und als ich Kartoffeln für das Mittagessen kochte, schien schon wieder die Sonne, und ich öffnete die Fenster weit. Es gab einen Regenbogen über der Schlei, und die nassen Himbeerblätter zitterten im Wind, die Bohnenstauden funkelten. Vorsichtig, eine Kralle vor die andere setzend, kamen die Hühner die glitschige Leiter aus dem Stall herab und pickten Würmer aus dem Schlamm.

Wölfchen saß auf dem Sofa und blätterte in einem der Bücher, die ich naiverweise mitgenommen hatte, »Madame Bovary«. Wie wohl bei mir beobachtet, bewegte er den Kopf, als würde er Zeile um Zeile lesen, hielt es aber verkehrt herum.

Ich machte Bratkartoffeln mit Rührei und frischem Spinat, Walters Lieblingsgericht, und nach dem Essen und einer halben Zigarette zog er sich ein weißes Hemd und einen Anzug an und ging über die Weide, wo die Kühe erstaunt die Köpfe hoben. Er wollte sich den Mercedes des Gutsbesitzers ausleihen, damit Elisabeth es bequemer hatte mit dem Baby, doch war das offenbar nicht möglich, denn kurz darauf fuhr er in dem knatternden Tempo Hanseat über die Landstraße, wobei er den Schlips, den ich ihm gebunden hatte – zu ungeschickt waren seine Hände gewesen, zu zittrig auch –, mit einem Griff hinter den Knoten wieder aufzog. Mein Winken aus dem Fenster schien er nicht zu sehen.

Ich wurde seltsamerweise kaum müde, und auch Wölfchen fühlte wohl, dass es ein besonderer Tag war, und wollte sich nicht hinlegen. Also gingen wir in den Garten, ernteten eine Schüssel von den Himbeeren und rührten eine Quarkspeise damit an, naschten sie auf der Couch. Dann half er mir, die vom Regen niedergedrückten Erbsenpflanzen an kleinen Bambusstöcken aufzurichten, die welken Blätter von dem jungen Grünkohl zu zupfen und die herabgefallenen Tomaten einzusammeln, und als es Zeit für das zweite Melken war, zog ich ihm die Schuhe aus. In der Sonne war es längst wieder so warm, dass wir barfuß durch das frische Gras gehen konnten.

Ein hagerer Mann in Holzschuhen, eine Baskenmütze auf dem Kopf, hockte bereits vor einer Kuh. »Flitzek!«, rief der Junge, erfreut über eine Kiesbank tappend. »Flitzek-Lakritzek, wo warst du denn?« Er zupfte an seiner Jacke. »Hast du Sternchen?«
Das zerfurchte Gesicht voller silbriger Stoppeln, entblößte der grinsende Knecht eine große Lücke zwischen den kariösen Zähnen, und nachdem er dem Kind zur Begrüßung die Haare zerzaust hatte, griff er in die Tasche und zog eine Blechdose hervor. Winzige Salmiakpastillen waren darin, rautenförmige, und er legte sich fünf davon auf die Fläche neben der Daumenwurzel, auf die sich Männer auch Schnupftabak streuen. Still, fast andächtig beobachtete Wölfchen ihn dabei und wartete, bis der Mann ihm die Hand mit dem kleinen Lakritzstern hinhielt. Dann beugte er sich darüber und leckte ihn ab.
Flitzek zwinkerte mir zu, und als ich mich vorstellte, sagte er: »Weiß schon. Denn man tau!« Er arbeitete ähnlich schweigsam wie Walter, wenn auch nicht so zügig; stets hielt er eine rauchende Zigarette zwischen den Zähnen, und mehr als einmal sah ich, wie ihm Asche in die Milch fiel, ohne dass er sich die Mühe machte, sie wieder herauszufischen. Gelegentlich neckte er den Jungen, indem er ihn mit einem Käfer aus dem Gras bewarf oder mit dem Schwanz einer eingefangenen Katze im Nacken kitzelte, und nach dem Melken, nachdem er das Pferd angeschirrt hatte, hob er ihn selbstverständlich auf den Wagenbock und reichte ihm die ledernen Zügel. Während sie durch den Torturm in die Lindenallee fuhren, konnte ich wieder das vergnügte »Klick-Klack!« hören,

das Wölfchen mit der Zunge unter dem Gaumen erzeugte.
Auch der Atem anderer Kühe roch nach Nagellackentferner, ein Stoffwechselproblem, wie Walter mir einmal erklärt hatte. Das Gras auf der Weide, besonders das im Schatten des großen Kuhstalls, war in diesem Jahr zu sauer, und weil die Tiere nicht einfach weiterziehen durften, um sich basischeres zu suchen, geriet ihre Energiebilanz durcheinander, und sie produzierten zu viel Aceton, was krank machen konnte. Also kippte ich ihnen ein paar Schubkarren voll geraspelter Zuckerrüben aus einem der Silos neben den Wassertrog, woraufhin mir Mona den Arm leckte, immer wieder vom Handgelenk bis zur Schulter hinauf; offenbar mochte sie meinen Schweiß. Und als ich später über den Hof ging, wo ein weißes Gänsepaar mit seinen grauflaumigen Küken in den Pfützen planschte, überkam mich doch eine leise Wehmut und versöhnte mich ein paar Schritte lang mit diesem Leben.
Sicher war es mir anfangs wie ein Glück vorgekommen, doch bei der Arbeit hatte ich mehr und mehr zu kämpfen gehabt mit einer erst leisen, dann immer deutlicheren Abneigung und zunehmend auch mit Ekel. Mittlerweile konnte ich Elisabeth verstehen: Bei Licht betrachtet war schließlich alles, diese scheinbare Idylle in Ruhe und gesunder Luft, nur Unfreiheit und Gewalt, Schmerz und Dreck. Jeder Tropfen Milch, den man den eingepferchten, nach ihren Müttern brüllenden Kälbern vorenthielt, jedes der kotigen Eier, die man den Hühnern und ihrer Hoffnung auf Küken raubte, und sowieso jedes Stück Fleisch aus den stinkenden Schwei-

neställen – alles war mit einem Leid erkauft, das umso mehr zum Himmel schrie, als weder die Landwirte noch ihre Kunden es überhaupt wahrnahmen. Das Normale, das war das Grauen, und ich machte einen Hüpfschritt bei dem Gedanken, ihm schon morgen entkommen zu können.

Ich wollte gerade in den Jungviehstall, als der Tempo Hanseat von der Straße auf den Feldweg bog und vor dem Melkerhaus hielt. Die Windschutzscheibe reflektierte die Sonne, und Elisabeth reichte ihrem Mann das Bündel mit dem Baby aus dem engen Führerhaus, ehe sie selbst ausstieg und erste vorsichtige Schritte um den spitzen Kühler machte. In Rock und Bluse, die Hände auf dem Bauch, folgte sie Walter langsam durch den Garten und schien das Blatt an der Tür, das bunte »Willkommen!«, das Wölfchen und ich gezeichnet hatten, gar nicht zu bemerken. Ich zerbiss eines der winzigen Himbeerkörner, das lange zwischen meinen Zähnen gesteckt hatte, und schmeckte plötzlich etwas Bitteres.
Das Feuer unter dem Kessel wollte lange nicht brennen, die Scheite waren klamm, und nachdem ich die Boxen gereinigt, den Mist weggekarrt und die Kälber gefüttert hatte, ging ich zur Pumpe hinter dem Stall, um mich dort zu waschen; es wie gewohnt in der Küche der beiden zu tun, kam mir gerade unpassend vor. Aber vielleicht hatte ich auch nur Angst, dass Elisabeth wittern würde, was zwischen ihrem Mann und mir in der vergangenen Nacht geschehen war … Ich kann wohl gelegentlich lü-

gen, aber nicht mein Gesicht; man sieht mir jede Empfindung und jeden Hauch von schlechtem Gewissen gleich an.

Das tief aus der Erde heraufgepumpte Wasser war sehr kalt. Die rissige Seife, die in einer Konservendose unter dem Trog lag, schäumte schlecht, und während ich mir Hals, Arme und Achseln wusch, bemerkte ich eine Bewegung hinter einer Fenstertür des Herrenhauses. Die Kastanienblätter spiegelten sich darin, und der Gutsbesitzer, halb verdeckt von einem Vorhang, stieß etwas Zigarettenrauch durch die Nase. Mit seinen unrasierten Pausbacken und dem spitzen Kinn sah er aus wie ein überfressener alter, um die Schnauze herum grau gewordener Fuchs, und grinsend starrte er mir auf die Brüste, wobei er mit einer Hand in der Hosentasche wühlte. Fast hypnotisiert kam er mir vor.

Rasch schlüpfte ich in die Bluse, knöpfte sie zu und ärgerte mich schon über meine Verlegenheit; wer war der Kerl. Aber dann dachte ich daran, dass gerade mein letzter Abend in Missunde anbrach, drehte mich noch einmal um und streckte ihm die Zunge raus. Der Stinkefinger war damals noch nicht erfunden.

Auf der Ladefläche des Tempo Hanseat stand eine neue Wiege; das Preisschild hing unter dem Chiffon-Himmel. Die Haustür war offen, und wie meistens an den letzten schwülen Tagen zog der Schornstein schlecht. Walter kniete vor dem Herd mit dem großen Wasserkessel und pustete in die Glut, während Elisabeth müde aus dem Fenster auf das Kornfeld starrte. Das Neugeborene in einer rosa Decke im Arm, trug sie einen Kostümrock mit Kellerfalte, den Reißverschluss halb geöffnet, und

hatte sich nur flüchtig frisiert; vom langen Liegen war das Haar am Hinterkopf noch flach gedrückt. Das Gesicht kam mir schmaler vor als ehedem, die wachsbleiche Haut schimmerte matt, und als Walter sich aufrichtete und die Herdklappen schloss, wirkte sie noch einmal kleiner, als sie ohnehin war.
Aber vielleicht lag das auch an dem Bündel in ihren Armen, das in einem seltsamen Missverhältnis zu ihrer Gestalt stand. Ich war kein Mädchen mehr, befand mich aber auch noch nicht in dem Alter, in dem einer Frau neugeborene Babys besonders auffielen, so dass ich kaum Vergleiche anstellen konnte. Dennoch schien mir dieses außergewöhnlich groß zu sein, sehr dick und schwer, und sie hielt es denn auch wie einen Gegenstand in der Ellenbeuge, einen befremdlichen, von dem man nicht weiß, wo man ihn ablegen soll. Es schlief mit schlecht gestütztem, viel zu weit zurückgeneigtem Kopf und offenem Mund, und ein Ärmchen hing schlaff aus der Umwicklung hervor, so dass es fast ohnmächtig wirkte. Doch der Daumen zuckte.
Das linke, beträchtlich abstehende Ohr war etwas größer als das andere und in der Muschel relieflos glatt, und auch die Rinne zwischen Nase und Oberlippe sah wie verstrichen aus, fast nicht vorhanden, aber davon abgesehen schien es ein ganz normales Kind zu sein, mit feinsten kohlschwarzen Haaren, hauchbrauner Haut und dem zarten Echo einer Aura, die bereits an die Mutter denken ließ. Die nickte mir zu, lächelte matt, und wir küssten uns behutsam, wobei ich außer ihrem Nikotinaroma auch das Krankenhaus zu riechen meinte, »Sterillium«. Die Besenreiser an den Wangen und

Schläfen hatte sie nicht überpudert, und weder die Fingernägel noch die Lippen waren geschminkt. »Danke, Kindchen«, sagte sie leise, mit einem Blick auf meine schmutzige Arbeitshose. »Wir schulden dir was.«
Ich winkte ab und half Walter, die neue Wiege vom Tempo ins Schlafzimmer zu tragen, neben Elisabeths Bettseite. Er zerknüllte das Preisschild, hängte das »Nivea«-Mobile in die Firstspitze, und ich knöpfte das Federbettchen in einen Kopfkissenbezug, deckte die Kleine damit zu. Wie schon damals bei ihrem Bruder faszinierte mich auch jetzt die Vollkommenheit der winzigen Hände, und als ich eine sanft mit der Daumenspitze berührte, schlossen sich die Finger so rasch, so reflexhaft darum, dass es wie ein Haltsuchen aussah. Sie trug noch das rosa Wollarmband mit dem Namenschild aus der Klinik; Sonja sollte sie getauft werden.
Ihre Mutter hatte sich in Rock und Bluse auf die Couch gelegt, als es an der offenen Tür klopfte. Der Knecht brachte den kleinen Wolf herein, und sein rauchiges »Moin, Moin! Allens klaar?« wollte wohl frohgemut klingen, betonte aber nur die Traurigkeit im Raum. Das Schweigen Elisabeths, die sich einen Unterarm über die Augen gelegt hatte und an ihrer Lippe nagte, sowie die bekümmerte Geistesabwesenheit von Walter, der ihr die Schuhe auszog, ließen die Wohnung plötzlich noch dämmriger erscheinen, als es der Abendzeit entsprach. In der Stille dachte keiner der beiden daran, seinen Gruß zu erwidern, was ihn verlegen lächeln ließ, und er zog sich die Mütze vom stoppeligen Kopf, reckte den Hals und blickte kurz einmal in die Wiege im Ehezimmer, ohne freilich über die Schwelle zu treten. Dann hob er die

Hand mit den nikotinbraunen Fingern, nickte auch mir zu und ging davon.
Wie ein vermeintlich blauer Himmel bei genauerem Hinsehen hellgrau erscheinen kann, war von einem Augenblick zum nächsten eine neue Zeit angebrochen. Doch für den kleinen Wolf, dem die Mutter kurz einmal über die Wange strich, ehe sie ihm den Hemdkragen richtete, war es sichtbar ein Moment der Freude. Um das Gut herum und auch im Dorf lebten nur Erwachsene oder Halbwüchsige, so dass es für ihn möglicherweise etwas Verheißungsvolles hatte, nicht mehr das einzige Kind zwischen den Tieren dieser Welt zu sein. Die Hände am Rand der Wiege, blickte er eine Weile stumm auf die schlafende Schwester hinunter, befühlte vorsichtig das Ohr und lachte sogar – bis er sich dann mehr für die Wiege selbst interessierte und sich auf die Kufe des Fußendes stellte, während ich sie sanft hin und her bewegte.
Ich hatte einen bunten Gemüseeintopf vorbereitet und machte noch ein paar Schnitten Brot mit eingekochter Wurst dazu, aber Elisabeth wollte nur eine Tasse warmer Milch, und nachdem wir gegessen hatten und Wölfchen in seinem Gitterbett neben dem Sofa schlief, stillte sie das Baby. Gierig saugte es an ihrer kleinen Brust, und dabei öffnete es zum ersten Mal die Lider mit den erstaunlich langen und auch dichten Wimpern, und nun erschrak ich doch und versuchte gleichzeitig, mir das Erschrecken nicht ansehen zu lassen. Rasch trank ich einen Schluck von dem Bier.
Nicht nur das linke Ohr des Kindes, auch das Auge unter der rund sich vorwölbenden Stirn war sichtlich größer als das andere und vollständig von der schwarz-

blauen, seltsam glanzlosen Iris ausgefüllt. Es gab kein Sklerenweiß ringsherum; wie von einer fremden Gewalt im Dunkeln gehalten sah es aus und schien dem ganzen Gesicht etwas Schiefes oder Verzogenes beizubringen. Dennoch starrte das Kind mit dem Ausdruck heiterer Verwunderung auf die Schatten und farbigen Schemen, die es so kurz nach der Geburt wahrnehmen mochte, und ließ ein leises, fast vergnügt klingendes Ächzen hören, strampelte mit den Beinchen.

»Ach Gott«, murmelte seine Mutter nach einem langen Schweigen und nahm einen Zug von der Zigarette, die im Aschenbecher glomm, »möchte mal wissen, womit ich das nun wieder verdient hab …«

Walter schluckte hörbar. Er beugte sich etwas vor auf seinem Stuhl, hob eine Hand, berührte die Tochter aber nicht. Den Rauch wedelte er von ihr weg, und in seinen ernsten Gesichtsausdruck, der mir immer wie die Grundierung seiner Reife und weisen Verlässlichkeit erschienen war, kam plötzlich etwas Wundes, Seelenwundes, das ihm momentlang das Aussehen eines hilflosen Jungen gab. Wieder hatte seine Hand gezittert, und als er meinen Blick bemerkte, trank auch er einen Schluck Bier, stand wortlos auf und ging noch einmal in den Schuppen hinter dem Haus, um Brennholz zu hacken. Das machte er vor dem Schlafengehen oft.

Elisabeth legte das Neugeborene zurück in die Wiege, deckte es zu, und ich räusperte mich und fragte: »Und die Nerven? Was ist damit?«

Die Schatten um ihre Augen herum wurden dunkler, als sie die Brauen runzelte. »Wieso«, fragte sie müde, »was soll damit sein?«

»Na ja, gibt es nicht ein Problem mit den Reflexen? Dein Mann hatte so etwas angedeutet ...«

Sie sank auf den Rand ihres Bettes und kramte in der Nachttischlade. »Ach Quatsch, was weiß denn der! Das hat ihm sicher diese Stationsschwester gesagt, eine Schreckschraube erster Güte. Die hing mir von Anfang an im Nacken und sprach mit mir, als wäre ich ein Schulmädchen. Wann immer ich auf dem Balkon stand, fegte sie um die Ecke mit ihrer Flügelhaube und zeterte: ›Müssen Sie schon wieder rauchen? Eine zarte Frau wie Sie? Müssen Sie überhaupt rauchen? Das ist schädlich für das Ungeborene!‹ – Möchte mal wissen, wo so was steht. Als wenn das derart simpel wäre, oder? Die Leute sind so primitiv.«

Ich setzte mich neben sie, sagte nichts, und sie schob die Lade zu und öffnete das untere Fach des Nachttischs, schien etwas darin zu suchen. »Und dann, ich war noch nicht wieder richtig bei mir, kommt sie an mein Bett, grinst mich an auf diese rechthaberische Art und knurrt: ›Na, was hab ich Ihnen gesagt? Bier, Schnaps und Zigaretten während der Schwangerschaft – da müssen Sie sich über ein Kind mit Fehlbildungen nicht wundern; die Natur ist genau. Überlegen Sie mal, was Sie ihrer Tochter damit angetan haben.‹ – Das stell dir vor: Nach der schweren Entbindung war ich halb tot, und die sagt mir so was. Fast wären mir die Tränen gekommen, aber die sollte mich nicht heulen sehen. ›Verdammt noch mal, lasst mich endlich in Ruhe mit euren Klugscheißerei!‹, hab ich zu ihr gesagt, richtig laut. ›Warum hackt ihr eigentlich dauernd auf mir rum? Ich hab nichts im Leben. Irgendwas *muss* ich doch haben!‹ Da war sie still und verzog sich. Aber am nächsten Tag brauchten die natürlich das Bett ...«

Eine Hand auf dem Bauch, beugte sie sich tiefer hinab und tastete hinter einem Stapel braunstichiger Modehefte herum. Schließlich knipste sie die alte Nachttischlampe an, deren Birne leise britzelte. »Hör zu, Luisa, mir liegt was auf dem Herzen«, sagte sie und atmete tief, fast seufzend. »Du weißt, wir sind nicht gerade gut bei Kasse, schau dich um. Genaugenommen sind wir sogar pleite, die Krankenversicherung steigt uns bald aufs Dach. Und der Pauly muss auch schon seine Preispferde verkaufen; zwei Monatslöhne ist er uns schuldig und bezahlt uns nur noch mit Naturalien, der Gauner. Aber natürlich sollst du hier nicht umsonst gearbeitet haben, das wäre ja noch schöner. Wir sind dir so dankbar, ohne dich hätten wir es nicht geschafft. Nimm bitte das. Es kommt von Herzen ...«

Sie reichte mir eine rote Samtschatulle, offenbar alt, die Kanten waren blank gewetzt. Einen winzigen Riegel aus Horn hatte sie, und als ich sie öffnete, erschrak ich. Auf einem weißen, schon leicht vergilbten Satinkissen lagen jene Ohrringe, die sie eine Zeitlang in unserem Lokal getragen hatte, die mattgoldenen Münzen mit den tropfenförmigen Perlen daran. Kostbar glänzend im schwachen Licht der Nachttischlampe, das etwas zitterte von Walters Axtschlägen nebenan, wollten sie mir in dieser Umgebung fast unwirklich erscheinen, wie das verheißungsvolle Substrat eines anderen, eines heileren Lebens und einer schöneren Welt. Doch ich schnalzte leise und sagte kopfschüttelnd: »Bist du verrückt? Das kommt nicht in Frage!«

Elisabeth stand auf. »Aber wir können dich nicht anders bezahlen, Kleine, es tut mir leid«, beharrte sie. »Nimm sie bitte, was soll ich hier damit. Einen Mann brauch ich nicht mehr zu locken, und ausgehen tun wir eh nie, wohin auch. Nicht mal einen Dorfkrug gibt's. Ich schlunze die ganze Woche in Trainingshosen und Pullovern herum, auch sonntags, und meine Ohrlöcher, schau, die sind längst wieder zugewachsen. Steck sie weg, muss ja keiner sehen. Und wenn du sie nicht tragen willst, kannst du sie verkaufen. Billig waren die bestimmt nicht.«

Eine Weile stritten wir uns, denn natürlich war das ausgeschlossen; weder wollte ich ein Geschenk noch einen Lohn für die Zeit auf dem Gut, die bei aller Härte doch eine lehrreiche und, was das Zusammensein mit dem Kind betraf, auch eine fröhliche für mich gewesen war. Aber Elisabeth schniefte plötzlich und wiederholte, dass sie die Perlen im Dorf und zwischen den Kühen nicht tragen könne und wolle. Weder die Frauen der Arbeiter noch die der Gutsherren würden so einen eleganten Schmuck besitzen, und man finge sich nur Neid und giftige Blicke damit ein. »Perlen müssen ans Licht«, sagte sie, »sonst werden sie stumpf! Du fährst doch bald nach Paris, oder?«

Sie knöpfte sich die Bluse auf, und wieder bemerkte ich die vernarbten Schnitte an ihren Handgelenken. Die waren mittlerweile weiß, wildes Fleisch, und sie hielt sich an meiner Schulter fest und stieg aus dem Rock, beförderte ihn mit einer Fußbewegung in die Ecke. Ihre Unterhose mit dem kurzen Bein war dick mit Binden ausgestopft, einen richtigen Windelhintern hatte sie, und als sie stöhnend ins Bett sank, ließ ich das Kästchen zuschnappen und nickte. »Na gut, dann verwahr ich sie für dich«, erwiderte ich, um sie nicht weiter zu erschöpfen. »Solltet ihr demnächst kirchlich heiraten, passen sie bestimmt perfekt zu deinem Brautkleid.« Da stieß sie etwas Luft durch die Nase, zog sich die Daunendecke unters Kinn und schloss die Augen.

In der Nacht wurde Wölfchen, der sonst immer friedlich durchschlief, zunehmend unruhig und fing schließlich an zu weinen in seinem Gitterbett, ein leises Schluchzen, worauf ich ihn zu mir aufs Sofa hob und seine kalten Füße zwischen meine Schenkel nahm. Sofort schlief er wieder ein, und am nächsten Morgen, Walter war mit dem Knecht beim Melken, Elisabeth lag mit Sonja im Nebenzimmer, empfand ich die Traurigkeit um mich herum wie einen zusätzlichen grauen Anstrich auf den ohnehin farblosen Dingen überall. Der Wasserfleck an der Decke war größer geworden; an dem Fliegenfänger unter der Küchenlampe, einem Leimstreifen, bewegten sich ein paar durchscheinende Flügel.
Vorsichtig stand ich auf und lauschte an der Schlafzimmertür, und weil ich mir einbildete, ein Schniefen und leises Stöhnen zu hören, drückte ich auf die Klinke. Die Vorhänge waren zugezogen, ein Reisewecker tickte silbrig, und wieder roch ich den betörenden Babyduft und fragte Elisabeth flüsternd, ob sie etwas brauche; doch bekam ich keine Antwort, das Zimmer blieb dunkel. Nur mit Mühe konnte ich ihren schwarzen Haarschopf erkennen und dass sie eine Hand unter dem Federbett

hervorgestreckt und auf den Rand der Wiege gelegt hatte. Behutsam schloss ich die Tür, setzte Teewasser und einen Topf voll Milch auf den Herd und packte meine Sachen.
Die ehemals weißen Segeltuchschuhe, jetzt grünbraun von dem getrockneten Dung, schob ich in die Herdglut. Für keines der mitgebrachten Bücher, einen kleinen Stapel neben dem Sofa, hatte ich abends noch Kraft gehabt; spätestens nach zwei Seiten waren mir die Augen zugefallen. Wölfchen wurde wach, ich zog ihn an, machte ihm ein Marmeladenbrot und eine Tasse Kakao, und während er aß, streifte ich mir ein leichtes Kleid über – endlich wieder ein Kleid! –, steckte mir die Haare hoch, tuschte meine Albino-Wimpern und schminkte mir die Lippen. Neugierig sah der Junge mir dabei zu, und je mehr ich mich schmückte, desto regloser wurde er und staunte mich an wie ein kleiner Verliebter. Da küsste ich ihm die Schokolade vom Kinn.
Der Bahnbus fuhr erst in zwei Stunden, und ich beschloss, noch einen Strauß bunter Blumen für Walter und Elisabeth zu pflücken, ehe ich abreiste, es gab einen Steingut-Topf auf dem Büfett, den man als Vase benutzen konnte. Erneut lauschte ich an der Schlafzimmertür, hörte aber nichts, und dann spazierte ich mit Wölfchen am Feldrand entlang, wo Margeriten in der Sonne wuchsen, blaue Wegwarte und Mohn. Überall summten Bienen, Zitronenfalter kapriolten paarweise im Himmelsblau, der Wind strich wohltuend über meine Waden, und ich atmete tief vor Freude darüber, schon in wenigen Stunden in Kiel zu sein – und in wenigen Tagen vielleicht sogar in Paris.

Der Junge brabbelte unablässig vor sich hin, ohne dass ich viel verstand, und da er immer noch mehr Blumen ausrupfte, hatten wir einen beachtlichen Strauß zusammen, fast eine Garbe, als wir über einen Pfad neben der Bullenweide auf den Hof kamen. Dort, wo die Pfützen noch nicht getrocknet waren und den wilden Wein am Herrenhaus spiegelten, wurden gerade Pferde verladen, »Deutsche Turnierpferde«, wie auf dem langen Transporter mit der Zugmaschine stand. Die Mähnen der aufgemalten Tiere waren schwarz, rot und gelb, und der Kleine klatschte in die Hände.
»Jüppgen!«, rief er und rannte schneller über den Hof, als ich ihn festhalten konnte. Nur noch die Sohlen seiner kleinen Sandalen sah ich, ehe er in dem riesigen Stall verschwand, in dem es hallte von dem Quietschen und Krachen der Boxentore. Die barschen Männerstimmen hinter den Lüftungsgittern, das Röcheln der Pferde, das schrille Wiehern der Fohlen und der Klang der Hufeisen auf dem Beton machten mir plötzlich Angst. Es war Ende Juli, ich musste daran denken, dass Stuten nach dem Gebären gefährlich sein können, und sprang mit meinem Arm voller Blumen über die Lachen und Kothaufen und rief seinen Namen – ich weiß nicht, warum ich ihn erst Walter nannte. Ich war einfach nervös.
Doch da kam er auch schon wieder zurück, wobei er sich traurig über die Schulter umblickte; an der Hand der hinkenden Gutsbesitzerin, die kein Wort mit ihm sprach, wurde er herausgeführt. Hose und Bluse wie ehedem schwarz, sah mich die grauhaarige Frau aus schmalen Augen an, musterte mein Kleid, meine Pumps, die Blumen und sagte kopfschüttelnd: »Der liebt wohl

die Pferde ... Aber so ein kleines Kind sollte man beaufsichtigen und nicht allein in die Ställe lassen, mein Fräulein. Die Tiere sind nervös und gereizt beim Verladen, da kann schnell was passieren, und das trägt dann keine Versicherung. Gehen Sie man besser gleich vom Hof.«

Den Impuls, mich vor ihr zu rechtfertigen, unterdrückte ich. Nickend reichte ich dem kleinen Wolf die Hand, wobei ich ihn, das sei zugegeben, ausdrücklich anstrahlte, um sie und ihre Grämlichkeit in den Schatten zu stellen. Er griff danach, und schon wollte ich mich abwenden, da wurde die senkrechte Falte zwischen ihren Brauen tiefer, und sie öffnete und schloss den Mund. Die Lider verengend, wie es Kurzsichtige tun, um etwas genauer ins Auge zu fassen, streckte sie den Arm vor und zeigte mit gekrümmtem, leicht arthritischem Finger an mir vorbei, wie es schien. Rasch wendete ich den Kopf, sah aber nichts als das Säulenportal mit der Zierpalme und dem Hibiskus.

Beide Flügel der Tür standen offen, ein gläserner Schrank voller Jagdwaffen glänzte in einem Sonnenfleck, und als ich mich der Frau wieder zuwendete, waren ihre Wangen noch einmal blasser, und auch die herrische Stimme klang nun farblos und irgendwie verletzt. »Kommen Sie denn gerade aus meinem Haus?«, fragte sie leise, griff sich an die Hüfte und stellte den Fuß mit der Holzsohle vor, um einen besseren Stand zu finden; etwas knarrte unter dem Hosenstoff. »Woher ... Ich meine ... Was soll das bedeuten?« Ihr Mund sah mit einem Mal weich aus und ließ ahnen, dass er früher schön gewesen sein musste; ihr Kinn zitterte, und die hellblauen Augen wurden feucht, als sie hinzufügte: »Wieso tragen Sie denn meinen Schmuck?«

Wind strich über die Pfützen, und einen Lidschlag lang schien es mir, als ob das Laub, das sich darin spiegelte, das Weinlaub voller Spatzen, lautlos von der Fassade sank. Ich bekam keine Luft in die Lunge, schluckte leer und blickte auf den Boden zwischen uns, auf das Moos in den Fugen des Pflasters. Ein Pferd scheute vor dem Transporter, der schrägen Rampe, woraufhin der Knecht ihm mehrmals den Zügel über die Nüstern schlug, meine Ohrlöcher brannten wie wund, und als ich nichts zu sagen wagte, denn jede Antwort, die wahre wie eine gelogene, wäre jetzt falsch gewesen, hob sie das Kinn und wiederholte mit stierem Blick: »Woher Sie meine Perlen haben, will ich wissen!«

Spitz wie eine drohend erhobene Nagelschere klang mir dieses »Sie«, und ich wich einen Schritt zurück, während ich nach wie vor schwieg und sie einfach nur ansah. Die Finger des Kleinen fester umklammernd, horchte ich in die Ferne, als könnte von dort eine Erlösung nahen, und die Frau, deren Wangen plötzlich erhitzt waren, zwei rötliche Flecken, zog die Lippen nach innen und nickte, als hätte sie nun verstanden. In den Augen die kalte und immer auch etwas beschränkte Genugtuung derer, die im Recht sind, kreuzte sie die Arme vor der Brust, blickte über die Schulter in den Stall und rief: »Henner? Henner! Kommst du mal bitte!«

Stimmen hörte sie nicht mehr, auch kein Schnarchen wie noch vor einer Stunde, und vorsichtig drückte sie auf die Klinke. Wieder hatte man sie eingeschlossen, und so hockte sie sich in die Zimmerecke und pinkelte auf ein Kissen. Ihre Beine, so viel ließ sich erkennen in dem Frühlicht, das durch das schneeverwehte Fenster fiel, waren blutverschmiert, ihre Unterhose nur noch ein Fetzen, das spärliche Schamhaar von den Säften der Männer verklebt. Auch die ersten Tropfen ihres Urins waren blutig, und je mehr sich ihre Blase leerte, desto brennender wurde der Schmerz. Sie stöhnte durch die gefletschten Zähne.

Zerrissen der Halter, die langen Wollstrümpfe sackten ihr in die Knie, und sie schlüpfte in die klammen Kleider und die Gummistiefel und band sich die Krawatte aus dem Kleiderschrank um die Hüften, damit die Hose nicht rutschte. Nachdem sie ihren Mantel zugeknöpft hatte, packte sie den Stuhl in der Zimmerecke mit beiden Händen und hob ihn hoch über den Kopf. Geschwächt wie sie war, musste sie zweimal zuschlagen, und als die vereiste Fensterscheibe barst, glaubte sie einen Moment lang, winzige Glassplitter flögen ihr ins Gesicht. Es war aber der Wind, die schneidende Kälte, die ihr den Atem nahm. Das Thermometer an der Außenmauer zeigte minus zwanzig Grad.

Hinauskletternd hörte sie das Knacken des Schlüssels im Schloss, und sie sprang in den pulverigen Schnee und lief quer durch den Garten, versteckte sich hinter einem Brennholzturm. Doch offenbar hatte niemand vor, sie zu verfolgen oder in die Richtung ihrer Spuren zu schießen. Sie hörte müde Stimmen, raues Husten, und dann steckte der Junge mit den stoppelkurzen Haaren, der ihr ein Stück Brot mit Leberwurst gegeben hatte, den verwundeten Kopf aus dem Fenster. »Devushka!«, rief er in das Morgengrauen und pfiff leise lockend, wie man kleinen Hunden pfeift. »Devushka, kooom …«

Sie beobachtete seine Silhouette durch einen Spalt zwischen den Scheiten, rührte sich nicht, und nachdem er wieder im Innern des Hauses verschwunden war, lief sie los. Den entfernten Geschützlärm in ihrem Rücken, das Jaulen der Stalinorgeln, stakste sie, so schnell es ging, durch den Schnee ins Dunklere hinein, denn dort lag der Westen, dort musste die Oder fließen, die vielleicht vereist war, so dass sie keine Brücke brauchte. Gelegentlich ließ sie eine Hand voll Schnee im Mund zergehen, ohne dabei stehen zu bleiben; über Weiden und Äcker eilte sie, sprang über Bewässerungsgräben und machte einen Bogen um das eine oder andere Haus, das einsam in der Ödnis stand.

Wieder begann es zu schneien, was die Sicht trübte, aber ihr war nicht kalt, im Gegenteil; das rasche und beschwerliche Gehen in den etwas zu großen Gummistiefeln ließ sie schwitzen, und mit der zunehmenden Feuchtigkeit begann alles, was unsauber war an ihr, zu jucken und zu brennen. Als sie erneut pinkeln musste, hockte sie sich an eine hüfthohe Mauer aus Findlingen,

die zwei Äcker trennte, und während sie das Rinnsal rötlichen Urins betrachtete, wimmerte sie leise vor Schmerz und Verzagtheit. An einer Blasenentzündung, die schließlich die Nieren befallen hatte, war ihre ältere Schwester gestorben.
Sie schmolz etwas Schnee in der hohlen Hand, um sich notdürftig zu waschen, und plötzlich hörte sie Schritte und hob vorsichtig den Kopf über die Steine. Das Feld wurde begrenzt von einer Chaussee, die nach Norden führte, einige Baumkronen waren abgeschossen, und kein einzelner Mensch näherte sich da zwischen den zersplitterten Stämmen – unzählige waren es, eine lange, aus dem Flockengestöber hervorwachsende, die Breite der Straße einnehmende Reihe verschneiter Soldaten, den graugrünen Uniformen nach deutsche. Obwohl die meisten ausgezehrt und schattenhaft wirkten und statt der Stiefel nur Strohschuhe oder Lappen trugen, ließ das rasche Stampfen der vielen Füße die gefrorene Erde erzittern.
Den Verwundeten unter ihnen, viele mit blutigen Bandagen oder Beinschienen aus Sparren und Ästen, gelang es nur schwer, mit den anderen im Schritt zu bleiben, manche hatten beide Arme um die Nacken ihrer Nebenmänner gelegt. Trotzdem war kein Stöhnen oder Klagen zu hören, kein Wort wurde gesprochen, oder nur von den russischen Bewachern, die mit aufgepflanzten Bajonetten neben ihnen marschierten. Sie trugen Fellmützen, Wollhandschuhe und knöchellange Mäntel, und einige von ihnen hatten sich zusätzlich Decken um die Schultern gehängt und ritten auf kleinen zerzausten Bauernpferden, wie es sie auch in ihrem Dorf gab. Da-

bei rauchten sie Pfeifen oder aßen gelbe Winteräpfel und unterhielten sich lachend über die Köpfe der Gefangenen hinweg – von denen einer jählings an den Feldrand sprang, sich die Hose herunterriss und wasserdünnen Kot unter sich ließ, einen grünlichen Strahl. Da lenkte ein Offizier sein Pferd zu ihm, zog eine Pistole aus dem Holster und schoss ihm ins Genick.

Am Ende des Zuges fuhr ein Lastwagen mit Tarnanstrich und einer roten Flagge auf dem Dach. Auf der Ladefläche, nur knapp bedeckt von einer Plane, waren Brote, unzählige Kommissbrote, wie Ziegel im Verbund gestapelt, und auch die beiden Soldaten mit den roten Sternen an den Mützen, die neben der Motorhaube gingen, hatten ihre Waffen gezückt, klobige Pistolen mit langen Läufen. Nicht nur das Brot bewachten sie: Wann immer jemand aus dem Tritt geriet vor Erschöpfung und am Ende der Menge taumelnd zurückblieb, erschossen sie ihn und traten ihn, noch während er hinsank, in den Graben.

Als der Zug außer Sicht war, wagte sie sich hinter den Steinen hervor und lief weiter. Jeder Schritt in dem Pulverschnee machte Mühe, aber sie mied die Straße, auf der plötzlich ein Militärfahrzeug erscheinen konnte, stapfte wieder quer über die Felder und durch Gehölze und kam einmal an ein kleines Anwesen, eine Einsiedelei. Das Strohdach des Hauses, nicht mehr als eine Hütte mit nur einem Raum, war eingestürzt, und aus den Trümmern stieg Rauch. Sie wärmte sich die Hände über einer glimmenden Matratze, scharrte vorsichtig im Schutt herum und fand nichts darunter, nicht eine Krume Brot. In dem Verschlag nebenan lag eine Kuh mit großen, stumpf starrenden Augen, der die Zunge aus dem Maul hing. Ein blutiges Loch in der Blesse, war das Tier zwar kalt, aber noch nicht steif gefroren, und obwohl sie wusste, dass es Unsinn war, sank sie neben den schlaffen Euter ins Stroh und zog an den Zitzen. »Gib mir was«, bettelte sie leise. »Gib mir doch ein bisschen!«

Auf den Äckern hinter dem Waldstück sahen die Schneewehen wie Wellen aus, ein weißes Meer, aus dem Geschützrohre ragten, verkohlte Panzertürme, Spiralen rostigen Drahts. Die Krämpfe im Unterleib wurden stärker, stechender; irgendetwas lief ihr die Schenkel hinunter, klebrig und warm, und sie schob die Hand hinter den Hosenbund und griff sich in den Schritt. Obwohl sie es geahnt hatte, war sie entsetzt über die Farbe ihrer Finger; auch die dunkelblaue Trainingshose war an den Innenseiten ihrer Schenkel schwarz vor Blut, und sie taumelte einen Moment lang vor dem Schneefeld herum.

Von fern war ein Pfeifen zu hören, vielleicht eine Lokomotive, und das Wirbeln der Flocken wurde lichter, der Wind nahm ab. Wo ein Zug war, musste ein Bahnhof sein oder wenigstens ein Gleis, das zu einer Ansiedlung führte, doch vergeblich suchte sie nach einem Pfad zwischen den kahlen Brombeerzweigen und folgte schließlich einer Fuchsspur. Schnurgerade war die und so flüchtig, als hätte das Tier den Schnee kaum berührt, und während sie losmarschierte, ließ sie die Arme pendeln, um ihrem Gang mehr Schwung zu geben.

Aber schon nach wenigen Schritten brach sie so unvermittelt, so ohne jedes Knistern und Knacken der Schneedecke ein, dass ihr nicht einmal ein Schreckenslaut entfuhr. Halt suchend im Leeren, schlug sie auf den gefrorenen Grund eines Grabens und starrte in den Himmel wie aus einem Brunnenschacht.

Welkes Gestrüpp hing über die Ränder, Flocken rieselten ihr ins Gesicht, in den offenen Mund. Als wäre die Lunge durch den Aufprall gestaucht, konnte sie momentlang nicht atmen, und sie krümmte sich weg, der Erde zu, schob die Hände zwischen die Knie und schloss die Augen. Schon wurde die Dunkelheit in ihrem Innern dichter, der Puls in den Ohren klang wie ihre eigenen Schritte, die sich im Schnee entfernten, und als sie wieder das sanfte »Devushka!« hörte, unendlich leise, wie vom Eishauch gesprochen, öffnete sie nicht mehr die Lider. Es war genug.

Sechstes Kapitel

LICHTLOSE TIEFEN

Ich kenne Menschen, die nur schwer existieren können ohne das Gefühl, ein Opfer zu sein; Richard gehörte sicher nicht dazu. Als ich ihm meine Nacht mit Walter gestand, war er kaum erstaunt, ja nicht einmal gekränkt, wie es schien; er strich mir übers Haar und kochte Tee. »Dass man zwei Menschen gleichzeitig lieben kann, ohne den jeweils anderen in irgendeiner Weise herabzumindern oder zu idolisieren, glaubt man erst, wenn man es am eigenen Leib erfährt«, sagte er und zwinkerte mir zu, »oder genauer, an der eigenen Seele. Du bist jedenfalls nicht die Erste, die so etwas erlebt ...«

Andere wiederum empfinden eine gewisse Lust an der Schuld, sie pfeffern sich damit den Tag, und zu denen gehöre eher ich. Im Unrecht zu sein, angeklagt aus triftigem Grund, ist im Schwankenden der Existenz immerhin etwas Eindeutiges und damit Sicheres. Und auf eine heimliche Weise befriedigender als die reine Unschuld, der man sich ohnehin nie sicher sein kann, ist oft eine zweifelsfreie Schuld – auch wenn es dafür seit jeher nur eine Sühne in allen möglichen Schattierungen gibt: die Vertreibung aus dem Paradies.

Indirekt trug mein Zusammensein mit Walter wohl zu diesem Bann bei. Dem festlichen Anlass entsprechend und auch, um der Traurigkeit in der grauen Wohnung etwas entgegenzuhalten, hatte ich den Schmuck ange-

legt, die tropfenförmigen Perlen, die schließlich ein Geschenk waren – wie konnte ich ahnen, dass Elisabeth sie vor Jahren während der Putzstunden im Gutshaus gestohlen hatte. Insofern war das Unheil, das über dem Weizenfeld heranzog, waren die Schande, die Kündigung und die Vertreibung der beiden aus Missunde kaum etwas, das ich mir vorwerfen musste. – Aber hatte ich mich nicht auch für Walter schmücken wollen an jenem Morgen? Für einen letzten Blick voller Sehnsucht oder nur Begehren? Und darum blieb mir, vielleicht als spiegelverkehrte Liebe zu ihm, ein Gefühl der Mitschuld daran, dass er von einem Tag auf den anderen seinen Garten Eden verloren hatte, verloren wegen ein paar Klunker.
Andererseits war er gewiss kein Mann der Illusionen und schon gar nicht einer des frommen Glaubens; er war im Krieg gewesen, hatte viel Elend gesehen und wusste nur zu gut, dass ein Paradies, aus dem man vertrieben werden kann, nicht das Paradies ist.

Ich fuhr tatsächlich noch nach Frankreich in jenem Sommer. Mit Birte traf ich mich im »Récamier« an der Place Saint-Sulpice in Paris, einem versteckten Hotel mit ausgetretenen Treppen und provenzalisch gemusterten Tapeten, wo wir uns schon vor dem Schlafengehen auf das Frühstück freuten, obwohl es nur aus gebuttertem Baguette und Kaffee bestand. Und weil meine Freundin, wie es ihre Art war, bei unseren Besichtigungen schnell einen Mann kennenlernte und meistens bei ihm übernachtete, hatte ich viele Abende für mich. Ich gewöhnte mir sogar das Rauchen an, weil mir die krummen und bröseligen Maispapier-Zigaretten so gefielen. Hielt eine Frau mit lackierten Nägeln sie zwischen den Fingern, sah das elegant und verworfen zugleich aus. Oft saß ich bis nach Mitternacht an dem hohen Fenster, blickte paffend auf den mondbeschienenen Platz vor dem Hotel und hörte dem Rauschen des Brunnens zu, das sich wie ein feiner akustischer Film über die Stille legte, hin und wieder von trippelnden Pfennigabsätzen perforiert. Die Stadt war leer damals, fast alle Franzosen fuhren im August an die Küsten, und einen Paris-Tourismus wie heute gab es noch nicht.

In der Nacht in Missunde, in der Walter zu mir gekommen war, hatte ich einen merkwürdigen Traum gehabt: Lorenzo, mein früherer, mein erster Geliebter, war bei einem Verkehrsunfall im Ausland gestorben. Als ich davon erfuhr, ging ich zur Polizei und bezichtigte mich des Mordes an ihm. Die Beamten schüttelten die Köpfe, tippten auf den Bericht: Ein Unfall, junge Frau, sein Auto der Marke »Liebe Ulla« hat sich überschlagen, es gibt Zeugen. Doch ich beharrte darauf und sagte: Diesem Mann habe ich den Tod gewünscht, mehrmals sogar, aus verschiedenen Gründen, und er ist tatsächlich gestorben; also habe ich die Moleküle beeinflusst und ihn umgebracht mit meinen Wünschen. Ich bin schuldig, sperren Sie mich ein! Und als die entnervten Männer, die ihre Ruhe haben wollten, endlich die Zellentür hinter mir schlossen, sank ich erlöst auf die Pritsche.

Ausgerechnet in der vielbesungenen Stadt der Liebe bewahrheitete sich dieser Traum: Im »Select« wartete ich auf Birte, um mit ihr auf den Montparnasse-Friedhof zu gehen, und las eine der Zeitungen, die neben der Theke hingen, ein Blatt mit dicken Schlagzeilen und großen Fotos, was schlichtere Texte vermuten ließ. Mein Schulfranzösisch reichte höchstens für die »Faits divers« auf der letzten Seite: In den Alpen bei Chamonix war ein Braunbär gesichtet worden, in Lyon wurde eine sieben Meter lange Wurst mit Paprika-Einlage ins »Guinness-Buch der Rekorde« aufgenommen, und Bauern in der Normandie hatten aus Protest gegen die Preise ihre Milch vor einer Kirche ausgeschüttet, die »Maria Blut« hieß. Außerdem stand dort, dass es einen Bombenanschlag im Industriehafen von Brest gegeben hatte, auf ein in Deutschland gemeldetes Schiff. Von dem Eigner oder Kapitän, den die neue Kieler Landesregierung wegen des Massakers in der Lübecker Bucht suche, fehle jede Spur. Auf dem Foto des verkohlten Motorschleppers mit Kajütenaufbau war noch der Namenszug zu lesen: »La Libellula«.

Walter und Elisabeth zogen nach Ovelgönne in der Wesermarsch. Trotz der Vorkommnisse hatte der Gutsbesitzer seinem ehemaligen Melker ein hervorragendes Zeugnis ausgestellt, was ich mir damit erklärte, dass Walters Arbeit ungeachtet des Vergehens seiner Frau stets tadellos gewesen war, und so fand er eine neue Stelle bei einem Großbauern, zwanzig Kühe mit dem entsprechenden Jungvieh. Nur die Wohnung war ein Problem.

»Schon in Missunde dachte ich, dass es primitiver nicht geht«, schrieb Elisabeth. »Doch jetzt leben wir in einer

Nissenhütte, so einer torfgedämmten Wellblechtonne, wie früher die Flüchtlinge und Ausgebombten. Sie ist ganz schön eingerichtet, mit alten Eichenmöbeln, aber unerträglich feucht vom Boden her, wir haben Glasscheiben unters Bett gelegt. Die kleine Sonja ist immerzu krank und hält uns nächtelang wach mit ihrem Kröchen. Lange werden wir hier kaum bleiben können, zumal der Bauer will, dass Walter bei der Obst- und Kartoffelernte hilft, was nicht abgemacht war. Mein Mann ist gelernter Melker und hat genug mit den Tieren zu tun. Du kennst ja seinen Stolz.«

Immerhin hielten die beiden es fast zwei Jahre dort aus, ehe auch diese Arbeit ein Ende hatte. Wieder zogen sie um, und nun schrieb mir Elisabeth aus dem Ruhrgebiet, wo Walters Mutter lebte. Dort hatte er eine Stelle auf der Zeche Haniel gefunden, als Kohlenhauer, und ich erschrak, denn ich konnte mir nicht vorstellen, wie das zu ertragen war: Nach all den Jahren täglicher Arbeit im Freien, an frischer Luft, plötzlich tausend Meter tief unter die Erde zu fahren, in enge Flöze, und acht oder zehn Stunden pro Schicht kein Stück Himmel zu sehen und nur Staub zu atmen. Aber Elisabeths Briefen zufolge – ihr Mann schrieb nie, und falls er mich grüßen ließ, erwähnte sie es nicht – waren die beiden recht glücklich oder doch zufrieden dort.

»Endlich leben wir in einer Stadt!«, schrieb sie. »Und Du glaubst nicht, wie froh der Walter darüber ist. Geregelte Arbeitszeit, am Wochenende meistens frei, garantierter Urlaub und sichere Bezahlung – der blüht mir richtig auf unter Tage, hat auch keine Magenprobleme mehr. Natürlich kommt er manchmal ziemlich zer-

schrammt aus den Gruben, aber was soll man machen; die Kohle liebt ihn, sagt man hier. Und das Tschingderassa in den Kirmeszelten und auf den Revierfesten ist genau mein Fall, wie Du Dir denken kannst. Mein Göttergatte rührt zwar kaum die Füße, den kriegst du nicht mal bei der Damenwahl vom Stuhl, aber ich hab schon alle seine Kumpel durchgetanzt. Bergleute sind musikalischer, als man denkt. Hier geh ich nie wieder weg!«
Auch über ihr neues Zuhause, eine Einliegerwohnung in der gerade gebauten Zechensiedlung an der Oberhausener Grenze, war sie froh. »Drei Zimmer mit Badewanne, Einbauküche und Balkon! Ich fühl mich wie Graf Koks in der Gasanstalt und rauche neuerdings sogar Zigaretten mit Filter, wie eine Dame. Ist ja gesünder, und man hat nicht immer diese Tabakkrümel am Mund. Auch die Kinder sind endlich in ihrem eigenen Raum, es war doch etwas lästig, sie Nacht für Nacht in unserem Bett zu haben, besonders jetzt, wo sie schneller wachsen. Wir heizen und kochen mit Kohle, zwei Tonnen kriegen die Bergleute jedes Jahr als Deputat. Das ist mehr als genug, damit kann man sogar noch Geschäftchen mit den Bauern aus dem Umland machen, Briketts gegen Gänse und so. Nur der Garten fehlt uns ein bisschen. Aber na ja, Arbeit hab ich auch so genug.«

Die Sache mit den Perlen wurde übrigens nie wieder erwähnt, weder von ihr noch von mir, und wir sahen uns lange nicht mehr, Jahre. Sogar als Elisabeths Mutter in einem Altenheim bei Rendsburg starb, kam sie nicht in den Norden, überließ die Beerdigung ihren Brüdern;

und was mich betraf, so zog mich nichts in ihre Gegend, die man damals oft die Staublunge der Nation nannte. Ich schrieb ihr hin und wieder eine Karte, meistens zu ihrem Geburtstag, zu Weihnachten oder aus den Ferien, und sie antwortete manchmal auf Blättern, die sie aus den Schulheften der Kinder gerissen hatte. Mit der Zeit war ihre Schrift kleiner geworden, die Wellen und Schleifen wirkten zurückgenommen in ihrem Schwung, und die Zeilen gerieten ihr trotz der Linierung oft schief. Auch der Ton verriet mehr und mehr, dass sie inzwischen andere Sorgen hatte, als sich um ein harmonisches Blattbild zu kümmern. Aus den Umschlägen, kaum riss ich sie auf, kam immer noch ein starker Nikotingeruch.

»Es geht uns gut, ich will nicht klagen. Uns ging es oft schlechter«, schrieb sie einmal. »Aber es ist natürlich etwas anderes, ob du dich in deinem eigenen Garten fürs Mittagessen bedienst oder ob du im Konsum plötzlich jede kleine Kartoffel bezahlen musst. Und im Wirtschaften war ich nie besonders doll, ich weiß immer kaum, wo das Geld geblieben ist, und dann sind vierzehn Tage bis zum nächsten Abschlag lang. Na, Du kennst mich, ich kann das Leben auch mit wenigem leicht nehmen, und der Mann meckert selten und geht schon mal mit einem Schmalzbrot auf den Pütt. Aber Wölfchen hat neulich geweint, weil er mit einer geflickten Hose in die Schule musste; niemand trägt mehr einen Flicken hier, und er wurde wohl ordentlich gehänselt. Aber warum macht er sich auch die Buxe kaputt, ich kann schließlich keine neue zaubern. Zum Schneidern habe ich kaum noch Zeit.«

Offenbar hatten die beiden das meiste, was die junge Familie anfangs brauchte, vor allem die Möbel, den Fernseher, die Waschmaschine und die Teppiche und Stores, auf Raten gekauft, und die fraßen ihnen nun den Lohn weg. »Irgendwo habe ich mal gelesen, man soll das Geld aus dem Fenster werfen, dann kommt es zur Tür wieder herein«, schrieb sie. »Das hab ich wohl getan, aber wenn ich die Tür öffne, steht da der Gerichtsvollzieher. Ich weiß nicht, was ich falsch mache. Der Walter ist mittlerweile Rutschenmann, so eine Art Vorarbeiter, kloppt dauernd Überstunden und verdient nicht schlecht, und die Familien in der Nachbarschaft kommen doch auch klar. Zwei fahren sogar schon ein Auto! Neulich hab ich Schuhe für mich und die Kinder bei einem diese Sofahändler gekauft, die hier manchmal klingeln, einem unangenehmen Kerl. Der hat mir dauernd auf die Knie gestarrt, von wegen Rabatt, nehme ich an, die haben es ja meistens mit einsamen Hausfrauen zu tun ... Und als ich kurz darauf in der Stadtmitte war wegen meiner Galle, eine endlose Busfahrt aus unserem Randbezirk, sah ich bei ›Deichmann‹ die gleichen Schuhe, akkurat die gleichen, zum halben Preis, das stell dir vor. Da soll man keine Koliken kriegen!«
Von den vielen Grubenunglücken in der Region, von denen sogar die norddeutschen Zeitungen berichteten, schrieb sie nie etwas, und wann immer ich Fotos von Bergleuten mit angstvoll geweiteten Augen in den schwarzen Gesichtern oder von Menschenmengen vor Zechentoren sah, musste ich an Walter denken. Einmal schickte ich ihr Kieler Sprotten, eine dünne Holzkiste voll, nicht zuletzt auch, weil ich wusste, dass er die gold-

geräucherten Fische so gern mochte, und sie bedankte sich und schrieb: »Ach, wie sehne ich mich nach der frischen Brise und dem Meergeruch an der Förde zurück. Du wirst es nicht glauben, aber bei Dir, Deiner Mutter und den ganzen versoffenen Quasselköppen war ich am glücklichsten, das war meine lustigste Zeit. Hier ist es manchmal einfach nur öde, besonders jetzt im Herbst, wenn die wenigen Bäume auch noch kahl werden. Der Gestank der Kokereien und Raffinerien nimmt dir den Atem, und der Ruß von all den Kohleöfen in der feuchten Luft erzeugt ein Geschmiere ... Man kommt mit dem Wischen und Fensterputzen gar nicht nach.
Gleichzeitig sind die Leute so abschätzig und gehässig und beobachten dich auf Schritt und Tritt. Du glaubst nicht, was für ein zusammengewürfeltes Kroppzeug in diesem Ruhrgebiet lebt, unheimlich manchmal! Von den Automatenknackern, Moped-Dieben, und Kirmes-Schlägern zu schweigen. Wenn ich am Wochenende ins ›Schälking‹ gehe oder in die ›Bier-Schwemme‹, um das Tanzbein zu schwingen, sehe ich kaum noch Deutsche. Also, nicht dass die besser wären, aber man will ja auch ein bisschen reden ...«

Den letzten Absatz las ich noch einmal, und wieder ließ mich die erste Person Singular aufhorchen. In der damaligen Zeit, in der unsereins ja kaum auf der Straße rauchen konnte, ohne schief angesehen oder gar bepöbelt zu werden, gestattete ein Mann seiner Frau nicht, allein auszugehen, schon gar nicht in ein Tanzlokal. Verheiratete betraten in den sechziger Jahren selbstverständlich als Paar den Saal, die Frau eingehakt in die Ellenbeuge des Gatten, und der musste gnädig nickend seine Erlaubnis geben, falls ein fremder Mann einmal um einen Tanz bat – was aber so gut wie nie geschah. Jeder wusste, wo er hingehörte.

Als ich sie also im nächsten Brief fragte, ob Walter denn inzwischen einen Foxtrott oder einen Bossa Nova hinlegen könne, antwortete sie: »Das fehlte gerade! Der ist immer nur müde, liegt das Wochenende über auf dem Sofa und sieht sich Sport oder ›Bonanza‹ im Fernsehen an. Oder er kümmert sich um die Kanarienvögel, die er neuerdings im Keller züchtet, was ein paar Mark nebenher bringt; ganz ohne Tiere kann er wohl nicht. Dass ich auch mal ein bisschen Vergnügen brauche nach der Plackerei mit den Blagen und der Hausarbeit, ist noch nicht zu ihm durchgedrungen. Wenn ich am Wochenende mit meiner Freundin Nanni ausgehen möchte, muss ich schon am Donnerstag mit dem Liebsein und Schönkochen anfangen. Dabei will ich einfach nur tanzen, ich beweg mich halt gern; da passiert nichts. Aber neulich sagte ihm ein Kumpel im Schacht, er soll mal besser auf seine Frau aufpassen (das ist so ein Schmierlapp, den kenn ich genau), und da kam ich wochenlang nicht raus!«

Auch in meinem Leben änderte sich damals manches. Doch als ich ihr schrieb, dass ich nach gehöriger Trödelei das Studium beendet hatte, in der Stadtbücherei arbeitete und mit meinem ehemaligen Literaturprofessor zusammenlebte, bekam ich keine Antwort, auch nicht auf meine Geburtstagsgrüße, die Weihnachtskarte und das Päckchen mit dem Lübecker Marzipan zu Ostern. Irgendwann machte ich mir Sorgen, und obwohl zu der Zeit noch kaum jemand ein Telefon hatte, fragte ich bei der Auskunft nach einer Nummer der beiden. Wie erwartet gab es keine, aber Walters Mutter, Hedwig Urban in Essen-Borbeck, besaß einen Anschluss, wie er mir einmal erzählt hatte, und ich ließ mir die Nummer geben und rief sie an.

Als hätte sie neben dem Apparat gesessen, nahm sie schon nach dem ersten Ton ab. Im Hintergrund hörte ich einen Vogel krächzen, einen Papagei vielleicht, und nachdem ich mich vorgestellt hatte und mich nach ihrem Sohn und seiner Familie erkundigte, schwieg sie einen Moment und schien dem Klimpern nach in einer Tasse zu rühren. »Ja, dass die nicht auf Ihre Post antworten, kann ich mir denken; die haben jetzt andere Sorgen«, sagte sie schließlich. »Der arme Kerl ... Der wird den Rest seines Lebens nicht mehr froh.«

Ich versuchte, sie mir vorzustellen: Ihre ältliche Stimme hatte zu viel Resonanzraum für eine schlanke Frau, und der etwas mürbe Silberklang suggerierte weiße Haare. »Ich habe immer gewusst, dass mein Walter zu gut ist für diese Person, zu anständig«, fuhr sie fort. »Und der Anständige ist seit jeher der Dumme. Der holt sich kaputte Knochen und eine Krebslunge und kriegt einen Hörsturz nach dem anderen in dem Krach unter Tage, und sie verjubelt sein Geld für immer neue Kleider und Schuhe und Unmengen Zigaretten und Kaffee. Auf jede Kirmes muss sie gehen, auf jedem Schützenfest tanzen, und wenn sie keine Lust hat zu kochen, lässt sie der Familie was aus der Kneipe oder vom Imbiss holen, kostet ja nur das Doppelte. Immer will sie mehr sein als eine Arbeiterfrau und ist am Ende weniger.«

Obwohl sie plötzlich leiser sprach, ganz nah an der Muschel, durchzog eine teerige Verbitterung ihre Stimme. »Auf den ersten Blick hab ich gesehen, dass die nicht zusammenpassen und etwas mit der nicht stimmt, dass sie falsch ist. Die bringt Unheil und Krankheit in die Familie, hintergeht ihren Mann und prügelt die Kinder grün und blau, nur weil sie schmutzig vom Spielen kommen. Meine Blumen sollte sie gießen, als ich eine neue Hüfte kriegte: Alles verdorrt. Eine Jüdin ist das oder eine Polackin, was weiß man. Immer diese Hast und das ängstliche Flackern in den Augen – das haben nur Menschen voller Hintergedanken oder mit einem schlechten Gewissen.«

Wieder rührte sie in ihrer Tasse, und als ich sie fragte, was um Himmels willen denn nun mit Walter geschehen sei, stutzte sie hörbar und fragte: »Walter? Wie kommen Sie auf Walter? Ihr Mädchen ist krank, sagte ich das nicht? Die kleine Sonja. Als würde das mit dem Auge und dem Ohr nicht reichen, hat sie jetzt auch noch Epilepsie. Die rennen von einer neurologischen Klinik zur anderen und sind selbst bald fertig mit den Nerven. Nach Marburg mussten sie und nach Berlin, und ob die Knappschaft das trägt, bleibt offen. Walters Jahresurlaub ist jedenfalls schon weg, dabei sollte er mir den Hof betonieren und die Fassade streichen.« Sie schlürfte einen Schluck, stöhnte behaglich. »Aber ich hab Ihnen nichts gesagt!«

Es dauerte dann noch fast vier Wochen, bis Elisabeth mir endlich antwortete, in Druckschrift. »Ja, wir hatten eine anstrengende Zeit, aber zum Glück scheint die erst mal überstanden zu sein«, schrieb sie. »Was die Kinder betrifft, konnte ich bisher kaum klagen, die entwickelten sich ganz gut. Der kleine Wolf wird ein bisschen wie Du: Immer noch freundlich und auch gesprächig, das schon, aber seit wir hier im Kohlenpott sind, ist er eigenartig scheu geworden, so ein richtiger Einzelgänger, und liest alles, was ihm vor die Nase kommt; wir haben eine Stadtbücherei und eine Pfarrbücherei, in beiden ist er Stammgast. Die Schauergeschichten machen ihm offenbar weniger Angst als die Umgebung, und manchmal muss ich ihm die Schwarten wegnehmen und ihn an die frische Luft jagen, damit er ein bisschen Farbe kriegt.

Die Kleine dagegen, die Sonja, kennt keine Verwandten. Frech wie Rotz, gierig und geizig bis auf die Knochen und immer die große Klappe vorneweg, hat sie trotzdem viele Freundinnen. Ich glaube, die ist erblich belastet … Das Auge normalisiert sich langsam, aber das Ohr kann erst mit zwölf oder dreizehn erfolgreich operiert werden, sobald sich irgendwelche Nerven da entwickelt haben. Ich schäme mich manchmal ein bisschen, ehrlich gesagt, wenn die Leute so glotzen, und nun auch noch das: Als ich sie neulich in der Badewanne wusch, wurde sie mir plötzlich steif wie ein Brett und hörte auf zu atmen. Ich hab geschrien wie am Spieß, hab sie geohrfeigt und aufs Sofa geschmissen, doch sie blieb so und fing an zu zittern und laut mit den Zähnen zu knirschen, als wollte eine andere aus ihr raus. Zum Gruseln war das … Ein Nachbar rief dann den Notarzt an.«

Von Epilepsie war in dem Brief allerdings keine Rede, wohl aber von sogenannten Absencen, die die Kleine manchmal verstummen und wie träumend dastehen ließen, ein paar Sekunden nur, mit zuckendem Gesicht. Danach fand sie meistens wieder Anschluss an das zuvor Gesagte oder Getane, und wenn sie regelmäßig Medikamente nehme, würde es wohl nicht zu Anfällen kommen, habe der Neurologe gesagt. »So halten wir den Teufel in Schach«, fügte Elisabeth hinzu. »Denn der hat es offenbar auf mich abgesehen.«

Doch schon ein Jahr später schien sich das Familienleben wieder normalisiert zu haben, und wie zum Beleg dafür schickte sie mir Fotos, sonntags von Walter im Oberhausener Kaisergarten geknipst. Auf allen trug sie eines ihrer eleganten selbstgeschneiderten Kostüme und stand, die Handtasche in der Ellenbeuge, mit ihren Kindern vor einem blühenden Rhododendron, einem Fischteich oder einem Fasanengehege, lächelnd. Und obwohl die beiden doch unterschiedlich alt und groß waren, obwohl der Junge dunkelblonde und das Mädchen schwarze Haare hatte, der eine ein heiteres offenes und das andere ein seltsam missmutiges, von einem bohrenden Blick bestimmtes Gesicht, waren sie auf allen Fotos so gekleidet, als wären sie Zwillinge: Trug er eine kurze graue Hose mit Samt-Nicki, trug die Kleine einen Rock aus demselben Stoff mit Samt-Nicki, trug er ein weißes Hemd mit Fliege und Westover, trug auch sie eine weiße Bluse mit Schleife und Westover. Außerdem zog sie ihnen immer die gleichen Kniestrümpfe mit Zopfmuster, die gleichen Anoraks, Mäntel und Mützen mit Bommel an, und auf einem Bild hielten beide ähnlich große Ahornblätter in die Höhe und winkten damit in die Kamera.

Ich war noch keine dreißig Jahre alt, als meine Mutter, die bereits am Stock ging, das Lokal verkaufte und sich zur Ruhe setzte. Zwar bot Richard ihr an, zu uns an den Hafen zu kommen, aber sie wollte nicht lästig werden, wie sie sagte, und mietete sich ein Apartment in einer Altensiedlung in Felm, wo sie rund um die Uhr versorgt wurde. Mein Erbe zahlte sie mir schon zu Lebzeiten aus, eine Schenkung, bei der man angeblich Steuern sparte, und plötzlich hatte ich mehr Geld, als wir brauchten.
Ich machte einen Führerschein und kaufte mir ein Auto, einen VW 1200 Cabrio für sechstausend Mark, was meinen Liebsten den Kopf schütteln ließ. »Eine junge, schöne und lebensbejahende Frau legt sich einen schwarzen Wagen zu«, spottete er. »Das lässt ja tief blicken.« Doch als ich ihm sagte, das hätte ich nur gemacht, um das Rot meiner Haare hervorzuheben, schmunzelte er und faltete die Straßenkarte auseinander. An fast jedem Wochenende machten wir nun Touren durch unsere Region, die Nordseeküste bis nach Dänemark hinauf, die Ostseeküste hinunter, und obwohl die Straßen zu der Zeit eher schlecht waren und es immer mal wieder brenzlige Situationen beim Überholen von Mähdreschern oder Heuwagen gab, liebte ich es, schnell zu fahren, bei offenem Verdeck.
Richard ertrug das tapfer, auch mein anfangs nervöses Herumkurven in den Innenstädten von Flensburg, Lübeck oder Hamburg; damals gab es noch keine Sicherheitsgurte, und er hielt sich an seiner Pfeife fest und schwieg. Aber dann schlug ich ihm vor, in den Sommerferien durch Italien zu fahren, ein Traum, den in den sechziger Jahren viele hatten, und entschieden winkte

er ab. Er kannte das Land aus seiner Studienzeit und wollte arbeiten; sein Buch über Strindbergs Frauenfiguren vertrage kein mediterranes Klima, sagte er zwinkernd, und so plante ich denn die Reise allein. In Oberhausen und München wollte ich je einen Tag Rast machen, und meine entsprechende Nachricht beantwortete Elisabeth postwendend: »Ich freue mich riesig! Bring einen Koffer voll Seeluft mit! Wir haben zwar kein Gästebett, Du musst im Wohnzimmer auf dem Sofa schlafen, aber das kennst Du ja. Wenn Du am Freitag kommst, könnten wir abends tanzen gehen.«
Das Wetter war herrlich, Badewetter wie schon den ganzen Monat, und sowohl der noch blühende als auch der erntereife Raps längs der Autobahn duftete vage nach dem Sonnenöl der Badenden an der Lübecker Bucht. In viele Ferienorte waren wir gefahren in den vergangenen Wochen, was gab es Schöneres, als lesend in Strandkörben zu sitzen und ab und zu aufs Meer zu schauen, nur die Gegend um Neustadt und Scharbeutz hatten wir aus guten oder besser traurigen Gründen stets gemieden. Aber dann war plötzlich eine Straße gesperrt gewesen, weil Blindgänger aus dem Krieg entschärft werden sollten, und so dirigierte Richard mich auf einen der Parkplätze an der Steilküste. Ein Schild warnte davor, sich der Klippe zu nähern; die unterspülten Wurzeln der Windflüchter, meistens Buchen oder Eichen, ragten haltsuchend ins Leere, das Gras auf den Dünen glänzte wie Draht.
Die gewaltige ›Cap Arcona‹, wegen der geringen Wassertiefe noch bis in die fünfziger Jahre aus den Wellen hervorragend, war längst verschrottet, das Meer lag dun-

kelblau und glatt unter dem wolkenlosen Himmel. Bunte Fähnchen flatterten zwischen den Strandkörben, und die Menschen hockten auf Bastdecken, wickelten Koteletts oder geräucherte Aale aus dem Fettpapier und aßen Kartoffelsalat aus Einmachgläsern. Kinder auf der Suche nach Muscheln und Seesternen wischten mit den Fußspitzen durch das niedrige Wasser, und hier und da grölten bierselige Männer.

Nach einer stummen Weile stiegen wir aus und gingen zu dem Kiosk hinunter, an dem man Strandkörbe mieten konnte. An einem Tisch hockten drei Kartenspieler in Badehosen, und neugierig blieb Richard stehen. Sie blätterten schweigend ihre Trümpfe hin, stöhnten bei Verlusten, strichen die sandigen Siege ein und blinzelten argwöhnisch zu ihm hoch. Zwei von ihnen hatten eine Blutgruppen-Tätowierung am linken inneren Oberarm, man sah es, wenn sie ihre Karten austeilten, und er nickte ihnen freundlich zu. »Klapper-Jas«, sagte er. »Wie oft hab ich das früher mit meinen Kameraden gekloppt! Und wer gewinnt?«

Doch die Spieler antworteten nicht oder nur mit einem verlegenen Schulterzucken. Er war um einiges älter als sie, und seine kraftvolle Stimme, die hohe Stirn mit den markanten Falten, die randlose Brille und der offene Blick aus den klugen, im Sonnenlicht fast bernsteinfarbenen Augen, das schüchterte ein. »Na«, fuhr er im Weitergehen fort, »wer gewinnen will, hat eigentlich schon verloren, stimmt's?«

Stets leger gekleidet, hatte er mittlerweile weiße, für die damalige Zeit recht lange Haare und sah schon nach zwei Stunden in der Sonne sanft gebräunt aus. Nicht nur die jungen Frauen in seinen Seminaren fanden ihn interessant; weil er so gänzlich anders wirkte als ihre Väter mit den Siegelringen, den harten Krawattenknoten und den akkuraten Haarschnitten und überdies mit ihnen sprach, als wären sie Erwachsene, liebten ihn auch die Kinder. Wir saßen in unserem gemieteten Korb und tranken Kaffee aus der Thermoskanne, als zwei fünf- oder sechsjährige Mädchen in Badeanzügen über den Strand auf uns zukamen.

Sie hatten uns oder vielmehr Richard schon länger vom Wassersaum aus beobachtet und einander hinter der Hand etwas ins Ohr geflüstert, und nun sagte eines, ein dunkelblondes mit dichter Lockenmähne und Sommersprossen auf der Nase: »Du, können wir dich was fragen?« Die Finger ineinanderhakend, drehte es verlegen eine Fußspitze in den Sand, blickte rasch zu der Fähre, die sich gerade Richtung Göteborg entfernte, und holte noch einmal Atem, ehe es fortfuhr: »Wir möchten gerne, dass du unser Freund wirst – geht das?«

Während ich mir auf die Lippe biss, um ein Schmunzeln zu vermeiden, klopfte Richard scheinbar nachdenklich seine Pfeife aus und verstaute sie in dem Lederbeutel, in dem schon zwei andere steckten. »Ich denke, doch«, antwortete er schließlich. »Ihr gefallt mir auch. Was muss ich denn tun?«

Das andere, zartere Mädchen, das glatte schwarze Haare hatte und ein Ballerina-Röckchen am Badeanzug, betrachtete ihn aus mandelförmigen Augen und sagte mit süßer Bestimmtheit: »Mitkommen! Ohne Schuhe.«

Der Abstand der Göteborg-Fähre wurde größer, das Plätschern am Ufer aber lauter, und Richard nickte, zog die Slipper aus und erhob sich. »Gut. Kann meine Frau uns denn begleiten?«

Ich erschrak, denn so hatte er mich bislang nie genannt. Wir waren nicht verheiratet, das wollte ich zu dem Zeitpunkt auch noch nicht; eine Liebe mit Brief und Siegel war mir nicht ganz geheuer, glaube ich, und ohne mich zu beachten, schüttelten die Mädchen die Köpfe. »Nur du«, sagte das gelockte.

»Ja«, bekräftigte das andere leiser, fast hauchend, und drehte sich eine Strähne um den Finger, »nur du!«

Und dann griffen sie nach seinen schlanken Händen und zogen ihn über den Strand zum Wasser, wo er sich die Hosenbeine hochkrempelte, ehe er von ihnen mal in die eine, mal in die andere Richtung geführt wurde, gut eine Stunde lang. Dabei ließen sie ihn selten los; unablässig plapperten sie auf ihn ein, zeigten ihm ein Stück Alge, eine Muschel, einen Stein, und während er ihnen konzentriert zuhörte, ein geschlagenes Rad oder einen Sprung von einer Buhne bewunderte und gelegentlich etwas sagte, sah er auf das nun wieder ruhige Meer jenseits der Schwimmer mit den bunten Badekappen hinaus. Möwen strichen darüber hin, streiften fast ihr Spiegelbild mit den Flügeln, während sie in die Tiefe starrten, und in dem Augenblick konnte ich mir zum ersten Mal vorstellen, ein Kind mit ihm zu haben.

Hatte man Münster passiert und näherte sich dem Ruhrgebiet, sahen die Fördertürme, Gasometer und Hochöfen am Rand der abgemähten Weizenfelder wie rostbraune Kliffs aus. Hier und da stieg Dampf von den

Kühltürmen oder schwefelfarbener Rauch von den Raffinerien auf, und unablässig kamen mir Lastzüge voller Koks, Kohle oder Schlacke entgegen. Die Siedlung an der nördlichen Oberhausener Grenze, wo Walter und Elisabeth wohnten, war von jungen, geradlinig gepflanzten Erlenwäldern und Kiesgruben mit Radbaggern umgeben, und obschon die Häuser neu aussahen, weiß gestrichene Zweifamilienhäuser mit grünen Fensterläden, hatten viele schon Risse im Putz, ein Geäder aus Bergschäden, grau verspachtelt.

Autos besaßen damals noch wenige. Die Kinder auf den Straßen unterbrachen ihr Spiel mit den Twist-Gummis oder Hula-Hoop-Reifen und drehten sich nach mir um, während ich langsam, mit geöffnetem Verdeck, durch die Straßen rollte. Heiß war es, die Frauen auf den Höfen oder in den offenen Fenstern, viele mit Lockenwicklern in den Haaren, trugen Kittelschürzen aus Nylon, durch die man die Wäsche sah, und auch die vereinzelten Männer hatten lediglich Turnhosen und Unterhemden an, während sie in den Gemüsegärten harkten. In fast jedem standen Kaninchenställe, enge Boxen, und an den weißgrau verkoteten Dachziegeln erkannte man, wo unter den Firsten sich Taubenschläge befanden.

Elisabeth lederte gerade ein Fenster ab, als ich in die Flöz-Matthias-Straße bog, hupend. Sie strahlte mich an aus ihrem ersten Stock, winkte mit dem Lappen und breitete die Arme aus, als wollte sie sagen: Na, wie findest du's? Ihre beiden Kinder erschienen neben ihr, das Mädchen reichte gerade mit dem Kinn auf die Brüstung, und offenbar sagte sie etwas aus dem Mundwinkel zu ihnen; jedenfalls winkten auch sie. In der Wohnung darunter erschienen die Silhouetten zweier Menschen hinter der Gardine, die mich offenbar in Augenschein nahmen, und aus dem vergitterten Kellerschacht, in den ein wenig Sonnenlicht fiel, drang der vielstimmige Gesang von Vögeln, Kanarienvögeln.

Eilig kam Elisabeth herunter, wir umarmten uns, und ich staunte: Sie war wieder so schlank und zart wie vor ihrer Zeit als Melkerin, mit einer Dauerwelle in den dichten schwarzen Haaren und neuen Zähnen. Wie früher trug sie Sandaletten mit keilförmigen Korksohlen, dazu eine dreiviertellange Caprihose, rosa, und eine weiße Bluse, den Kragen im Nacken aufgestellt. Auch die Fingernägel waren rosa lackiert, und von dem Ehering abgesehen kam ihr Schmuck wohl aus dem Kaufhaus, eine winzige Uhr mit geflochtenem Armband, eine Kette und Ohrclips aus Plastik-Korallen. Dennoch strahlte sie eine stolze Eleganz aus, den entschiedenen Willen, dieser tristen, von Kohlebergen überragten Siedlung etwas entgegenzuhalten, und sie zeigte auf den VW und sagte: »Schicker Flitzer! Teuer, oder? Damit schleppen wir heute Abend ein paar Kerle ab.«

Mein Koffer war schwer, ich hatte Bücher für ihre Kinder mitgebracht, einen Stapel aussortierter Exemplare aus dem Bibliothekskeller, und dennoch trug Elisabeth ihn die Treppe hinauf, als wöge er nichts. Das Podest im ersten Stock war gleichzeitig der Wohnungsflur, mit Schuhschrank und Schirmständer, und auf einer ovalen Scheibe Birkenholz über der Tür stand: »Immer, wenn du glaubst, es geht nicht mehr, kommt von irgendwo ein Lichtlein her!«

Das Wohnzimmer wurde von einem großen Fernseher

in der einen und dem Ofen, einem modernen »Allesbrenner« mit Sichtfenster, in der anderen Ecke dominiert. In der schmalen Küche, von einer Falttür zu schließen, hüpfte ein Wellensittich in seinem Käfig herum, und aus dem Fenster konnte man über die abgemähten Felder bis zu der Zeche sehen, auf der Walter arbeitete; »Haniel« stand auf dem grün patinierten Förderturm. Die Kinder, die mich verlegen anlächelten, hockten am Tisch und spielten mit einem Transportband, einer Nachahmung der großen Rutschen in den Kiesgruben ringsum. Während Wolf an einer Handkurbel drehte, schaufelte Sonja mit einem Teelöffel Suppennudeln darauf, und auch auf dem Lastwagen aus dem »Trix«-Baukasten, den sie mit den gelben Sternen beluden, stand »Haniel«.

Seltsam war es, im Bewusstsein einer gemeinsam verbrachten Zeit vor einen Menschen zu treten, dem jede Erinnerung daran fehlte. Es gab mir einen Stich, dass Wolf mich auch nicht erkannte, als ich die Brille abnahm, und Elisabeth insistierte: »Aber natürlich erinnerst du dich! Das ist die Tante Luisa, die hat dich über die Kuhwiesen getragen!« Er war mittlerweile zehn Jahre alt, ein zarter und blasser Junge mit dunkelblonden Haaren, nach der Mode der Zeit im Nacken hoch ausrasiert und mit einem Pony versehen, der wie ein Keil in die Stirn fiel. Wie die meisten Kinder, die mir vorhin aufgefallen waren, trug er kurze Lederhosen mit einem Edelweiß auf dem Steg zwischen den Trägern. Mehrere Kugelschreiber steckten in der Tasche seines grünen Polo-Shirts, und er senkte den Blick, während wir uns die Hand gaben. Doch als er ihn wieder hob, sah mich sein stiller und auch etwas sorgenvoller Vater an.

Sonja dagegen, eine zarte und mit ihrem karamellfarbenen Teint nahezu südländisch wirkende Siebenjährige, war überhaupt nicht scheu. »Hallo, Tante Luisa!«, sagte sie mit einer seltsam dunklen, wohl etwas heiseren Stimme und reichte mir eine klebrige Hand. Ein Bonbon in der Backe, die Arme blassbunt von alten Abziehbildern, trug sie Khaki-Shorts und ein Unterhemd, an das sie einen Sheriffstern aus dem Kaugummi-Automaten geheftet hatte, und ihr knapp schulterlanges, leicht gewelltes Haar war wie das ihrer Mutter glänzend schwarz.

Trotz seiner Dichte verdeckte es das große, nahezu rechtwinkelig abstehende Ohr mit der löffelartig glatten Muschel aber kaum, und um davon abzulenken, hielt sie den Kopf leicht schräg. Auch das linke Auge kniff sie ein wenig zusammen, um es wie das andere aussehen zu lassen, nehme ich an, was aber ihren Mund verzog, einen Winkel nur, und ihr beinahe etwas Erwachsenes gab, einen Ausdruck hämischer Ironie. Als sie die Mutter fragte, ob sie nun hinausgehen dürften, zum Spielen, stand sie bereits mit einem Fuß im Flur.

»Aber wehe, ihr macht euch schmutzig!«, rief die den Davonstürmenden nach, und dann zeigte sie mir die Wohnung, die klein war und in der vor allem die Ordnung und die Sauberkeit auffielen. Die akkurat abgesteckten Falten der Gardinen und Vorhänge sahen aus wie mit dem Lineal vermessen, die Teppichfransen waren rechtwinklig zur Kante gebürstet und die Sofakissen in der Mitte so geknickt, dass die Spitzen genau gleich hoch aufragten. Es gab zwei Cocktailsessel, einen Nierentisch und einen Blumenhocker auf Spargelbeinen, dazu Tütenlampen mit Textilkabeln und eine Musiktruhe von »Loewe-Opta«, alles mehr oder weniger neu. In einem verglasten Eckschrank befanden sich ein paar sichtlich unberührte Bücher aus einem Lese-Club, ein halbes Dutzend geblümter »Sammeltassen« und eine Petticoat-Puppe.

Natürlich war ich verwöhnt durch Richards großbürgerliche Räume mit den prunkvollen Kachelöfen und den bunt verglasten Flügeltüren in Kiel, aber dass eine vierköpfige Familie keine fünfzig Quadratmeter zur Verfügung hatte, erschreckte mich doch. Das Ehebett und die Frisierkommode mit dem runden Spiegel im Schlafzimmer standen so, dass man die Türen des Kleiderschranks nicht ganz öffnen konnte, und auch im Kinderzimmer hatten nur ein Wäscheregal, ein Tisch mit Hocker und ein schmales Bett Platz. Die Tagesdecke darauf war sichtlich selbstgehäkelt, mit vereinzelten Brokatfäden, und da auf dem Kissen ein Stapel Bücher lag – Enid Blyton, Karl May, James Fenimore Cooper –, nahm ich an, dass es dem kleinen Wolf gehörte, und fragte: »Und wo schläft Sonja?«

Hinter dem Kopfende lehnte ein Bügelbrett, darüber hing das Bild jenes Schutzengels, der einem Geschwisterpaar über eine verwitterte Brücke half. »Wie, wo schläft Sonja? Hier natürlich«, sagte Elisabeth. »Ihre Seite erkennst du an den Flecken auf dem Laken. Weiß der Teufel, wie die dauernd an die Schokolade kommt und wo sie die bunkert; kaum bin ich nach dem Nachtgebet aus dem Zimmer, schiebt sie sich was in die Backe. Und natürlich gibt sie niemandem was ab und ist noch im Bett der Chef. Wenn sie sagt ›Licht aus!‹, muss ihr Bruder das

Buch weglegen, sonst schreit sie Zeter und Mordio, nur aus Prinzip. Die kann schließlich auch im Hellen schlafen, macht sie tagsüber oft. Einmal hat sie dem Wolf die Ecke ihrer hölzernen Spardose an den Kopf geschlagen, mit voller Wucht, das ganze Kissen voll Blut. Kriegst du ja nicht wieder raus.«
Die Glasscheibe vor dem Schutzengel war immer noch die gesprungene, und als ich erstaunt fragte, wieso die Geschwister denn in dem Alter gemeinsam in einem Bett übernachten müssten, zumal sie so unterschiedlich waren, hob sie das Kinn und straffte die Lippen. Wie früher konnte ich ihre leise Panik spüren, die stets einer Rechtfertigung oder Verteidigung vorausging. »Ja, wieso denn nicht? Sind das etwa Königskinder? Oder bin ich Krösus? Ich hab bis Kriegsende mit fünf Brüdern auf einem Lager aus Strohsäcken geschlafen, das stand hoch auf Ziegelsteinen, wegen der Ratten. Kopf an Fuß an Kopf an Fuß, das ging auch, und wenn es Gerangel oder Gejammer gab, sprang die Tür auf und meine Mutter funkte mit dem Kochlöffel dazwischen. Du glaubst nicht, wie schnell dann wieder Ruhe war. – Da fällt mir ein: Hast du eigentlich Hunger? Der Walter macht Überstunden, kommt erst um halb fünf.«
Bis dahin war es noch eine Weile, und wir gingen in die Küche. Sie hatte Linsensuppe gekocht, einen großen Topf voll, mit Lauch und Mettwurst darin, wie in Missunde, doch aß sie nur wenig, der Galle wegen, wie sie sagte. Neulich, nach einer Kolik, habe ihr der Arzt rohe Schweineleber verordnet, kleingehackt, mit einem Spritzer Zitronensaft, und das wolle sie nicht noch einmal schlucken. Dann fragte sie mich nach meiner Mutter

in dem Altenheim in Felm und was der Aufenthalt dort koste, nach meinem Freund, den sie »deinen Professor« nannte, und wie viel Miete wir für die Wohnung am Hafen zahlten, nach meiner Arbeit und was ich denn so verdiente. Ich war verblüfft: Diese Neugier kam ihr anscheinend nicht zudringlich vor, und als ich ausweichend »Genug« sagte, »wir verdienen genug«, und die Suppe lobte, zog sie verstimmt die Brauen zusammen, als wäre ich nun zudringlich geworden.

Zum Nachtisch gab es einen Vanillepudding mit verdünntem Himbeersirup, und auch davon löffelte sie nur wenig, die brennende Zigarette bereits in der anderen Hand. »Wir müssen das klug anstellen«, sagte sie unvermittelt, »das mit dem Ausgehen heute Abend. Bei uns hängt der Segen momentan etwas schief. Du sagst ihm, dir jucken die Knie, du würdest gerne mal wieder das Tanzbein schwingen, und ob er uns nicht ausführen will, ist schließlich Wochenende. Das macht er garantiert nicht, das kann er gar nicht, denn er muss morgen ganz früh eine Sonderschicht kloppen; denen ist ein Flöz abgesoffen, vier Tote. Wenn er allerdings nicht von selbst sagt, dass wir ohne ihn abschwirren sollen, musst du noch mal nachhaken, hörst du. Dann fragst du, ob er was dagegen hat, wenn ich mit dir komme; das wird er kaum ablehnen.« Sie grinste hinter ihrem Rauch. »Kannst ja scherzhaft sagen, dass du auf mich aufpasst … Und sprich bitte deutlich, er hört etwas schwer in letzter Zeit.«

Offenbar wollte sie nicht bemerken, dass ich irritiert war. Schließlich klang das, was sie sagte, als wäre irgendetwas ausgemacht zwischen uns; dabei hatte ich einen Lokalbesuch am Abend nicht einmal angedeutet. Viel lieber hätte ich mit ihr und ihrem Mann bei einem Glas Bier oder einer Tasse Pfefferminztee auf dem Sofa gesessen und über die alten und neuen Zeiten geredet, ehe ich am nächsten Morgen möglichst früh weiterfuhr, und ich ärgerte mich leise darüber, dass sie mich erneut für ihre kleinen krummen Dinger benutzte.

Nach dem Essen machten wir einen Spaziergang durch die Siedlung, in der die Bäume noch zart waren, mit gekalkten Stämmen, und sich alle Häuser mehr oder weniger glichen. In den Pflasterplatten vor den Türen gab es schlitzartige Aussparungen für die Fahrräder, und in den meisten Fenstern an der Straße hingen diese steifen, akkurat gefältelten Stores, während die zu den Hofseiten oft kahl und manchmal auch schmutzig waren. Hinter den Hecken oder Jägerzäunen blühten kümmerliche Rosen, Rittersporn und Phlox, und in der Luft schwebte der Geruch von verschmortem Gummi, von brennenden Reifen wohl. Ein Flugzeug mit einem grünen Werbebanner – »Männer wie wir … Wicküler Bier!« – zog knatternd seine Kreise über den Dächern.

Elisabeth zeigte mir die Schule der Kinder, die katholische Jakobus-Kirche mit dem separat stehenden Turm und das Gemeindeheim, alles Neubauten voller abwaschbarer Kacheln und Glasbausteinen. Über dem Eingang eines dreistöckigen Gebäudes, das sie Hochhaus nannte, stand »Verkaufsanstalt«, über einem Bungalow in der nächsten Straße »Konsum«, und ein winziger, von zwei »HB-Männchen« flankierter Kiosk an der Ecke hieß »Trinkhalle«. Auf einem Schild an der Scheibe, mit Letraset beschriftet, stand »Kein Kredit!«.

Das Brachland hinter den Häusern reichte bis zur Autobahn am Horizont; auf der Straße dorthin wurde gerade Rollsplitt in den dampfenden Teer gewalzt. Aus dem Gestrüpp, meistens Ginster und Holunder, hörte man Kindergeschrei, Indianergeheul, mit den Lippen erzeugte Schussgeräusche. »Wir leben eigentlich ganz schön hier«, sagte Elisabeth. »Die Knappschaft sorgt dafür, dass die Mieten niedrig bleiben, und vom Frühjahr bis in den Herbst gibt es immer irgendeine Kirmes oder ein Revierfest. Auf dem Sportplatz hatten wir sogar schon mal einen Weltrekord im Dauer-Fahrradfahren, vier Tage oder so. Dicke rohe Steaks hatte sich der Kerl in die Hose geschoben, weil er so wund war. Auch die Gegend ist passabel, sieht man von den Kiesgruben ab, es gibt sogar ein Freibad in der Nähe, und manchmal treiben sie hier Schafe durch, unglaubliche Herden. Wenn nur dieser Mief und der Ruß nicht wären. Weiße Wäsche kannst du bei Wind nicht raushängen, dann ist sie sofort grau.«

Irgendwo wurden Sirenen laut, Testalarm, wie damals noch üblich, und wir bogen wieder in die Flöz-Matthias-Straße. Bei einem Bauern aus dem Umland, der Kartoffeln, Gemüse und Blumen auf dem Anhänger seines Traktors anbot, wollte ich einen Strauß weißer und lachsfarbener Gladiolen für die beiden kaufen, war mir doch erneut aufgefallen, dass es keine Blumen in ihrer Wohnung gab, nur einen Kandelaber-Kaktus auf dem Hocker. Aber Elisabeth schüttelte den Kopf. »Spar dir dein Geld. Ich weiß gar nicht, ob ich eine Vase für so lange Dinger habe.«

Ich kaufte sie trotzdem, sie waren zu schön. Mehr und

mehr Männer auf Fahrrädern kamen durch die Straßen, an den Mittelstangen Taschen, aus denen Thermoskannen ragten, und der eine oder andere klingelte. Dann winkte sie, und als sich einer nach uns umdrehte und dabei ins Wackeln geriet auf seinem Drahtesel, grinste sie herb und drohte ihm mit der Handkante. »Grüß die Gitti!«, rief sie ihm nach und murmelte: »Immer tun sie so, als hätten sie noch Saft in den Knochen, diese Kumpel, und fangen schon beim Fernsehen an zu schnarchen … Du glaubst nicht, was das für großmäulige Männer sind.«

Wir trafen gleichzeitig mit Walter vor dem Haus ein. Er schob sein Rad, ein schweres schwarzes mit der Aufschrift »Vaterland«, in den Schlitz der Bodenplatte, zog sich die Hosenklammern von den Säumen und steckte sie in die Brusttasche seiner Jacke. Sorgsam sah das aus, wie Teil eines Rituals, und als er sich nach uns umdrehte, stockte mir der Atem, und ich blieb, noch auf dem Gehweg, stehen. »Hallo!«, sagte ich mit belegter Stimme und hoffte schon, die beiden würden das Reflexhafte meines Lächelns nicht bemerken. Die schilfigen Stängel der Gladiolen in meinem Arm knirschten leise, als ich sie enger umfasste. »Lange nicht gesehen.«
Mit gespreizten Fingern strich er sich die Haare zurück. Die waren immer noch dicht und stark, ohne eine Spur von Grau, aber neben seiner hageren Gestalt überraschte, ja bestürzte mich die leicht gebückte Haltung sowie die eigenartige Blässe des Mannes. Kein Hauch mehr von der Wind-und-Wetter-Farbe auf den norddeutschen

Wiesen, die er sogar noch gehabt hatte, wenn ihn Sorgen oder Magenschmerzen plagten; vielmehr erinnerte die Haut an das gelbliche Gras, das man unter Steinen findet. Kantig standen die Jochbeine vor, die Wangen waren eingefallen, fast hohl, und der einst so schwungvolle Mund farblos und schmal. Kaum mehr sichtbar auch die Mulde an seinem Kinn, es war nur noch spitz, und er reichte mir eine Hand voller schwärzlicher Narben. »Hast du uns also gefunden«, sagte er und drückte fest zu. »Gut siehst du aus. Eine richtige Dame.«

Angesichts der knochigen Schultern unter der Windjacke musste ich an die Bergleute auf ihren Fahrrädern denken, denen wir gerade begegnet waren – es hatte keinen dicken oder auch nur übergewichtigen unter ihnen gegeben, alle waren drahtig gewesen, nahezu dürr. Unter den tiefhängenden Gesteinsplatten und im Stützengewirr der engen Flöze musste man wohl schlank und wendig sein, bildete ich mir ein – und ahnte doch, dass es einfach die harte Arbeit in der schlechten Luft war, die die Männer so auszehrte. Grinsend zeigte er auf die Gladiolen. »Hast du mir Blumen mitgebracht?«

Auch seine Stimme hatte sich verändert; das kraftvoll Sanfte, das Samtige darin, das seine Tiere einst vertrauensvoll herantrotten ließ und mit dem er sie in der Angst oder im Schmerz zu beruhigen wusste, war verschwunden. Heiserer kam sie mir vor, zerkratzt von Steinstaub oder Ruß, und eine neue Härte war darin, etwas Metallisches, wie es wohl entsteht, wenn man in tausend Metern lichtloser Tiefe gegen Presslufthämmer und Maschinen anbrüllt.

Nur an seinen Augen erkannte ich ihn wirklich wieder,

und sie waren es auch, die mir die innere, einst so geliebte Wahrheit dieses Mannes ins Gedächtnis riefen. Abgesehen davon, dass das Grün in dem reinweißen Umfeld etwas dunkler geworden war unter Tage, wirkten sie durch den feinen Kohlenstaub, der ihm nicht nur in die Schrammen und Narben, sondern auch in die Lidränder eingewachsen war, beinahe wie geschminkt, wie mit dem Kajalstift nachgezogen und unterstrichen, was ich immer als seinen Eros empfunden hatte. Er war einfach erschütternd schön.

Doch der Eindruck erlosch bereits wieder, als er vor uns die steile Treppe hinaufstieg, sich buchstäblich hochzog an dem rotbraunen Handlauf. Schwerfällig ging er durchs Wohnzimmer mit seinem deutlich gekrümmten, fast buckeligen Rücken, der den Saum der Jacke frei baumeln ließ, und als er im Bad war – er schloss sich ein, wie ich hörte –, mochte ich meine Bestürzung nicht mehr für mich behalten. »Um Gottes willen!«, flüsterte ich, während Elisabeth die Suppe auf den Herd stellte und eine Flasche Milch aus dem Kühlschrank nahm. »Wie sieht denn dein Mann aus, sag mal! Ist er gesund? Ich hätte ihn ja fast nicht wiedererkannt, so ausgemergelt. Warum lässt du ihn nur in dieser furchtbaren Zeche schuften? Keine Stunde würde ich ihn da runterschicken! Nicht einen Tag!«

Natürlich sah ich sofort, dass ich eine Grenze überschritten hatte, aber ich konnte nicht anders, und Elisabeth musterte mich denn auch kurz aus den Lidwinkeln und fuhr sich mit der Zunge über die Zähne, während sie die Goldfolie von der Flasche zog. Damals wurde die Milch noch nicht homogenisiert, und sie schüttete

den Rahm, einen Pfropf, in den Ausguss. »Wieso, was meinst du?«, fragte sie scheinbar verständnislos. »Das bringt doch gutes Geld, mit all den Gefahrenzulagen. Und arbeiten müssen wir schließlich alle …« Dann schnitt sie eine Scheibe Brot vom Laib. »Apropos, ich sollte mir noch ein Kleid für heute Abend bügeln.«
Während sie das Brett neben dem Fernseher aufstellte, kam Walter aus dem Bad, und ich setzte mich zu ihm an den kleinen Küchentisch, was ihn möglicherweise etwas beengte, denn er sagte nichts, kein Wort. Er schöpfte sich Suppe auf den Teller und verrührte ein paar Spritzer »Maggi« darin. Aber als er mich anlächelte, wobei er kurz einmal die Lider schloss, wurde mir klar, dass er viel zu müde war, um verlegen zu sein, und ich sah eine Weile aus dem Fenster, auf die soeben gemähten Felder, die sich bis zu den Kohlehalden erstreckten. »Schau an«, sagte ich endlich, um irgendwie ein Gespräch zu beginnen, »auch hier hat man also einen weiten Blick. Wie nennt man noch mal diese zusammengestellten Garben? Diemen oder Triste?«
Mit zitternden Fingern zerriss er die Brotscheibe und brockte sie in die Suppe. Mehrere Taubenschwärme kreisten über den Dächern der Nachbarhäuser, ihre Schatten flatterten durch die Küche, und sein Atemholen klang seufzend, als wäre selbst die Höflichkeit eine Mühe. »Du kannst beides sagen«, murmelte er, aß einen Löffel und fragte schließlich, was man eben fragt, wenn man sich lange nicht gesehen hat: Wie war die Fahrt gewesen, was machte die Arbeit, wie ging es dem Mann, wann musste ich wieder nach Kiel und so weiter.
Während ich antwortete, sah er kaum auf von seinem

Teller, nickte nur ab und zu, und wieder erinnerten mich seine malmenden Kiefer und die zuckenden Schläfenknochen an Jüppgen, das gutmütige Pferd in Missunde. Über die Zeit auf dem Hof sprachen wir natürlich kein Wort, genauso wenig wie über die anschließende Arbeit in Ovelgönne, aber je länger ich ihn anblickte, desto weniger mochte ich glauben, was Elisabeth mir geschrieben hatte: dass er zufrieden war in diesem Kohlenpott, glücklich gar. All den Radfahrern vorhin war anzusehen gewesen, dass niemand wirklich hierhergehörte und freiwillig diese Arbeit machte, und als ich wissen wollte, ob er sich manchmal nach Norddeutschland zurücksehne, nach dem Himmel über den Reetdächern und den Buchenwäldern, stieß er denn auch etwas Luft durch die Nase und sagte: »Na ja, schon. Was glaubst denn du. Aber die Sehnsucht ernährt keine Kinder, stimmt's?«

Nur mit Mühe verbarg er seinen Verdruss darüber, dass ich in ihm wachrief, was er täglich in den Flözen begrub, und ich erschrak über meine mangelnde Einfühlsamkeit und erkundigte mich rasch nach seiner Arbeit unter Tage und den Aufgaben als »Rutschenmann«. Da murmelte Elisabeth aus dem Nebenzimmer: »O Gott, was machst du! Jetzt quasselt er ohne Ende!«

Walter hatte das nicht gehört; offenbar gab es also wirklich Probleme mit seinen Ohren, und so zögerlich er bislang gesprochen hatte, so fließend gingen ihm plötzlich Begriffe aus der Bergbauwelt über die Lippen. Für den Abraumpanzer sei er momentan verantwortlich, sagte er und erläuterte mir noch, was ein Kettenhobel und eine Tunnelfräse ist, ehe er so selbstverständlich, als wäre ich vom Fach, von Lichtlöchern, Bewetterungen und

Gezähe sprach, vom Drainieren, Durchbrechen und Schießen, von Steigern, Obersteigern und Zimmerlingen, vom Abteufen und Auskeilen, und erst als ich im Bemühen um Verständnis kurz einmal die Stirn runzelte, wurde ihm wieder bewusst, dass mir diese Welt und ihr Vokabular fremd waren. Er unterbrach sich mit einem Schnalzen, als hätte er etwas zwischen den Zähnen, und zog eine »Chesterfield« aus dem zerdrückten Päckchen hervor. Seine Fingernägel waren rissig und voller schwarzblauer Flecken.

»Ich wäre auch fast mal nach Italien gekommen«, murmelte er und stieß den Rauch durch die Nase. »Vor zwanzig Jahren, als Fahrer bei der Waffen-SS. Aber dann wurde der Befehl geändert, und ich bin in Slowenien und Kroatien gelandet. Auch schöne Länder, nette Leute … Und dein Mann lässt dich ganz alleine reisen?«

Nach wie vor hatte die Stille nebenan gespitzte Ohren, und nun klappte Elisabeth das Bügelbrett zusammen, ließ die Mechanik – ich hatte ein ähnliches zu Hause – absichtlich krachen und rief: »So ist das eben in der modernen Zeit, die Ansichten haben sich geändert. Auch wenn es dir und deinen Kumpels nicht passt: Wir sind nicht nur zum Putzen, Kochen und für was anderes gut, wir wollen uns auch mal amüsieren – wenn es sein muss, ohne euch.« Und weil sie wohl ahnte, dass ich es nicht angesprochen hätte, fügte sie mit unwirscher Sachlichkeit hinzu: »Übrigens möchte Luisa heute Abend gern tanzen gehen, und ich soll sie begleiten. Was dagegen?«

Schon wieder halb zurückgezogen in sein Schweigen, lächelte er müde, mit einem Ausdruck heiterer Resignation, denn natürlich durchschaute er ihr Manöver, das sogar mir peinlich war. Wie schon in Missunde blies er den Rauch an seinem Kinn hinunter, um mich nicht damit zu belästigen, und einmal mehr kam er mir vor wie ein Mensch, der weiser war, als er wusste, auf jeden Fall weiser als die eigene Sprache, die vor allem Taktischen, Berechnenden oder Falschen verstummte. Er drückte die Kippe aus, sah mich verlegen an und murmelte: »Ich meinte ja nur, ob er keine Angst um dich hat …« Dann trank er einen Schluck Milch aus der Flasche, schob seinen Stuhl zurück und stellte den Teller in die Spüle. »Na, macht, was ihr wollt. Ich leg mich erst mal 'ne Stunde hin.«

Während Elisabeth im Bad zu tun hatte, setzte ich mich aufs Sofa und stellte den Fernseher an. Wir hatten keinen in Kiel, Richard wollte so eine Flimmerkiste, wie man damals sagte, nicht in der Wohnung haben. Für ihn stellte das nur eine Folgetechnik des Volksempfängers mit bebilderter Propaganda dar, schwarz-weiß in mehrfachem Sinn. Und tatsächlich war es so, dass man sich viele der Reporter und Moderatoren mit dem Birkenwasser in den gestrählten Haaren zu gut in Uniform vorstellen konnte und ihnen jedenfalls immer noch eine finstere Zeit anhörte: Natürlich pflegten sie nicht mehr den scharfkantigen Ton der Wochenschauen und rollten auch kein R mehr wie im Krieg; aber in der steifoffiziellen, fast geometrischen Sprachführung, ob es nun den Warschauer »Pakt« oder die Erfindung der Spanplatte betraf, klang unterschwellig an, dass sie es jederzeit wieder tun könnten und würden, sollte es opportun sein.

Später, nachdem auch die Kinder ihre Suppe gegessen hatten, öffnete Elisabeth die Schlafzimmertür und ging auf Zehenspitzen zu ihrer Kommode, um sich zurechtzumachen. Der Wellensittich in der Küche hackte stumm auf sein Spiegelbild ein, und Wolf kniete auf dem Teppich und blätterte in den zerlesenen Büchern, die ich mitgebracht hatte: »Don Quichotte, nacherzählt von Erich Kästner«, »Timm Thaler oder Das verkaufte Lachen«, »Brennende Steppe« und andere. Besonders die Bände von Karl May und Enid Blyton kannte er fast alle, wollte sie aber trotzdem gern behalten, zum Tauschen, wie er sagte. Hier und da hatte er eine schadhafte Lasur bereits mit Klebeband geflickt.

Für Sonja waren ein paar Bilderbücher dabei, die sie aber kaum interessierten. Einen Drops im Mund, schmiegte sie sich an mich und schaute mit mir »Hier und Heute«, eine Regionalsendung, die von Werner Höfer moderiert wurde, auch er ein Mann mit dunkler Vergangenheit, wie jeder wusste, ohne dass es zur Sprache kam. Wegen der spaltbreit offenen Tür hatte ich den Ton des Fernsehers sehr leise gestellt, so dass ich hin und wieder die Geräusche hörte, die Elisabeth im Schein der Spiegellampe machte, das Klicken und Klacken von Scheren, Fläschchen oder Sticks auf der Frisierkommode – mein Gott, gibt's heute noch Frisierkommoden –, das Sprühen aus Haarspraydosen oder Flakons. Doch schien Walter das nicht zu stören; einen Arm über die Augen gelegt, schlief er fest.

Der Wetterbericht wurde gesendet, ohne dass ich besonders darauf achtete. Gedankenverloren kraulte ich Sonja den Nacken und sie hob den Kopf und sah mich an. Das Fehlen der Rinne zwischen Nase und Oberlippe gab dem Gesicht etwas Puppenhaftes, und obwohl das linke Auge im Umriss kaum noch größer war als das andere, wirkte es natürlich so durch die Pupille und die Iris, die es nach wie vor ganz ausfüllten. Ich konnte mir vorstellen, wie die anderen Kinder sie deswegen hänselten; »Schleiereule« und »Hasenohr«, hatte Elisabeth mir einmal geschrieben, seien die am meisten gebrauchten Schimpfwörter. Doch wisse sie sich zu wehren, sei eine kleine Rabaukin, und laut schlürfend sog sie ihren Bonbon-Speichel ein und fragte: »Tante Luisa, wollen wir knuckeln?«

Ich hob die Schultern, wusste nicht, was das sein sollte, und sie drückte mir einen Zeigefinger auf die Nasenspitze und vollführte sanft kreisende Bewegungen, so dass der Knorpel dort leise knackte; das war knuckeln. Ich musste lachen, und während ich mich über sie neigte und es bei ihr machte – sie schloss vor Behagen die Lider –, setzte sich auch Wolf zu uns auf die Couch, auf ihre Kante nur, mit einem kleinen Abstand. Die Hände zwischen den nackten Knien, auf denen Grasflecken waren, blickte er auf den Fernseher und lächelte scheu, als ich ihm den Arm um die Schultern legte und ihn ebenfalls an mich zog. Da aber drehte Sonja den Kopf und sagte: »He, hier ist mein Platz! Geh auf deinen Sessel!«

Sie langte an mir vorbei, wollte ihn wegstoßen, doch Wolf neigte sich zur Seite, um aus ihrer Reichweite zu kommen, verschränkte die Arme vor der Brust. »Ich kann sitzen, wo ich will«, antwortete er, »ich wohn auch hier.« Dabei blickte er allerdings rasch zur Schlafzimmertür, was mir ängstlich vorkam, als wäre diese leise Unstimmigkeit schon etwas, für das er bestraft werden könnte. Erneut wirkte das freie und heitere Kind von einst seltsam bedrückt auf mich, von steter Vorsicht überschattet, und dann rutschte er tatsächlich vom Sofa, widmete sich wieder der Lektüre auf dem Boden, und scheinbar zufrieden schmiegte Sonja sich an mich. Im Fernsehen lief Werbung.

»Wie das Wetter auch wird, für unser Klima: Medima! Medima!« – sie konnte das mitsingen. Doch während ihr Bruder in den aussortierten Bilderbüchern voller Kakao-Flecken oder buntem Gekrakel blätterte, die ich für sie, die Jüngere, mitgebracht hatte, blickte sie mehrmals aus dem Lidwinkel zu ihm hin. Das Bonbon krachte zwischen ihren Zähnen, und nachdem ein neues in ihrem Mund verschwunden war, ein Himbeerdrops aus einer kleinen spitzen Tüte, aus der sie niemandem etwas anbot, hob sie das Kinn und sagte: »He, lass die Bücher liegen, das sind meine! Die hat Tante Luisa mir geschenkt!«

Wolf stieß etwas Luft durch die Nase, was wohl spöttisch klingen sollte. »Als ob ich das nicht wüsste!«, antwortete er. »Ich will sie ja auch gar nicht haben. Die sind für Kleine …«

Seine Schwester schob die Tüte in ihre Hosentasche zurück und setzte sich auf. »Na, dann ist ja gut.« Nichts Kindliches war mehr in der rauen Stimme. »Dann nimm gefälligst die Finger weg, du Idiot, sonst ist hier Polacken-Flachrennen, klar? Du hast deine eigenen!«

Ich erschrak, und als ich sie fragte, ob sie wisse, was sie

da gerade gesagt habe, was das furchtbare, aus dem Krieg stammende Wort bedeute, zuckte sie mit den Schultern, klappte verlegen ihr Ohr um und senkte den Blick. »Na, Dresche, oder?«

Ich schüttelte den Kopf. Wolf dagegen schien sie gar nicht weiter zu beachten, vertiefte sich in die kurzen, meistens groß gedruckten Texte für Kinder bis acht und bewegte die Lippen, während er las. Aber dann sagte er leise: »Der Idiot bist wohl du!« – was seine Schwester so blitzartig hochfahren und auf die bedruckte Seite treten ließ, dass ich die Vorstellung von einem zähnebleckenden, direkt aus den Illustrationen hervorspringenden Kobold hatte. Mit beiden Händen griff sie dem Knienden in die Haare, um ihn von ihren Büchern wegzureißen, und stieß dabei ein Ächzen hervor, das wohl eher ein gepresster, nach innen gerichteter Wutschrei war. Ihr Kopf wurde rot.

Und fast noch mehr als dieser Ausbruch verblüffte mich, dass der größere Wolf sich kaum wehrte. Die Lider zusammengekniffen vor Schmerzen, umklammerte er die zarten Handgelenke der Schwester, um ihren Griff zu lockern, wobei sein leises Wimmern klang, als wollte auch er keinesfalls von den Eltern gehört werden. Doch Elisabeth, die ein Etuikleid mit marineblauem Rock und weißem Oberteil trug, schloss in dem Moment die Schlafzimmertür, und unter ihren gerunzelten Brauen wirkten die Augen plötzlich schwarz. Sie schnalzte verärgert, kam mit hämmernden Absätzen um den Tisch.

Damit ihre frisch lackierten Nägel nicht litten, griff sie mit der Kehlung zwischen Daumen und Zeigefinger nach Sonjas rechtem Arm, riss sie von ihrem Bruder fort und sagte durch die zusammengedrückten Zähne: »Es reicht langsam, du Satansbraten!« Die Füßchen in den gestopften Socken schwebten noch über dem Boden, als sie der Kleinen mehrmals so hart auf den Hintern schlug, dass ihr der Drops aus dem Mund auf den Teppich fiel. »Kannst du nicht endlich mal Frieden geben? Ihr räumt jetzt euren Krempel hier weg und geht euch die Zähne putzen, und dann ab ins Bett! In fünf Minuten will ich keinen Mucks mehr hören.«

Ich starrte sie an, und obwohl mir ihre Reaktion völlig übertrieben vorkam, wagte ich nichts zu sagen; die Wut in ihrem Gesicht sah seltsam virulent aus. Andererseits war auch etwas Gespieltes darin, als wäre ihr die Szene ein willkommener Anlass, um die Kinder rascher ins Bett zu kriegen. Schon musterte sie wieder ihre Fingernägel, hauchte sie an, und Wolf stand auf, nahm das Bonbon vom Boden und legte es auf den Rand eines Aschenbechers. Dann stapelte er die Bücher und wünschte mir eine gute Nacht.

Die kleine Sonja dagegen blieb reglos zwischen Tisch und Sessel stehen und verzog das Gesicht zu einer Grimasse des Entsetzens, wie sie bei gekränkten Kindern oft vor dem lauten Losweinen zu sehen ist, und ich schaltete den Fernseher ab, beugte mich vor und strich ihr tröstend übers Haar. Aber das Schreien blieb aus, keine Träne floss über die plötzlich grauen, nahezu olivfarbenen Wangen: Ihre Knie begannen zu zittern, der Mund zuckte, und die Augen drehten sich unter die Lider, so dass in dem einen nur noch Weißes zu sehen war. Immer wieder nickend, ließ sie unverständliche, wie im Traum ausgestoßene Laute hören, ein kehliges Gemurmel, bei dem sie die Zunge gegen den Gaumen zu drücken schien. Dann verdunkelte sich der Khaki-Stoff und Urin tropfte ihr aus der kurzen Hose, lief in ihre Strümpfe, und stöhnend griff Elisabeth ihr unter die Achseln und trug sie aus dem Raum. »Die will mich bestrafen«, rief sie aus dem Bad. »Das macht die extra. Hat schon wieder ihre Tabletten ausgespuckt. Nicht eine Stunde Vergnügen darf ich haben.«

Später, nachdem die Kinder im Bett waren und ich mir ein schlichtes sandfarbenes Leinenkleid mit braunem Gürtel angezogen und die Haare im Nacken zusammengesteckt hatte, belegte sie noch rasch zwei Scheiben Brot mit Jagdwurst und aufgefächerten Cornichons für Walter. Der kam gerade aus dem Schlafzimmer, gähnend, und sie stellte ihm eine Flasche Bier auf den Nierentisch, schaltete den Fernseher wieder an, ein Fußballspiel, und verabschiedete sich mit einem Luftkuss. »Lass mir die Wohnung nicht verkommen«, sagte sie im Hinausgehen und lief beschwingt die Treppe hinunter. Sie flötete dabei, aber ich folgte ihr nicht gleich.

In der Tür blieb ich stehen und winkte zaghaft, das heißt, ich kraulte mit den Fingern die Luft, und er stutzte. Nun erst fiel ihm wohl ein, dass wir uns am nächsten Tag kaum wiedersehen würden, musste er doch früh auf diese Sonderschicht. Er zog sich den Gürtel seines blau und rot gestreiften Morgenmantels fest, kam um den Sessel herum und gab mir überraschend sanft, fast vorsichtig die Hand. Dennoch oder gerade deswegen fühlte ich alle Schwielen. »Fahr nicht zu schnell«, sagte er. »Und pass auf, was du isst. Ich glaube, diese Italiener kochen höllisch scharf, mit viel zu viel Öl. Der Matzitzek, mein

Steiger, der war auch mal da und hatte dauernd Durchfall.«
Ich lächelte ihn an. »Keine Angst. Nach Italien nehme ich immer ein paar Dosen Ravioli mit«, sagte ich zwinkernd, und er nickte zufrieden, als wäre das kein Witz. Obwohl er wegzucken wollte, hielt ich seine Hand fest und küsste ihm nah am Mundwinkel die Wange.

Im Auto öffnete ich das Verdeck und reichte Elisabeth ein Tuch für ihre frisch frisierten Haare. Wir fuhren auf der schnurgeraden Dorstener Straße Richtung Bottrop; das Förderrad im Turm der Zeche begann sich zu drehen, und ein Schwarm Krähen stob aus den Speichen hervor. Summend befestigte sie eine kleine blaue Schleife an einem Druckknopf unter ihrem Busen, neigte den Kopf zur Seite und hielt das Gesicht einen Moment lang in den Fahrtwind. Dann steckte sie sich eine Zigarette an.
Nicht einmal fünf Minuten dauerte die Fahrt, dann dirigierte sie mich auf einen Parkplatz aus gewalztem Schotter neben der Straße. »Im Schälking« hieß das Lokal, zu dem er gehörte, ein gelb-rotes Transparent leuchtete auf dem Dach einer Baracke mit Anbauten, und ich stellte den Motor aus. Musik war zu hören, eine Hammondorgel, ein Saxophon, ein schepperndes Schlagzeug, und schien widerzuhallen aus dem angrenzenden Wald, aber Elisabeth blieb sitzen, wollte erst noch zu Ende rauchen.
Einen Ellbogen auf der Tür, die Beine übereinandergeschlagen, sah sie mich nachdenklich an, und das melancholische Wohlwollen in ihrer Miene ließ sie plötzlich

sehr elegant und souverän erscheinen. Schmunzelnd beugte sie sich vor, griff nach den Bügeln meiner Brille und zog sie mir behutsam aus dem Gesicht. »Trägst du eigentlich nie Schmuck?«

»Selten«, antwortete ich. »Manchmal das Granat-Armband meiner Oma oder Papas Ehering an einem Kettchen. Wieso?«

»Nur so«, erwiderte sie und klappte das Gestell zusammen, legte es auf das Armaturenbrett. »Eigentlich hast du auch keinen nötig bei deiner Schönheit, mit dem Haar. Das schimmert ja schon wie eine Krone. Nur diese Katzenaugen würde ich weglassen. ›Mein letzter Wille, Frau mit Brille‹, kennst du das nicht? Und eine Spur Lippenstift täte deiner Blässe gut …«

Sie hob den Arm und ließ die Kippe auf den Parkplatz fallen. Damals rasierten Frauen sich noch nicht die Achseln, nicht in Deutschland und erst recht nicht in Arbeiterkreisen, und sie griff in ihre schmale Kuvert-Tasche und sprühte etwas »Tosca« von »4711« auf das tiefschwarze Oval. Dann räusperte sie sich, blickte in den Abendhimmel, in dem ein Zeppelin mit der Aufschrift »Good Year« nach Westen flog, und murmelte: »Na siehst du, nun bin ich hier gelandet. Aus dem Stallmist in den Ruß, vom platten Land in die Kohlengrube. Man kommt nicht raus aus seinem Leben, oder?«

Ich wusste nichts zu sagen, und sie lächelte mich an. »Na ja, was soll's, wir müssen alle unser Kreuz tragen. Hab ich dir eigentlich schon mal die Geschichte von Wölfchens Vollbad im Winter in Ovelgönne erzählt? Nicht? Drei oder vier mag er gewesen sein, Walter war beim Morgenmelken im Stall, und ich heizte den Kessel für den Kälberbrei an, da kommt der Bauer und sagt: ›Wenn ihr euren Jungen sucht, der sitzt da hinten in der Grube.‹ Es war immer so kalt in unserer Nissenhütte, der Kanonenofen hielt die Wärme nicht über Nacht, und da ist der Kleine wach geworden und im Schlafanzug über die Weide gestolpert, barfuß. Es war noch dunkel, aber auf dem Hof brannten Laternen, und er sieht die kniehoch ummauerte Jauchegrube, die natürlich dampft im Frühfrost, und denkt wohl, das ist ein warmes Bad. Also stapft er da hinein, setzt sich hin und wäscht sich quietschvergnügt den Kopf mit der braunen Brühe, die ja tatsächlich eine gewisse Temperatur hat wegen der Gärung und jedenfalls wärmer war als unser Kabuff. Bis zur Brust reichte sie ihm, und weißt du, was ich bei allem Schrecken und Entsetzen gedacht hab: Ja, das ist unser Leben. Wir sitzen in der Jauche, wir waschen uns mit Jauche, und wir riechen wie Jauche, und so wird es immer sein …«

Sie hob den anderen Arm, besprühte die Achsel und bot auch mir von dem Parfüm an, dessen billige Intensität mich etwas abstieß. Ich schüttelte den Kopf, und wieder musterte sie mich nachdenklich, strich mir ein paar Haare hinters Ohr. »Ach Mensch, was hätte nicht alles werden können ohne diesen ollen Krieg. Ich war gar nicht so schlecht in der Mittelschule, vielleicht hätte es für eine Dolmetscherin gereicht, da wäre man ein bisschen rumgekommen. Oder für irgendwas mit Mode, das Nähen ging mir immer so leicht von der Hand, und ein bisschen Geschmack hatte ich auch …« Sie räusperte sich. »Darf ich dich mal was fragen? Was Vertrauliches? Du kannst ruhig ehrlich sein, hörst du. Diese eleganten Ohrstecker

damals, diese goldenen mit den Perlen, du erinnerst dich, oder? Glaubst du eigentlich auch, dass ich die gestohlen hab?«
Sie steckte den Flacon in die Tasche und zog eines ihrer weißen Tücher mit gehäkeltem Rand hervor, und da ich nicht antwortete, nur vage die Schultern hob, murmelte sie: »Natürlich glaubst du das. Musst du ja, nach allem, was du weißt – oder nicht weißt. Diese verkniffene Gutbesitzerin hatte mich natürlich auf dem Kieker, die wusste, wie ihr Mann mich ansah, und war froh, mich loszuwerden. Aber es stimmt nicht, ich hab ihre Perlen nicht mitgehen lassen. Ich mag ja manchmal ein Aas sein, verlogen und alles, aber klauen ... So was würde ich nicht tun. Die hatte ich von ihm.«
In dem Moment setzte die Musik aus, man hörte Pfiffe in der grün gestrichenen Baracke und einen spärlichen Applaus, und ich runzelte die Stirn. »Von ihm? Wen meinst du?«, fragte ich, während sie sich die Nase putzte und sorgsam darauf achtete, mit dem Tuch nicht an die roten Lippen zu kommen. Dabei schnäuzte sie sich wie ein Mann.
»Na, wen werd ich schon meinen. Diesen Henner natürlich, den Chef auf dem Gut, Henner Pauly.« Sie grinste bitter, schüttelte den Kopf. »Das kann man sich nicht ausdenken: Ein Kerl verschenkt die Ohrringe seiner Frau, hast du so was schon mal gehört? Was wird das für eine Ehe gewesen sein. Aber der war von Anfang an nur scharf auf ihren Grundbesitz, und als die Sache ans Licht kam, musste er natürlich auf ihrer Seite stehen und so tun, als wäre ich eine gemeine Diebin – sonst hätte sie ihn zum Teufel gejagt ... Da steckte ich in mei-

nem Dilemma und konnte keinem was sagen, schon gar nicht dem Walter. Wer hätte mir denn geglaubt. Das war vielleicht ein raffinierter Fuchs.«

Ich verstand sie nicht und wollte sie schon bitten, sich deutlicher auszudrücken, als ein Auto neben uns hielt und sie lächelnd den Arm hochriss. »Na guck an, haben wir doch wieder einen Schatz gefunden«, murmelte sie und winkte. »Das Blondchen da auf dem Beifahrersitz, das ist die Nanni Brüggemeier, meine beste Freundin. Warte mal einen Moment …« Rasch stieg sie aus, ging zu dem Wagen hinüber, einem alten Opel Kapitän mit einem Kühlergrill, der wie ein Zähneblecken aussah, und steckte den Kopf in das Seitenfenster. Erfreutes Kreischen war zu hören, und ich blickte in meinen Rückspiegel, steckte die vom Fahrtwind gelöste Strähne fest und setzte die Brille wieder auf.

Dann schloss ich das Verdeck, und Elisabeth machte uns bekannt. Nanni Brüggemeier, klein, rundlich, mit weißblond getönten, an den Wurzeln dunkel ausgewachsenen Haaren, lächelte mich an. »Ach, Sie sind das! Die Akademikerin, stimmt's? Dann kenn ich jetzt schon zwei. Wer hätte gedacht, dass eine Putze bei Krupp so einen Umgang hat. Hier, der Zbigniew, der war nämlich auch auf der Universität.« Ein hagerer, freundlich blickender Mann, gut einen Kopf größer als sie, gab mir die Hand, und sie fragte: »Was hast du noch mal studiert?« Doch ehe er antworten konnte, winkte sie ab und sagte: »Aber nur in Krakau … Hier fährt er Koks.«

Nachsichtig schmunzelnd rückte er sich den winzigen Krawattenknoten zurecht und öffnete uns die Tür. Das Lokal, in dem die Gäste am Tresen und an den Spiel-

automaten die Köpfe drehten, war auf den ersten Blick nichts anderes als eine rauchverhangene Kaschemme mit Mannschaftsfotos und gerahmten Zielscheiben von Schützenfesten an den Wänden. Auf den Tischen schimmerten die klebrigen Glasränder im letzten Tageslicht, das durch die Butzenscheiben fiel, und unter der Decke, an einem dick verstaubten Fischernetz, hingen Pappen in Schweinsform, die für Würstchen, Kartoffelpuffer oder Hackepeter-Brötchen warben. Pokale und andere goldfarbene Trophäen waren auf einem Regalbrett aneinandergereiht, und Elisabeth ließ ihre Absätze kratzen und nickte dem Mann hinter den Zapfhähnen zu, einem dicken Glatzkopf in Lederschürze. »Glück auf, du alter Grubengaul!«, sagte sie. »Heute wird Kohle gemacht, da könntest du ruhig ein bisschen freundlicher gucken. Vier Fiffis und eine Schachtel ›Juno Filter‹ hätten wir gern, aber heute noch!«
Neben der Kasse stand ein großes Glas voller Soleier, an der Musikbox neben der Tür hing ein Zettel mit der Aufschrift »Defeckt«, und der Mann zündete sich eine Zigarre an und fragte mit leicht blasierter Miene: »Haben Sie reserviert?«
Dann zwinkerte er und nahm eine Flasche Weinbrand aus dem Regal. »Hör mal, Liesel, wirst du uns untreu? Wo warst 'n du so lange? Letzten Samstag hat der Du-weißt-schon nach dir gefragt. Zweimal sogar.«
Sie schob die Unterlippe vor, blies sich etwas Luft zur Stirn, obwohl da überhaupt keine Haare hingen, und sagte: »Ach, hat er? Na, da lassen wir ihn noch ein bisschen zappeln, oder? Bestell ihm mal Grüße von seiner Du-kannst-mich!«

Dann griff sie nach meiner Hand und zog mich an einem Billardtisch voller Brandlöcher vorbei zu einer Pendeltür, an der »Hacki und die Trend-Boys« stand, »Internationale Tanzmusik«. Sie war gepolstert, und dahinter befand sich ein großer, bis in den letzten Winkel rot ausgeleuchteter Saal, dessen Deckenplatten aus Sperrholz oder Pappe hier und da durchhingen und dessen Fenster mit Tapeten überklebt waren, ein weinberanktes Ziegelmuster. Auf jedem der unzähligen runden Tische brannte eine kleine Lampe mit nummeriertem Pergamentschirm und warf einen bernsteinfarbenen Schein auf die Flaschen und Gläser der Gäste, auf die Hände mit den Zigaretten. Ausgestopfte Eulen, Marder und ein Waschbär standen auf den Simsen längs der Wände, und einige Hirschgeweihe waren mit Sakkos und Taschen behängt.

Ein Greis an einem Stehpult kassierte den Eintritt, fünf Mark. Dafür bekam jeder Gast einen Bon für ein Freigetränk und einen Stempel, den Elisabeth sich auf das innere Handgelenk drücken ließ. Neben der Tanzfläche, über der sich eine Spiegelkugel drehte, waren mehrere Tische zusammengerückt worden, und offenbar hatte man gerade gegessen. Knochen und zerknüllte Servietten häuften sich auf den Tellern, ein Mann winkte mit einem angenagten Hühnerbein, mehrere Frauen drehten sich nach uns um. »Liesel!«, schrie eine Hochtoupierte mit schriller Stimme und stieß ihr Glas so abrupt in die Höhe, dass Sekt herausschwappte. »Ich piss mich ein! Du lebst noch?«

Sogleich hielt sie sich eine Hand vor den Mund, lächelte aber hinter den Fingern, und auf der Bühne mit den silberweiß glänzenden Mikrofonständern setzte die Hammondorgel wieder ein, das Schlagzeug schepperte los, und das Saxophon folgte ihm wie eine watschelnde Gans. Völlig übersteuert die Anlage in dem rotglühenden Saal, vor lauter Hall war nicht zu verstehen, was ein dicker Gitarrist in einem Glitzer-Sakko sang, dennoch klatschten die Frauen und Männer mit, und Elisabeth reichte mir ihre Handtasche, hob fingerschnippend die Arme und machte ein paar anmutige, von einem kleinen Hüftschwung begleitete Tanzschritte auf ihre Freunde zu, strahlend.

Die Wände der mannshohen Gräben, von Gestrüpp überhangen, waren vereist, und sie sah die Wurzeln, Steine und Mausnester in der Erde wie unter Glas. Ihr Bauch schmerzte, als der Mann sie anhob, sein langer Bart kitzelte im Gesicht. Schwer atmend trug er sie über die schneebedeckten Toten, die in allen möglichen Verrenkungen auf dem Boden des Laufgrabens lagen. Zum Teil waren sie in Pfützen eingefroren, und wenn er auf einen trat, was sich nicht immer vermeiden ließ, murmelte er etwas, das wie eine Entschuldigung klang. »Towarischtsch«, das wusste sie, heißt Kamerad.
Über ihnen Fetzen blauen Himmels, und die Granathülsen, gegen die er auf seinem Weg stieß, klapperten wie leere Dosen. Sein gelbgrüner Uniformmantel war rau, an der Schulter zerrissen, und die Binde mit dem roten Kreuz am Ärmel befleckt von altem Blut. Durch den Stoff hindurch konnte sie knochige Arme fühlen, und sah sie hoch in das Gesicht, waren da ausgezehrte Wangen über dem graumelierten Bartansatz, eine spitze Nase und ein Gewirr aus Falten unter müden Augen. Er trug eine Budjonny-Mütze, die losen Ohrenklappen schlappten bei jedem Schritt, und wo der Sowjetstern gehaftet hatte, war der Filz ein wenig heller.
Ernst wirkte er auf sie, aber nicht böse, und langsam verließ sie die Angst. Einige der labyrinthisch verzweig-

ten Gräben, durch die er sie trug, waren mit Matten aus Weidenruten verkleidet und mit Baumstämmen ausgelegt, und in fast allen lagen verschneite Waffen, Gasmasken und Kisten voller Munition. Hier und da gab es Unterstände mit primitiv gezimmerten Bänken, und manche dieser Ausschachtungen, die schmalen vor allem, waren schneeüberwölbte Tunnel voll grauen Lichts, in denen die Stimme des Mannes plötzlich hallte. »Nemetskiy?«, fragte er. »Polyush?«

Nemetskiy, auch das wusste sie, heißt Deutsche, und sie nickte und wiederholte das Wort, woraufhin er lachte, ein rauer und auch ein wenig hämischer Laut. Nun sprach er unablässig auf sie ein, aber abgesehen von seinem wiederholten »Itler«, »Geebel« oder »Esse-Esse« waren ihr alle Wörter nicht mehr als der Eishauch vor seinen rissigen Lippen. Als er einmal stehen blieb, um sie schnaufend fester zu fassen, sah sie ihr frisches Blut an seinem Handgelenk, an dem ein Armband aus Wollkugeln hing, und schloss erschöpft die Augen.

Der Weg erschien ihr endlos, und das Knarzen seiner Schritte im Schnee ließ sie plötzlich an Röstbrot denken, mit Butter und Honig, und an den knusprigen Rand von Kartoffelpuffern. So ähnlich knarzte auch Wäsche, die über dem beheizbaren Kessel gewrungen wird, damit keine Lauge verloren geht, und darin durfte sie früher, nachdem sie zum ersten Mal ihre Regel bekommen hatte, bis zum Sechs-Uhr-Läuten baden, während ihre Brüder die Nasen an das beschlagene Fenster drückten. Und roch das Wasser nach Lavendel, schlief sie manchmal sogar ein.

An der Grabenwand lehnte eine Leiter, Häufchen Schnee

auf den Sprossen, doch ging der Mann daran vorbei, und wenig später standen sie vor einer schmalen, aus Bohlen gezimmerten Tür. Die rostigen Angeln quietschten, als er sie erst einen Spalt breit mit dem Fuß und schließlich mit der Schulter aufschob, was nur mit Mühe gelang; es brauchte noch ein paar Tritte und Flüche, ehe er sie in den unterirdischen Verschlag tragen konnte, einen Bunkerraum aus dicken Fichtenstämmen, in dem es verblüffend warm war. Er legte sie auf eines der Feldbetten darin, schob ihr ein Haferkissen unter den Kopf und zündete mehrere Kerzen an, sicher ein halbes Dutzend. Dann zog er die schwere, von innen mit Blech beschlagene Tür zu und klemmte einen Riegel zwischen die Zargen.

Über einem Kanonenofen, auf dem ein Kessel stand, trockneten Socken und langärmelige Unterhemden an einer Leine, in einem Regal aus Kisten und Brettern lagen Kommissbrote neben Konserven und allerlei Geschirr, und an der Wand hingen Knoblauch- und Zwiebelzöpfe und ein fettschwitzender Schinken. Nachdem er seinen Mantel über das Ofenrohr geworfen hatte, zog der Mann einen Bajonett-Dolch aus dem Stiefel und schnitt eine dünne Scheibe von dem Fleisch ab, hielt sie ihr hin. Allein der Geruch, das Aroma von Buchenrauch, trieb ihr die Tränen in die Augen, und sie musste sich zwingen, langsam zu essen, gründlich zu kauen.

Auch er aß ein Stück, mit behaglichem Schmatzen. Seine Zähne hinter den Bartfransen glänzten im Schein der Flämmchen, als er die Mütze abnahm, sich lächelnd an die Brust tippte und »Dimitrij« sagte, »Dimitrij Iwanowitsch Brugg«. Er hatte einen kleinen Haarknoten im Nacken, wie er ihr schon einmal auf einem Foto von russischen Mönchen aufgefallen war, und nach ihrem letzten Bissen und etwas Wasser aus einem Tonkrug wies er auf seine Armbinde sowie auf eine grüne Leinentasche an der Wand, ebenfalls mit einem roten Kreuz bedruckt. Eine Maschinenpistole hing daneben, und er neigte den Kopf und machte eine sanfte, wohl besänftigend gemeinte Bewegung beider Hände, ein stummes »Keine Angst jetzt!«, trat an das Lager und öffnete ihren Mantel.

Er zog ihr die Stiefel, die Trainingshose und die blutdurchtränkte Wäsche aus und ließ alles auf den Bretterboden fallen. Zu erschöpft, um sich zu schämen, nagte sie an ihrer Lippe, während der Mann sich talkumbestreute Handschuhe überstreifte und sie untersuchte, stirnrunzelnd. Dabei sog er die Luft durch die Zahnritzen ein, als hätte er ihre Schmerzen, und nachdem er sie lange vorsichtig mit Verbandskompressen und dem warmen Wasser aus dem Kessel gesäubert hatte, griff er ins Regal und entkorkte eine Flasche. »Wodka«, sagte er, mit langem O, und hielt sie ihr hin, doch sie verneinte mit einer Kopfbewegung, verzog das Gesicht.

Da zuckte er mit den Achseln, trank einen großen Schluck und stieß leise auf. Abermals sprach er auf sie ein, und dabei legte er ihr eine Hand mit gespreizten Fingern auf die Brust, was ihr plötzlich wieder Angst machte. Sie konnte die schwarzen Ränder seiner Nägel durch das dünne Latex erkennen und roch den Atem der Soldaten, und als er ihr plötzlich einen Schwall von dem Schnaps zwischen die Beine goss, schrie sie auf. Der Schmerz war unglaublich, sie wollte sich wegwinden, aber Dimitrij war stärker und leerte die halbe Flasche über ihrer Scham. Immer tiefer wurde seine Stimme, während er beruhigend auf sie einsprach, sein wiederholtes »Devushka!« hatte eine fast väterliche Tönung, und schließlich verringerte er den Druck und tupfte ihr die Tränen ab.

Langsam ließ das Brennen nach. Er murmelte etwas, das wie »dezinfektsiya« klang, und keuchend beobachtete sie, wie er ein Stück schwarzes Garn in eine gekrümmte Nadel fädelte, beides in eine henkellose Tasse legte und auch darüber Schnaps goss. Noch einmal schnitt er ein Stück von dem Schinken ab, nun ein braunes Stück Schwarte, an dem ein paar Borsten schimmerten, und bedeutete ihr mit gefletschten Zähnen, darauf zu beißen. Entsetzt, denn sie ahnte, was er vorhatte, riss sie die Augen auf, winkte mit beiden Händen ab und drückte die Knie zusammen.

Er nickte, seufzte und kramte kopfschüttelnd zwischen Schachteln und Tuben auf dem Regal herum. Dann strich er mit den Latexfingern über ihre Wange, und schließlich entspannte sie sich etwas, stützte die Ellbogen gegen die Pritsche und hob das Kinn. Zusammen mit einer brennenden Kerze hielt er ihr einen kleinen Spiegel mit Holzgriff so zwischen die blau, violett und grüngelb verfärbten Innenseiten der Schenkel, dass sie alles sehen konnte. In ihren Därmen begann es zu rumoren, leise wimmernd schloss sie die Augen, und noch einmal bot er ihr von dem Schnaps an – den sie nun trank.

Sie verschluckte sich, musste husten, und als er ihr die Schwarte vor den Mund hielt, biss sie zu. Nur schwer bekam sie Luft durch die vereiterte Nase, aber die drei oder vier Stiche mit der kurzen Nadel, die er mit einer Pinzette führte, schmerzten weniger, als sie erwartet hatte, zumal er offenbar geschickt war und sie mit leisem Flöten ablenkte. Allerdings stöhnte sie hinter den Zähnen und zitterte am ganzen Körper, wenn er dann das grobe Garn, dem Etikett der Schachtel nach Angelschnur, durch ihr Fleisch zog. Schließlich verknotete er die Enden, schnitt sie ab und goss noch einmal Schnaps auf die Naht. Erneut verschlug es ihr den Atem.

Vorsichtig hob er sie auf eine trockene Pritsche, auf der ein paar Schaffelle lagen, tamponierte sie mit Verbandsmull und zog ihr eine grüne Militärunterhose an. Dann fütterte er sie mit weiteren Schinkenscheiben und kleinen Stücken gebutterten Brots, und sogar einen Rest frischer Milch besaß er; sie schlürfte sie aus einer Untertasse. Schließlich breitete er zwei Militärdecken über sie, und nachdem er ihre Stirn befühlt und ihren Puls gemessen hatte, nickte er zufrieden und löschte alle Kerzen bis auf eine. Sie brannte in einer Granathülse und war von bunten Wachsblüten umwunden, wie ihre Kommunionkerze zu Hause, und er zog seinen Mantel vom Ofenrohr, setzte sich die Mütze auf und sagte grinsend: »Schlaff gutt, Devushka!«

Mit der leeren Milchkanne in der einen und ihren schmutzigen Kleidern in der anderen Hand trat er hinaus in den Graben und drückte die Tür zu. Sie hörte, wie er sich entfernte, Lufteis krachte unter seinen Stiefeln, und trotz der pochenden Wunde schlief sie rasch ein, vielleicht war das die Wirkung des Wodkas in der behaglichen Wärme. Sie musste sogar tief und lange geschlafen haben auf den weichen Fellen, denn als sie die Augen öffnete, hingen ihre Strümpfe und die Trainingshose frisch gewaschen über dem offenen Ofen. Sie tropften noch, und im Schein seiner schwachen, von Asche überstäubten Glut konnte sie erkennen, dass Dimitrij, nur mit seinem Mantel bedeckt, auf einer Pritsche neben dem Holzstapel schlief.

Seine Stiefel hatten Filzschäfte und waren voller welker Kiefernnadeln an den Spitzen, und während sie seinen ruhigen Atem belauschte, fragte sie sich, ob es jenseits der meterhohen Schicht Erde mit den Büschen oder Bäumen, unter der sie lagen, Tag sei oder Nacht. Der Belüftungsschlitz über der Tür war jedenfalls dunkel. Aus den Fugen der Deckenbalken hingen haarfeine Wurzeln herab, und irgendetwas scharrte in der Ecke, in der das Ofenrohr verschwand, eine Ratte vielleicht, eine Maus.

Eindringlicher horchend erkannte sie dann aber das Geräusch von Schritten im Schnee, es schienen mehrere Menschen zu sein, und während sie schon wieder schläfrig wurde, hatte sie die Vorstellung, dass dort oben gerade ihr Leben geschah und ohne sie vorüberging, dass alle, die sie kannte und mochte, die Oma in Danzig, die Mutter, die Brüder, ihr künftiger Mann und die ungeborenen Kinder, längst aufgegeben hatten, nach ihr zu suchen, und sich über die hartgefrorene Erde entfernten, ohne zu ahnen, dass sie darunter lag. Und einen traumverlorenen Moment lang dachte sie, dass es gut so war, dass sie nie mehr hinaufwollte zu ihnen, zu allem, und für immer mit Dimitrij in dieser Nacht leben wollte, in diesem warmen Frieden unter dem Schnee.

Entfernte Stimmen hörte sie nun in dem Rohr und wieder das langsame Knarzen, ganz so, als würden Menschen sehr vorsichtig auftreten, ängstlich vielleicht oder auch lauernd. Und dann waren es eindeutig Russen, die dort oben zwischen den zugeschneiten Kampfgräben gingen, sie erkannte die Melodik ihrer Sprache, die rollenden R- und langgezogenen I-Laute, und ihr Herz schlug im Hals. Auch Dimitrij hatte die Männer und das Klicken ihrer Gewehrschlösser gehört und sich rasch aufgerichtet. Die schlaftrunkenen Augen groß im letzten Schein aus dem Ofenloch, starrte er sie an und drückte einen zitternden Finger an die Lippen, um sich gleich darauf mit der Handkante über die Gurgel zu fahren. Dann schloss er die Klappe, und alles war schwarz.

Siebtes Kapitel

GLOCKEN

Im Lauf des Abends waren nicht nur alle Tische mit den kleinen Lampen besetzt, auch an den Wänden lehnten Männer und sahen den Tanzenden zu. Viele südländisch wirkende waren darunter, junge Berg- und Stahlarbeiter aus Italien, Jugoslawien oder Portugal, die laut Elisabeth in »Ledigenheimen« wohnten. Von den grölenden und oft hemdsärmeligen deutschen Männern unterschieden sie sich nicht nur dadurch, dass sie sorgsamer und eleganter gekleidet waren. Neben ihrem guten Aussehen und ihrem freundlichen Ernst fiel mir auch die stille Nüchternheit angenehm auf; sie hielten sich stundenlang an einer »Sinalco« oder einem kleinen Bier fest, rauchten selbstgedrehte Zigaretten und zählten irgendwann verstohlen ihre Münzen in der Hoffnung, dass sie für ein zweites Glas reichten.

Ich tanzte schon damals selten, nicht nur, weil ich es kaum konnte. Meine Mutter buchte zwar gleich nach dem Krieg entsprechende Kurse für mich, aber dort war ich kaum einmal; ich gab das Geld für Marzipan und vor allem für Bücher aus. Bis der Twist Mode wurde, hatten die Gesellschaftstänze der fünfziger und sechziger Jahre für mich den Nachteil, dass man angefasst wurde von einem oft fremden Mann, und sobald ich dessen Hand auf dem Rücken oder an der Hüfte fühlte, begann ich zu schwitzen und vergaß vor Scham darüber

die Schrittfolge. Roch ich dann auch noch einen Fuselatem oder ungepflegte Zähne, hielt ich so lange die Luft an, bis mir schwindelig wurde. Also schüttelte ich lächelnd den Kopf oder sagte »Danke, heute nicht!«, wenn mich jemand um einen Tanz bat – was oft geschah an dem Abend im »Schälking«, entnervend oft.
Elisabeth dagegen wies nur wenige Aufforderungen zurück, und die vor allem meinetwegen; denn wenn auch Nanni Brüggemeier und ihr Zbigniew auf der Tanzfläche waren, einem hellen Linoleumboden voller schwarzer, meist sichelförmiger Striemen, saß ich zwischen leeren Stühlen allein hinter meinem Mineralwasser. Inzwischen spürte ich die lange Autofahrt und wurde immer müder in der Luft, die fast nur noch aus Rauch zu bestehen schien. Ich presste die Lippen zusammen, um mein Gähnen zu verbergen, und als mir eine Kellnerin ein Gläschen bernsteinfarbenen Likör brachte und mit einer Kopfbewegung zum Tresen zeigte, ließ ich es stehen. Nach einem Schluck Alkohol wäre ich vermutlich im Sitzen eingeschlafen.
Obwohl ich keine Erfahrungen besaß mit derartigen Lokalen, die meine Eltern sicher Bums genannt hätten oder auch Tingeltangel, hatte ich mich lange nicht mehr so fehl an einem Platz gefühlt – und gleichzeitig fand ich mich unmöglich in dieser Reserve, die immer mehr giftige Blicke auf sich zog. Von einem der Nachbartische rief mir ein sichtlich Betrunkener etwas zu, das ich wegen der lauten Musik zwar nicht verstand; doch seine Kumpane neben ihm lachten dreckig und klopften sich sogar auf die Schenkel. Natürlich konnte ich nur annähernd wissen, wie ich wirkte, aber vielleicht stimmte es

ja, was Richard einmal gesagt hatte: dass die im Umgang mit Kunst und Literatur gewonnene innere Freiheit unfehlbar stigmatisiere, was oftmals Aggressionen bei Menschen erzeuge, die nicht mal eine äußere haben und sich allenfalls einen Tag in der Woche bis zur Polizeistunde austoben dürfen.

Obwohl die langsam nahte, schien Elisabeth überhaupt nicht müde zu werden. Die Spannkraft, das gleichsam Federnde ihres schlanken Körpers ließ kaum erkennen, dass sie Kettenraucherin war und eine Woche schwerer Hausarbeit für einen Mann und zwei Kinder hinter sich hatte. Sie wirbelte über die Tanzfläche, als wäre das jetzt ihr eigentliches, von aller Schlacke und Sorge befreites Sein, in dem sich die Erdanziehung mit den pfenniggroßen Metallplättchen unter ihren Absätzen begnügen musste. Gab es eine kurze Pause zwischen den Musikstücken, trank sie einen Schluck Fiffi im Stehen oder nahm einen Zug von irgendeiner Zigarette aus dem Aschenbecher, und einmal wies sie mit einer Kopfbewegung in den Saal und sagte: »Glaub mir, wenn das nicht mehr wäre, könntest du mich begraben.«

Nanni Brüggemeier schwankte bereits, als sie kurz nach Mitternacht zum Tisch zurückkam. Damals waren Plisseeröcke modern, und um das feine Faltenwerk nicht zu zerknittern, hoben viele Frauen sie rasch an, um sich auf die Wäsche zu setzen, so dass man einen Lidschlag lang Strumpfhalter und mehr sehen konnte – und irgendwann wohl auch sollte. Jedenfalls flogen die Röcke immer höher, und nach und nach machte sich die zurückgestaute oder auch enttäuschte Sexualität im Raum Luft: Da wurde nicht »Heißer Sand und ein verlorenes Land«

mitgesungen, sondern »Heißer Hans, wo hast du wieder die Hand!«, nicht »Schuld war nur der Bossa Nova!«, sondern »Schuld war nur das alte Sofa!«, und statt »Kalkutta liegt am Ganges, Paris liegt an der Seine« schmetterten sogar die Frauen »Die Jutta braucht was Langes, lass mal dein Prachtstück sehn!«
Die verspiegelte Kugel unter der Decke schickte rhythmische Lichtblitze in die Luft, die Flöckchen Zigarettenasche auf den Tischen erzitterten in den Basswellen, und immer öfter wurde aus dem einen oder anderen Tanz ein Gerangel am Rand der Fläche, bei dem sich vorerst nur Stühle verschoben, ein Glas zerbrach oder ein Feuerzeug von der Tischkante fiel. Auch das Kreischen der Frauen hier und da konnte man noch als ein amüsiertes oder frivoles deuten; aber es hatte jetzt manchmal eine gefährlich schimmernde Schneide, als wollte es im Innern ein entsetztes sein. Beklemmend war das, doch Nanni Brüggemeier hakte sich bei mir ein und versuchte singend, mich zum Schunkeln zu bewegen.
Etwas pfiff in den Boxen, man hielt sich die Ohren zu, und endlich kündigte der Sänger das letzte Lied an, »Ohne Krimi geht die Mimi nie ins Bett« von Bill Ramsey. Aber der gutgelaunte Schwung der Musik konnte nicht verhindern, dass schon nach den ersten Takten eine Prügelei am Eingang entstand. Mehrere Gäste sprangen auf, das Pult mit der Geldkassette fiel um, und der glatzköpfige Wirt in der Lederschürze, die Ellenbogen abgewinkelt, drängte sich zwischen zwei Männer, die aufeinander einschlugen, ohne die Zigaretten aus den Mundwinkeln zu nehmen. Kleider wurden von der Wand gerissen, eine Geweihstange brach, und Scherben und

ein einzelner Schuh glitten über den rot beleuchteten Boden bis an meinen Stuhl. Erschrocken und ein wenig ängstlich sah ich mich nach Elisabeth um, nur ihre weiße Tasche lag auf dem Tisch; doch Zbigniew schürzte die Lippen und machte eine beruhigende Geste mit der flachen Hand, ein wortloses »Keine Panik! Ich bin da …«.
Ich hatte sehr viel Wasser getrunken in den letzten Stunden, und der Sänger zwinkerte und pfiff mir über sein Mikrophon hinterher, als ich in dem Windfang neben der Bühne verschwand. Einen großen, von Garagen und Schuppen umgrenzten Hof musste ich überqueren, der Himmel darüber war klar, das Mondrund fast voll, und ich atmete tief, schloss einen Moment lang die Augen und glaubte, den Fichtenwald zu riechen, der hinter dem Grundstück begann, eine zerzauste Silhouette, aus der ein Käuzchen rief.
Während ich auf die matt beleuchteten Toilettentüren zuging, bemerkte ich Menschen in den dunklen Ecken und Nischen, Zigarettenglut. Es waren ausnahmslos Männer in kleinen Gruppen, die hinter Fässer- oder Palettenstapeln mit etwas Heimlichem beschäftigt waren, wie es schien, jedenfalls hörte ich hektisches Flüstern, leises Gelächter. Auch im Schatten eines eiförmigen Wohnanhängers standen sie Schulter an Schulter, es gab keinen Durchblick, und als der eine oder andere sich nach mir umdrehte und mich musterte, beeilte ich mich, hinter die Tür mit dem rot aufgemalten F zu kommen.
Der schwarz und weiß gekachelte Boden in dem Raum war nass, irgendeine Wasserleitung schien nicht dicht zu sein. Schlieren von Make-up und Mascara an den gesprungenen, vom Haarspray trüb lasierten Spiegeln,

und neben den Waschbecken hing schief ein Kondomautomat, Kippen in der offenen Lade. »Ich bin treu!« hatte jemand darüber an die Wand geschrieben, mit Kugelschreiber. Und jemand anderes, mit Lippenstift: »Allen dreien!« Die Klotöpfe, wohl ein Dutzend, standen in Kabinen ohne Türen, und nicht wenige waren mit Monatsbinden oder Üblerem verstopft. Toilettenpapier sah ich nirgendwo.
Nach dem Pinkeln im Stehen und dem Händewaschen – es gab auch keine Seife – steckte ich mir erst einmal die Haare neu zusammen, um noch eine Weile für mich sein zu können. Das hatte ich das letzte Mal in der Pubertät gemacht, während der Tanztees im Gemeindeheim, als ich vor Unsicherheit nicht wusste, wohin mit mir. Aber schließlich kapitulierte ich vor dem Gestank, und auf dem Rückweg überhörte ich das lockende Zischen der schattenhaften Gestalten in den Ecken und blickte auch nicht in das ovale Fenster des Caravans; das Lachen einer Frau war dahinter zu hören. Ein paar Neonröhren flackerten über den Geweihen auf, als ich wieder in den Saal trat, die Musiker packten ihre Instrumente ein. Viele Tische waren bereits leer, und der Wirt schlug eine Glocke und rief: »Letzte Bestellung!«
Die überall herumliegenden Bierfilze mit den unzähligen Strichen sahen wie weggeworfene Ziffernblätter aus. Nanni Brüggemeier hatte die Wange an den Oberarm ihres Zbigniew gelehnt und schlief mit schiefem Gesicht, während der sich mit einer Kellnerin auf Polnisch unterhielt. Eine andere, Zigarette im Mund, leerte die Aschenbecher in einen Eimer und pinselte sie mit dem Handfeger aus. Nur noch ein Paar tanzte langsam

zu der Musik von der Schallplatte, »Du lässt dich geh'n« von Charles Aznavour, und an einem Tisch neben der Tür saßen die beiden Männer, die gerade mit der Schlägerei begonnen hatten – der Boden um sie herum war voller blutiger Papierservietten –, und tranken gemeinsam Kaffee.

Auch Elisabeth kam jetzt vom Hof und ignorierte mein stummes Staunen, den fragenden Blick. Sie strich ihr Kleid über den Hüften glatt und prüfte die Frisur in einem Wandspiegel, ehe sie sich zu mir setzte. Verlegenheit und Trotz waren in dem Schmunzeln, mit dem sie irgendetwas, das sie verborgen in der Faust hielt, in ihre Kuvert-Tasche schob. Dann lockerte sie die Riemchen der Pumps, trank den Rest Bier aus Nannis Glas und griff nach meiner Hand, ließ den Daumen sanft über den Rücken kreisen wie damals an der Förde, auf der Kaimauer. »Ist ja 'ne Bombenstimmung hier!«, murmelte sie, und noch einmal erklang die Glocke, dringlicher nun.

Der Sänger der Combo, ein zusammengerolltes Kabel über der Schulter, trat an unseren Tisch und fragte: »Hört mal, ihr Schönen, wir fahren gleich alle noch zum Hacki, kommt ihr mit? Er spendiert eine Ochsenschwanzsuppe, und neue Filme gibt's auch.« Rau wie Sandpapier war der Ärmel seines Glitzersakkos, mit dem er mich am Oberarm streifte, doch Elisabeth schüttelte den Kopf, zog ihn an dem weißen Schlips zu sich herunter und flüsterte etwas nah an seinem Ohr. Da zuckte er mit den Achseln und sagte: »Gebongt. Wer nicht will, der hat schon.«

Ihre Augen wirkten plötzlich müde in dem weißen Licht,

die Gesichtshaut war fahl, man ahnte die Besenreiser unter dem Make-up. Mit einem spitzen Fingernagel kratzte sie sich etwas vom Kleid, einen winzigen, leicht schimmernden Flecken, aber den bloßen Druckknopf unter ihrem Busen hatte sie offenbar noch nicht bemerkt; die blaue Schleife fehlte. »Na, dann komm mal, du Partyholz«, sagte sie schließlich und schob ihren Stuhl zurück. »Fahren wir nach Hause. Du willst doch morgen ganz früh weiter, oder?«

Ich atmete auf, ließ etwas Trinkgeld auf dem Tisch und verabschiedete mich von Zbigniew mit einem Lächeln. Der dicke Wirt warf uns Handküsse zu, und es sirrte in meinen Ohren, als wir auf den stillen, schon fast leeren Parkplatz kamen. Immer noch war es sehr warm, wieder öffnete ich das Verdeck. Entfernt pfiff eine Lokomotive, Rangiergeräusche waren zu hören, und aus einem Kühlturm der Zeche quoll eine gewaltige Wolke weißen Dampfs.

Das Transparent mit dem Kneipennamen erlosch, flackerte noch einmal auf und erlosch wieder, und schweigend fuhren wir an den dunklen Häusern längs der Dorstener Straße vorbei. Auf den abgemähten Feldern hoppelten unzählige Kaninchen zwischen den Stoppeln herum. Auch ein Reh stand hinter den Tristen, wie erstarrt in meinem Fernlicht, und als es kurz einmal mit den Ohren schlackerte, flog feiner Staub davon auf.

Ich bog in die Flöz-Matthias-Straße, stellte den Motor aus, aber Elisabeth wollte noch nicht in die Wohnung. Sie steckte sich erneut eine Zigarette an, bog den Kopf

zurück und blickte in die Höhe. »Ich werd nicht mehr«, murmelte sie, und nun war ihrer Stimme doch der Alkohol anzuhören; irgendwann während des langen Abends hatte ich aufgehört ihre Fiffis, Weinbrand mit Cola, zu zählen. »Schau dir das an!«, sagte sie schleppend. »Wann hab ich denn in diesem Kohlenpott das letzte Mal die Sterne gesehen? Gab's hier überhaupt schon mal welche? Die müssen dich meinen, Kind.«
Ich zog die Nadeln aus meinen Haaren und schüttelte sie aus. Widerlich rochen sie, wie verrauchte Gardinen. Der Mondschein tauchte die Fassade in ein bleiches Grau. »Ach Mensch«, sagte sie schließlich, »wenn ich's recht bedenke, machst du's richtig. Keinen Mann, kein Kind und frei wie der Wind … Siehst du, hat sich sogar gereimt. Wo fährst 'n eigentlich hin in Italien? Auch nach Neapel? Ich glaube, da geht's lustig zu. Ich hatte mal einen Verehrer, so einen zarten, schönen aus dem Ledigenheim, der wohnte in einem Vorort am Vesuv. Weißt du, wie der mich immer genannt hat? Bella. ›Buon giorno, bella! Come stai?‹ Wie das schon klingt, oder? Zum Hinlegen. Neapel wäre mein Traum.«
Ich hob die Schultern. Es gab nur einen vagen Plan: Mailand, Venedig, Rom, warum also nicht auch dorthin. »Einen Mann habe ich übrigens sehr wohl«, entgegnete ich. »Und ein Kind möchte ich auch mal, es wird ja langsam Zeit. Am liebsten ein Mädchen.«
Sie lächelte vage, nickte verständnisvoll, und ich warf die Haarnadeln aufs Armaturenbrett, nahm mir ein Herz und fragte: »Hör mal, mir will schon den ganzen Abend eine Sache nicht aus dem Sinn. Ich wollte dich immer darauf ansprechen, aber es war doch zu laut neben

der Bühne. Wie hast du das eigentlich vorhin gemeint auf dem Parkplatz, ehe wir in dieses Lokal gingen, das mit dem Dilemma? Wieso hatte dieser Gutsbesitzer dir den Ohrschmuck seiner Frau geschenkt?«

Da stöhnte sie unwillig, schloss die Augen. »Ach Gott, vergiss es«, sagte sie und winkte ab. »Hätte ich bloß nicht damit angefangen; das schlägt mir immer gleich auf die Galle. Die Jahre gehen ins Land, da hilft keine Erinnerung, weißt du. Altes Heu soll man nicht wenden.«

Ich nickte, legte den Kopf zurück. Über uns zogen Wolken auf, und eine Sekunde lang glaubte ich, eine Sternschnuppe zwischen ihnen zu sehen; aber es waren die Lichter eines Flugzeugs, das wohl Düsseldorf anflog, und wieder griff Elisabeth nach meiner Hand, verschränkte ihre starken Finger mit meinen. Und dann holte sie tief Atem, und weil das nicht mit dem üblichen Zug von der Zigarette verbunden war, klang es fast dramatisch. Ich sah sie an.

»Na ja, gefunden hatte ich die«, murmelte sie schließlich. »Beim Putzen an einem der Wochenenden, als ich noch gar nicht richtig dort wohnte. Die kleine Schatulle war unter eine Kommode gerutscht und dick verstaubt, und als ich sie öffnete, blieb mir fast das Herz stehen, so schön fand ich diese Perlen mit dem matten Gold. Der Pauly kam gerade in den Raum, und ich zeigte ihm, wo sie gesteckt hatten. Da machte er große Augen. ›Was für ein Glück, dass Sie so gründlich putzen!‹, sagte er. ›Meine Frau vermisst die schon seit Jahren, ein Geburtstagsgeschenk … Da ist manche Träne geflossen.‹ Und dann sah er sich über die Schulter um und kam nä-

her, ganz nah; zum Glück hatte ich mir die Achseln gewaschen. ›Aber wahrscheinlich hat sie die längst vergessen‹, flüsterte er und grinste so komisch, ›sie trägt ja nie Schmuck, das war rausgeschmissenes Geld. Und wenn ich's recht bedenke: Ihnen würden die viel besser stehen, Sie haben den gewissen Pep. Dazu die schwarzen Haare …‹ Er hielt sich einen Finger an die Lippen, zwinkerte mir zu. ›Aber das behalten wir schön für uns, nicht wahr?‹ Und dann schob er mir die Schatulle in die Kitteltasche, einfach so, und ich war atemlos und dumm genug, sie anzunehmen. Nach Kiel, wo ich damals ja noch lebte und eigentlich auch bleiben wollte, kam die Alte schließlich nie.«
Sie schluckte trocken, zupfte an einem Ohrläppchen. Schal roch das Parfüm jetzt an ihr, irgendwie übernächtigt. »Aber kaum war ich angestellt in Missunde und das Wölfchen geboren, kriegte ich zu spüren, dass nichts umsonst ist im Leben, nicht der Staub unterm Nagel«, fuhr sie fort. »Zwischen Melken und Putzen, in der Waschküche, im Rübenkeller und im Heu kniete er mir auf dem Hemd, der eklige Kerl. Ich meine, was sollte ich machen, wir brauchten die Stelle, was anderes gab's nicht in der Gegend; fast alle Höfe rüsteten auf Maschinen um. Und der hatte vielleicht einen Blick …« Sie verschränkte die Arme und hob die Schultern, als würde sie frösteln. »Ich traute mich einfach nicht, nein zu sagen, wo der Walter so glücklich war auf dem ollen Gut. Für ihn war es ja das Paradies.«
Irgendwo schrie eine Katze. Gedankenverloren strich sie die Asche am Außenspiegel ab, betrachtete die Glut. »Und dann, als irgendwann meine Periode ausblieb …«

Sie schniefte, schüttelte den Kopf. »Ich meine, wer rechnet denn damit? Ich konnte kein zweites Kind gebrauchen, schon gar nicht von dem; wir kamen ja so kaum klar. Und wäre dem Walter was davon aufgegangen, hätte er erst mir und dann seinem Chef die Mistgabel in den Bauch gerammt. Der mit seinem Stolz ...«
Sie schüttelte den Kopf. »Aber wegmachen lassen wollte ich's auch nicht, kannst du das verstehen? Ich versteh's selbst nicht, ehrlich gesagt. Die alte Frau in Kappeln mit ihren Stricknadeln, diese schwarze Hebamme, wie man sie nannte, die hätte sogar die Ohrringe in Zahlung genommen, doch es kam mir falsch vor, für immer falsch, nicht nur, weil ich katholisch bin. Ich wollte es nicht.«
Sie grinste bitter, stieß etwas Luft durch die Nase. »Ein bescheuertes Huhn bin ich, oder? Mit einem bisschen Süßholz und ein paar Klunkern kriegst du mich rum. Aber schön waren sie schon. Wie aus einer anderen Welt.«
Ich richtete mich auf, schaltete versehentlich die Scheinwerfer an und gleich wieder aus. »Moment!«, sagte ich und suchte ihren Blick, die unsteten Augen unter den aufgemalten Brauen, deren Schwung schon leicht verwischt war. »Ist das jetzt dein Ernst? Du hattest was mit diesem Kerl gehabt, während dein Mann ... Die ganze Zeit? Und dann wurdest du auch noch schwanger? Von dem Gutsbesitzer schwanger, wie die Mägde im vorigen Jahrhundert? Bist du denn sicher?«
Sie stieß ihren Rauch aus, hob eine Schulter an die Wange und sah mich mit einem Ausdruck beschwipster Treuherzigkeit an, und das sollte wohl bedeuten: Sei nicht

naiv, Kleine, wer darf sich schon über irgendetwas im Leben sicher sein. »Na ja, der Walter hat meistens verhütet; nicht jedes Mal, aber meistens, der kannte sich mit meinem Eisprung und den Fristen vorher und nachher mindestens so gut aus wie mit dem seiner Kühe«, sagte sie. »Der Chef allerdings nicht, klar, der war ja der Chef und ahnte wohl, dass ich meinem Mann niemals ... Der hat draufgehalten. Danach hab ich mich zwar immer ausgespült ...«

Sie winkte ab, und plötzlich pochte mein Puls in der Kehle, und ich hatte Mühe, durchzuatmen. Ich dachte an das hochmütige und schmierige Grinsen des Kerls und stellte sie mir in einem seiner Ställe vor, mit einem Wasserschlauch zwischen den Beinen, und als ich sie fragte, ob ihr Mann, ob Walter denn inzwischen wisse, dass Sonja möglicherweise nicht seine Tochter sei, schluckte sie wieder leer, schloss die Augen und flüsterte kaum hörbar: »Na ja, von mir nicht ...«

Sie warf den Zigarettenrest fort und fuhr sich mit beiden Händen durch die spraystumpfen Haare, die leise knisterten. »Irgendwann wendet jemand das alte Heu und sieht, wie faul es darunter ist, klar. Der arme Mann hat es nicht leicht mit mir, kann sein. Hier kamen schon anonyme Briefe an von wegen, was ich anstellen würde hinter seinem Rücken. Alles Lügen, doch keiner findet aus seiner Haut, oder? Ich bin nicht so klug und belesen wie du; ich hab nicht all die Wörter, die mir sagen, was ich fühle. Ich muss durch den meisten Unfug erst mal durch. Und jetzt frag bloß nicht wieder nach der Liebe oder so 'n Zeug!«

In den Gärten ringsum, in den engen Kaninchenboxen,

war manchmal ein Klopfen und Kratzen zu hören, das verzweifelt klang, als würden die gemästeten Tiere, die sich allenfalls im Kreis drehen konnten, gegen den Maschendraht und die Bretterwände treten. »Vielleicht ahnt er ja was«, fuhr sie fort, »so wie er die Kleine manchmal ansieht ... Er mag sie jedenfalls viel weniger als den Jungen, und wenn Sonja sich auf seinen Schoß setzen möchte, schiebt er sie weg. Können Männer so was ahnen?«

Benommen zuckte ich mit den Schultern, starrte in den öden, von der Hausnummer beschienenen Vorgarten, in dem eine Spielzeugschaufel und ein paar Matchbox-Autos lagen. Die halbe Flasche Schnaps im vierten Monat ihrer Schwangerschaft fiel mir wieder ein und wollte mir mit einem Mal wie ein heimlicher Versuch erscheinen, den Fötus doch noch irgendwie loszuwerden – so wie die ganzen Komplikationen und die ungewöhnlich langen Wehen vielleicht eine unterbewusste Weigerung waren, das Kind überhaupt zur Welt zu bringen.

In der befremdlich dunklen Stimme von Sonja klang mir plötzlich eine andere mit, und nun ahnte ich, warum Elisabeth ihre so verschiedenen Kinder wie Zwillinge anzog auf den Sonntagsspaziergängen im Kaisergarten und sie in dem Alter noch in einem Bett übernachten ließ, auf einer schmalen Matratze, auf der sie sich unweigerlich berühren mussten, obwohl sie sich partout nicht mochten. Zusammenzwingen wollte sie, was sich fremd war und kaum zusammengehörte; eins werden sollten sie in ihrem ahnungslosen Schlaf, so dass aus halben Geschwistern vielleicht einmal ganze würden – und ihr Gewissen beruhigt wäre.

Jemand radelte vorbei, der Zeitungsbote, die Taschen prall gefüllt, und Elisabeth seufzte tief, wischte sich die Augen mit den Fingerrücken. Aber plötzlich schmunzelte sie wieder und sagte: »Und weißt du, was trotz allem witzig ist? Was der Flitzek mir mal geschrieben hat? Dieser Kerl hat später noch einmal eine Putzfrau oder Wirtschafterin geschwängert, im selben Gutshaus. Sie kriegte ein Mädchen und ließ sich nicht abwimmeln, trotz der Alten nicht. Und rate mal, wie er es dann genannt hat? Elisabeth! Da muss ich doch einen gewissen Eindruck auf ihn gemacht haben, oder?«

Ich antwortete nicht, sie kratzte erneut an dem Fleck auf ihrem Kleid herum, und ob sie sich in diesem Augenblick Verständnis oder Trost erhofft hatte, für beides war ich nun zu erschöpft; ich fand sie nur noch traurig in ihrer dauernden Unehrlichkeit, mit der sie mehr oder weniger frohgemut lebte, als wäre das Gewissen eine Flause, und als sie schon wieder eine Zigarette aus der Packung klopfen wollte, hielt ich ihre Hand fest. »Na, komm«, murmelte ich und öffnete die Wagentür, »gehen wir schlafen, die Nacht ist gleich um.«

Nachdem ich das Verdeck geschlossen hatte, schlüpften wir aus unseren Schuhen und stiegen auf Zehenspitzen die Treppe hinauf. Das billig verarbeitete Holz knarrte trotzdem, und in der Wohnung warf Elisabeth ein Laken und eine Wolldecke aufs Sofa, stellte mir ein Glas Leitungswasser auf den Tisch. Dann griff sie sich unter die Achsel, öffnete den Reißverschluss und sagte leise: »Denk nicht zu schlecht von mir, hörst du.« Sie lächelte ernst. »Ich weiß selbst, dass ich ein Luder bin, und ich würde ja gehen, Luisa, lieber heute als morgen, was hab ich hier noch. Ich würde meine Kinder nehmen und gehen. – Aber wo sollte ich hin? Wer nimmt mich denn?«

Eine Weile machte sie sich noch im Bad zu schaffen, und als ich mir die Zähne putzte, hing ihr Kleid tropfnass an einer Leine über der Wanne. Obwohl ich den halben Tag lang gefahren war und mich die unsinnigen Stunden in dem Lokal strapaziert hatten, konnte ich nicht einschlafen und bereute nun, keinen Alkohol getrunken zu haben. Auch in Kiel trank ich selten welchen, aber in dieser Nacht auf der Couch hätte er mir geholfen, glaube ich, denn meine Gedanken kamen nicht zur Ruhe. Durch die offene Küchentür sah ich, dass der Käfig des Wellensittichs mit einem Geschirrtuch abgedeckt war, und darunter hörte ich ihn manchmal leise ächzen, wie in einem schweren Traum.
Ein Hauch von Elisabeths Parfüm lag noch in der Luft, und sicher hatte sein Name nichts zu tun mit dem russischen Wort Toska, das ich aus Büchern von Puschkin, Baratynskij oder Tschechow kannte; dennoch rief der schale Geruch seine vielfache Bedeutung wach, nämlich Sehnsucht, Traurigkeit, Enge und Sorge. – Genaugenommen wusste ich über Elisabeth nicht viel, trotz der gemeinsamen Jahre nicht: Kindheit auf dem Land mit sechs Geschwistern von unterschiedlichen Vätern, harte Stall- und Feldarbeit nach der Schule – die in Erntezeiten sogar ausfiel. Große Armut nicht erst im Krieg, immer wieder Grießbrei und Steckrübensuppe, unablässig Prügel von der erschöpften und oft verzweifelten Mut-

ter, auch für die Vergehen und Streiche der fünf Brüder, die sie beaufsichtigen musste. Keuchhusten, Typhus, Haarausfall, aber dann fand der Dorflehrer, dass sie auf die Mittelschule gehen sollte, und die Mutter, die gerade wieder einen Mann hatte, einen Waldarbeiter, der seinen Lohn nicht nur vertrank, stimmte zu; wer fortging, schaffte Platz.

Eine Zeitlang durfte sie bei den Großeltern in Danzig wohnen, einem Hausmeisterpaar, wo sie zum ersten Mal im Leben ein eigenes Bett hatte. Sie war nicht besonders fleißig in der Schule, schwänzte sie oft, aber hier gab es niemanden, der sie dafür schlug. Mit ihren evangelischen Freundinnen, die alle Glockennamen hersingen konnten, kletterte sie die vierhundert Stufen im Turm der Marienkirche hoch, um sich mit flatterndem Rock unter die Fensterbögen zu stellen und in die Luft zu spucken. Danzig war eine schöne Stadt voller leuchtender Schaufenster und belebter Plätze, voller Pferdefuhrwerke, Autos und Straßenbahnen, man hörte die Möwen und roch das Meer, aber noch schöner war das Gedicht über Danzig, das ihre Großmutter auswendig wusste: »Träumerisch der Mond drauf scheinet, / Dem die Stadt gar wohl gefällt, / Als läg' zauberhaft versteinet / Drunten eine Märchenwelt.«

Dann der Krieg, der Beschuss der Westerplatte, die Vertreibung durch die Bomber und die Vergewaltigung auf der Flucht. Als ich sie in der Notunterkunft in Bovenau, der Kutscherküche des alten Pferdestalls, einmal danach gefragt hatte – kurz vor der Kapitulation der Deutschen war ich zwölf und eigentlich in Sicherheit, zitterte aber wie alle Mädchen und Frauen davor, dass die

»schändenden bolschewistischen Horden« bis nach Schleswig-Holstein fänden –, war ihre Antwort denkbar knapp ausgefallen: »Ja«, hatte sie gesagt, »in Pommern hat mich mal einer geschnappt.« Und mehr war darüber nie zu erfahren gewesen, auch nicht in späteren Jahren. Nach allem wollte sie nicht noch als Verletzte oder Erniedrigte betrachtet werden, nehme ich an; ich selbst habe nie jemandem etwas von der Zudringlichkeit meines SS-Schwagers in seinem Luftschutzkeller erzählt.

Am Ende fehlten mir aber die Begriffe dafür, Elisabeth zu verstehen. Einleuchtend war vielleicht das Wort Angst – nur was ließ sich nicht alles damit erklären. Ein Mädchen, das von Kindheit an das Gefühl hat, nicht erwünscht zu sein, oder nur als Arbeitskraft, und das wieder und wieder geprügelt und schließlich vergewaltigt wird, in dem kann sich wohl kaum ein natürliches Selbstwertgefühl entwickeln. Kein ruhiger Atem, kein Vertrauen, keine freudige Zuversicht mehr – es wächst zu einer jungen Frau heran, die im Geflacker ängstlicher Reflexe kaum einen Gedanken klar zu Ende bringt und kopflos einen falschen Schritt nach dem anderen macht. Und irgendwann, in den einsamsten Stunden, ist das schuldlos Erlittene so übermächtig, dass sie glaubt, vielleicht doch eine gewisse Schuld daran zu haben, und sich noch einmal geringer findet.

Immer, jedenfalls solange ich sie kannte, machte Elisabeth den Eindruck, überfordert zu sein – ein Mensch, dem das Leben zu viel war und zu wenig zugleich. Obwohl sie hart und tadellos arbeitete, um einer Zurechtweisung zuvorzukommen, obwohl sie stets sorgsam und auch schön gekleidet war und jedem Menschen noch im Absurdesten zustimmte, um Frieden zu haben, fühlte sie sich selten irgendwo zu Hause oder mehr als bloß geduldet, glaube ich. Als würde ihr im Grunde gar nichts zustehen oder doch viel weniger als anderen, ging sie mit hochgezogenen Schultern durch die Welt, in der alle möglichen Vorwürfe in der Luft lagen und jeder strenge Blick sie zunächst einmal kleinlaut und gefügig machte. Zwar legte sie stets eine gewisse Wendigkeit oder sogar Bissigkeit an den Tag, wenn man ihr irgendeinen Vorwurf machte, aber auf den Bürgersteigen hielt sie sich an den Verlauf der Pflasterplatten, damit die Leute nicht dächten, sie sei ein loser Vogel oder hätte einen Schwips.

Ihre Angst machte sie durch eine gewisse Frivolität wett, zumal das die Distanz zu den Männern verringerte, die ihr ab und zu wichtig waren. Schon in dem Lokal meiner Mutter, in dem sie Walter vor unseren Augen hinterging – meistens mit kleinen Handelsreisenden oder Angestellten des Ministeriums, deren billig dröhnendes Gebaren und falschgoldene Füllhalter sie beeindruckten –, hatte ich den Verdacht gehabt, dass sie sich kühl berauschte an diesem einen eruptiven Moment der Schwäche, den sich die Männer nach Feierabend in ihren Armen leisteten. Der gab ihr eine gewisse Macht und damit zeitweise das ersehnte Selbstwertgefühl, von Geld oder von Geschenken nicht zu reden, und dass sie sich an den Wochenenden dennoch auf Walter freute, glaubte ich ihr sogar.

Dabei fehlte mir natürlich die leiseste Vorstellung davon, was zwischen den Zeilen ihrer offenbaren Geschichte hervorschien, ebenso wenig wie ich damals wusste, was Walter vor 1945 erlebt und erlitten hatte. Wahrscheinlich sind Menschen, die einmal im Krieg waren, lebenslang im Krieg, und die einmal fliehen mussten, sind für immer wurzellos. Beiden war das Schweigen über diese Zeit gemeinsam, womöglich sogar voreinander, und was Außenstehende oder gar sie selbst für Liebe hielten, konnte auch der ähnliche Verletzungsgrad sein und die daraus folgende Furcht, weiter allein durchs Leben zu müssen mit dem heillosen, noch im Schlaf und im Traum sich fortsetzenden Schmerz. Und während der stille Walter sich mit seiner Geschichte unter Tage vergrub vor ich weiß nicht welchem Licht der Erkenntnis, vermied seine Frau es, zur Besinnung zu kommen, indem sie mit schwirrenden Flügeln von einem Rummel zum anderen tanzte und ihre Zigaretten nicht ausgehen ließ.

Aber zu meinem Versuch, Elisabeth zu verstehen, gehörte natürlich auch das Gefühl seiner Unzulänglichkeit. Sich jemanden erklären wollen – bestimmt ist dieser Mutwille in therapeutischer Hinsicht richtig und hilfreich. Doch eine Freundschaft lebt schließlich davon, dass man sich der stillschweigenden Bejahung des anderen auch ohne Worte sicher sein kann. Man hat ein gutes Empfinden füreinander, oder man hat es nicht, man freut sich aufeinander oder geht sich aus dem Weg, und meine selbstverständliche, aus der Kindheit herübergerettete Zuneigung und Anhänglichkeit war seit dem letzten Gespräch dahin und konnte durch dieses Nachdenken kaum belebt werden. Und am Ende wollte ich Elisabeth, ihr Gesicht voller Berührbarkeit und ihr Herz voller Kälte, auch gar nicht mehr verstehen – was mir durchaus Skrupel bereitete. Aber immerhin schien es mir eine Form von Respekt zu sein.

Um halb fünf, der Himmel hinter den dünnen Vorhängen graute, wurden plötzlich die Kanarienvögel im Keller laut, ein vielstimmiger, wie aus der Ferne her wehender Gesang, dem ich in meiner Müdigkeit die Gefiederfarben der Tiere anzuhören meinte, Hellgelb, Blassorange und Weiß, und der sogleich wieder verstummte, als nebenan der Wecker rasselte. Dem Klang nach war es ein ähnlicher oder gar derselbe Blechwecker wie vor Jahren in Missunde.

Wieder schloss Walter sich ein im Bad, und was er dann hervorhustete, hatte wohl kaum mit seinem Rauchen zu tun, den halben Zigaretten ab und zu. Wasser lief, er wusch sich prustend, und ich war mir nicht sicher, ob ich mit ihm sprechen wollte nach dem vorhin Gehörten. Da ich es nicht wissen durfte, aber dennoch wusste und demnach mehr Einsicht in sein Leben hatte als er selbst, würde ich ihm kaum unbefangen ins Gesicht blicken können. Einen Moment lang war das Schnarchen von Elisabeth zu hören, und während er fast geräuschlos durchs Wohnzimmer kam und hinter der Falttür zur Küche verschwand, hielt ich die Augen geschlossen.

Sein Rasierwasser war das eines Mannes, dem es nicht um den Duft ging. Hörbar behutsam hantierte er mit Gegenständen, das Blubbern des Wasserboilers an der Wand war lauter als er, und der Gedanke, dass wir uns kaum noch einmal sehen würden nach diesem Morgen, an dem eine andere Zeit begann, beginnen musste, ließ mich dann doch aufstehen und zu ihm gehen. Er schob gerade ein Brot durch eine Schneidemaschine mit Kurbel, legte die Scheibe auf die Arbeitsplatte und hob erstaunt den Kopf. »Nanu«, sagte er gedämpft, »was ist mit dir los? Kannst du nicht schlafen?«

Ich war nicht auf die Idee gekommen, mir etwas anzuziehen, nicht nach dem, was wir erlebt hatten; ich trug einen Slip und ein Unterhemd, aber er sah keinen Lidschlag lang woanders hin als in mein Gesicht. An den Besenschrank gelehnt, an dem Elisabeths Frotteemantel hing, kreuzte ich die Arme vor der Brust. »Guten Morgen. Was das frühe Aufstehen betrifft, ist es ja fast wie auf dem Land hier, oder? Nur, dass keine Hähne krähen«, sagte ich, und er nickte stumm und schnitt zwei weitere Scheiben ab. Gähnend zeigte ich auf den Tisch, wo eine Packung »Bahlsen«-Kekse neben einer Tasse mit Rosenmuster lag. »Setz dich mal hin und frühstücke. Ich mach dir Brote.«

Ich drückte ihn mit einem Hüftstoß weg, und er runzelte zwar die Brauen und lächelte irritiert, sank dann aber auf den Stuhl. Während ich ein Streichmesser aus der Schublade kramte, zog er zwei Teebeutel aus einer Thermoskanne, drückte sie zusammen und warf sie in die Spüle; »Meßmer« stand auf einem Etikett, »Pennyroyal« auf dem anderen. »Und?«, fragte er und goss sich etwas in die Tasse. »Wie war's? Habt ihr euch amüsiert letzte Nacht?«

Ich öffnete den Kühlschrank, der fast leer war, sah man von einem Glas »Schwartau«-Marmelade, einem Stück Dauerwurst und ein paar Scheiben Gouda ab; in den

Aussparungen für die Eier steckten mehrere Fläschchen Nagellack. »Ach, es geht. Solche Lokale sind nicht unbedingt mein Fall«, antwortete ich. »In der Lese-Ecke fühle ich mich wohler. Wo ist denn die Butter?«
Er rührte in seiner Tasse und wies mit einer Kopfbewegung auf die Anrichte. »Da liegt Margarine. Hat die Liesel eigentlich viel getrunken gestern? Die riecht ja wie ein Schnapsfass.«
Ich wickelte einen Würfel »Rama« aus dem goldfarbenen Papier, zuckte mit den Schultern. »Keine Ahnung«, antwortete ich. »Hab nicht drauf geachtet, ehrlich gesagt. Wieso? Ist das ein Problem?«
Er nippte an dem Tee, schob sich einen Keks in den Mund und schwieg. Sein nasses Haar war akkurat zurückgekämmt, am Ohr klebte etwas Rasierschaum, und die Wangen schienen noch fahler zu sein als am vergangenen Abend. Nach wie vor war er ein junger Mann mit einer schön geschwungenen Stirn, kraftvoll glänzenden Brauen und einer ebenen Gesichtshaut, aber in seinen Augen und ihren schattigen Umfeldern kündigte sich bereits eine Erschöpfung an, die mehr als das Körperliche meinte. Dass er meine Frage nicht beantwortete, war vermutlich die Antwort, und in dem Moment krähte irgendwo ein Hahn.
Während ich die Margarine auf die Brotscheiben strich, blickte Walter über das abgemähte Feld zu dem Förderturm seiner Zeche, in dem gerade das Rad anruckte. »Die Nachtschicht kommt hoch, schon wieder eine halbe Stunde zu spät«, murmelte er und verschloss die Thermoskanne mit einem großen Korken, schraubte einen Becher darüber. »Wahrscheinlich mussten die war-

ten, Kohle geht vor. Oder ein Flöz ist wieder zusammengekracht. Ihr werdet übrigens schönes Wetter haben hier oben. Achtundzwanzig Grad, hieß es gestern in den Nachrichten, weiter südlich sogar dreißig. Kein Regen. Wann willst 'n los?«

Er stand auf und blickte mit mir zu dem Taubenschwarm, der über den Dächern kreiste. Obwohl man die aufgehende Sonne aus diesem Fenster noch nicht sehen konnte, waren die Unterseiten der Flügel und die Bäuche der Vögel glutrot. »Hast du überhaupt schon geschlafen?«

Nachdem ich ein paar Scheiben Käse auf die Brote gelegt hatte, klappte ich sie zusammen und fuhr herum, suchte seinen Blick. In meinen Augen brannten Tränen, doch ich wischte sie nicht weg. »Ist dir das eigentlich schon mal aufgefallen?«, fragte ich, das leise Schlingern in meiner Stimme nur schwer beherrschend. »Wenn die Menschen sich nichts zu sagen haben, worüber reden sie dann? Über das Wetter. Und auch wenn sie sich etwas zu sagen hätten, vielleicht sogar etwas Wichtiges oder Lebenswichtiges, reden sie über das Wetter, das sich da draußen vor ihren Fenstern ereignet. Wie diese armen Leute, die selten reisen und während der Abfahrt des Zuges sagen ›Jetzt fährt er ab‹. Als dürfte irgendetwas mit Macht nicht zur Sprache kommen. Oder als dürfte das, was zur Sprache kommt, keinerlei Macht über ihre Herzen kriegen. Das Wetter, das Wetter – auf der ganzen Welt ist es so.«

Ich weiß nicht, was in mich gefahren war in meiner Übernächtigung, ich hätte ihn am liebsten bei den Schultern gepackt und geschüttelt, aber er glitt in seine Jacke und zog die Fahrradklammern hervor, stellte einen Fuß auf den Stuhl. »Tatsächlich, ist das so? Macht man das?«, fragte er, wickelte sich die Hosensäume um die Knöchel und steckte sie fest. »Na, dann wird es so falsch nicht sein, oder?«

Einen Moment lang schloss ich die Augen und biss mir auf die Lippe. Unendlich kalt klang mir das, fast brutal; ich spürte alle Haarwurzeln im Nacken und hatte auf einmal das sichere Gefühl, dass mein Besuch bei den beiden falsch und unangemessen war, grundfalsch und vielleicht sogar taktlos; wir lebten in verschiedenen Sphären, hatten es wohl immer getan. Scheu lächelnd nahm er mir die Brote ab und legte sie in eine Dose. Weit entfernt war eine Sirene zu hören.

»Du hast es schön«, seufzte er endlich, streifte einen Gummiring über das verbeulte Aluminium und sah auf die Uhr, immer noch dieselbe wie in Missunde, eine »Kienzle« mit dunklem Ziffernblatt. Ein Reflex darauf ließ mich an die Milchtropfen denken, die er oft abgeleckt oder mit dem Daumen weggewischt hatte, wenn das Melken beendet war. »Kannst dich einfach so ins Auto setzen und nach Italien fahren, vogelfrei. Würde ich auch gern mal machen.«

Ich hatte die Margarine und den Käse in den Kühlschrank gelegt und richtete mich auf. Wir standen nun dicht voreinander in der schmalen Küche, einen Schritt getrennt, und ich lächelte traurig. »Na wieso …«, sagte ich leise, fast nur hauchend, als wollte ich mich selbst nicht hören, wobei mein Kinn etwas zitterte. »Dann komm halt mit.«

Sogleich erschrak ich vor den Worten, denn was laut

nach beschwingtem Übermut geklungen hätte, nach einem augenzwinkernden Witz, klang leise ungeheuerlich – als hätte man alle Regeln der Vernunft oder auch nur der Wahrscheinlichkeit vergessen, jede Pflicht und Verantwortung wem auch immer gegenüber, jedes Gestern und Morgen, und ich strich mir eine Locke hinters Ohr. »Komm einfach mit«, wiederholte ich lauter und plötzlich mit jeder Faser bereit, alles Bisherige aufzugeben und die kaum fühlbare Grenze zwischen einem Leben und einem Schicksal zu überschreiten. »Jetzt gleich! Wir fahren über den Brenner nach Italien.«

Er stutzte, öffnete die zerschrammte Tasche, schob die Kanne und die Dose hinein. Das Grün seiner Augen schien heller zu werden mit dem zunehmenden Licht, eine Strähne der starken Haare fiel ihm in die Stirn, und wortlos öffnete er den Mund, was die Lippen gleich weicher aussehen ließ und ihm einen Anflug von Verwegenheit gab. Dann stieß er amüsiert etwas Luft durch die Nase und trat näher – aber immer noch nicht nah genug, denn natürlich wollte ich, dass er mich berührte, nie wollte ich es mehr; ich wich nicht zurück. Doch er langte nur an mir vorbei, um den Kühlschrank zu schließen.

»Du bist gut«, murmelte er endlich und zog das Tuch vom Käfig des Wellensittichs, hängte einen Hirsekolben ans Gitter und gab ihm frisches Wasser. »Und wer sorgt für die Familie?«

Erneut war Elisabeths Schnarchen zu hören. Wir umarmten oder küssten uns nicht zum Abschied. Die Ledertasche in der linken Hand, reichte er mir die rechte wie einer Fremden und nickte mir zu, wobei ein leiser Un-

mut seinen Blick verdunkelte, einen Herzschlag lang. Aber dann schloss er schon wieder begütigend die Augen. »Fahr vorsichtig«, sagte er heiser und schob im Hinausgehen seinen Stuhl an den Tisch, »und schau mal wieder vorbei!«
Die Treppe knarrte, die Haustür fiel ins Schloss, und wenige Minuten später sah ich ihn vom Balkon, wo ich den Rest aus seiner Tasse trank, mit anderen Bergleuten der Frühschicht zur Zeche radeln. Die verchromten Klammern an seinen Hosenbeinen blitzten bei jedem Tritt, und je weiter er sich entfernte, desto länger projizierte die aufgehende Sonne seinen Schatten über das Feld.

Bislang war in meinem Leben kaum etwas oder jemand menschenfreundlicher gewesen als die Bücher. Schließlich gibt es nur wenige, die nicht aus Liebe geschrieben wurden, aus irgendeiner Form von Liebe, und sei es, der zur Sprache. Aber so viele ich auch bis in mein graues Alter hinein gelesen hatte und immer noch lese, ein Mangel ist den meisten belletristischen gemeinsam: Ein Roman verkörpert stets einen gewissen Mutwillen, er zwingt das Geschehen in eine Form, die es im Leben selten gibt und die uns in unserer Angst vor dem Traurigen, Schrecklichen oder Chaotischen besänftigen soll. Außerdem lässt die Autorität des Gedruckten schnell vergessen, dass jede Geschichte viele andere ausschließt, so dass ihre Wahrheit meistens eine momentane oder reduzierte ist. Misstrauen bleibt also geboten, denn wie es – die Maler haben es früh erkannt – eigentlich keine

Umrisse gibt, kann es auch keinen Anfang und kein Ende einer Geschichte geben.
In den Jahren, in denen ich erst eine Fehlgeburt erlitt und schließlich ein gesundes Kind bekam, die Co-Leitung der Philologischen Abteilung der Uni-Bibliothek übernahm und Richard länger krank war, brach der Kontakt zu den beiden nach immer öfter vergessenen Geburtstagskarten endgültig ab. Als ich um 1970 herum auf einem Kongress des Bibliotheksverbandes in Essen war, überlegte ich zwar kurz einmal, bei ihnen vorbeizufahren, hatte mir sogar schon ihre Nummer aus dem Telefonbuch geschrieben; aber ausgerechnet eine Parfüm-Werbung war es, die mich davor zurückscheuen ließ. Denn der Slogan auf der türkisblauen Plakatwand am Bahnhof – »Mit Tosca kam die Zärtlichkeit« – rief mir die ganze Tristesse meines letzten Besuches wieder ins Gedächtnis, das kranke Kind, das verrauchte Lokal, den zerarbeiteten Mann, und ich fuhr zurück in den Norden.
Erst nach einer langen Zeit, nach über zwanzig Jahren, fanden Elisabeth und ich wieder zueinander, und zwar durch ihren Sohn, durch Wolf, an den ich bis dahin stets als Wölfchen gedacht hatte. Der war Schriftsteller geworden, lebte in Berlin und hatte 1986 sein erstes oder zweites Buch veröffentlicht. Erstaunt und erfreut schrieb ich ihm dazu, per Adresse seines Verlags, und erwähnte eine mögliche Lesung in unserer Bibliothek – falls der Haushaltsplan das hergab. Und in seiner prompten Antwort nannte er mich wie ehedem Tante Luisa, wenn auch in ironischen Anführungszeichen, und wünschte sich als Honorar ein Kistchen Kieler Sprotten.

Von ihm erfuhr ich, dass Elisabeth wieder als Büfettkraft und Kellnerin gearbeitet hatte, zunächst im Hauptbahnhof in Oberhausen, dann in einer Kneipe namens »Von 8 bis 8« am Markt, viele Jahre lang. »Anfangs aus purer Notwendigkeit, damit die Schulden weniger drückten. Doch nachdem meine Schwester und ich ausgezogen waren, mochte sie nicht mehr allein mit meinem Vater und dem kleinen Hund in der Wohnung hocken; sie wollte unter Leute«, schrieb er. »Die Wirte in den Kneipen mochten sie, die Gäste sowieso, zusammen mit den Trinkgeldern verdiente sie oft mehr als ihr Mann unter Tage. Und es war dann immer rührend, wie der an den Wochenenden bei ihr am Tresen hockte, in einer Ecke neben dem Spielautomaten, ohne dass sie viel sprachen. Bratkartoffeln mit Rührei und Spinat ließ er sich machen, und während sie Bier zapfte und mit den Gästen Karnevalslieder sang, gab er ihr Feuer für ihre Zigaretten und blätterte den ›Kicker‹ durch.«
Der Schwung in Wolfs Handschrift erinnerte mich übrigens an die frühen Briefe seiner Mutter, aber auf den Autorenfotos war er seinem Vater sehr ähnlich, mehr noch als in der Kindheit, trotz der Brille. Außer der blassen Gesichtshaut hatte er auch diesen winzigen Pigmentfleck über dem Mundwinkel, den melancholischen Blick und das starke Haar, und als ich ihm schrieb, dass er ganz wie der Sohn des Melkers aussehe, antwortete er: »Das wäre kein schlechter Titel, verkaufst Du mir den? Vielleicht schreibe ich ja mal was über meine Familie. Merkwürdige Erinnerungen gäbe es genug …«
Der Sohn des Melkers. Er verfasste damals vor allem Lyrik, doch aufgefallen war mir zunächst eine Kurzge-

schichte von ihm, in der eine Mutter, 1945 als Mädchen von russischen Soldaten vergewaltigt, allen Ernstes bedauerte, dass ihr späterer Sohn mit achtzehn Jahren den Militärdienst verweigern wollte. »Aber warum denn, Junge?«, sagte sie in dem Text. »Du siehst bestimmt schneidig aus in Uniform!« Das klang mir unglaublich, und gleichzeitig hatte ich das dunkle Gefühl, dass es nicht erfunden war – was Wolf mir dann bestätigte.
»Trotz aller Erfahrungen im Krieg und auf der Flucht hatte sie ein seltsames Verhältnis zu Gewalt«, schrieb er. »In der Kindheit prügelte sie uns bei jeder Gelegenheit; sie schlug Kochlöffel auf uns kaputt, wobei es meistens um nichts ging, um einen Grasfleck auf der Sonntagshose, um verschüttete Milch. Jede Lappalie war ihr willkommener Anlass, um ihrem geheimen Schmerz krachend Luft zu machen, und nachdem man bei meiner Schwester die Nervenkrankheit diagnostiziert hatte, kriegte das meiste ich ab. In eine unglaubliche Rage prügelte sie sich oft hinein – auch weil ich meinem Vater so ähnlich war, nehme ich an. Aus Frust über die freudlose Ehe oder aus Wut über seine Vorwürfe und Drohungen, wenn mal wieder ein Seitensprung aufgeflogen war, packte sie mich, das kleine Abbild ihres starken Mannes, bei den Haaren, um meinen Kopf gegen den Spülstein zu schlagen. Aber so etwas glaubt einem keiner; sie selbst ist bis heute der Meinung, dass sie mir höchstens mal einen Klaps gegeben hat. Wahrscheinlich hat ihr das Durchlittene der Vergangenheit jedes Gefühl dafür genommen, welches Leid sie anderen zufügt.«
Bei aller spürbaren und verständlichen Distanz las ich seltsamerweise keine Bitternis in dem Brief, auch nicht

zwischen den Zeilen, und ich musste an unsere Nachmittage auf dem Sofa in Missunde denken, an seine kleinen, immer etwas kalten Füße, während er sich an mich schmiegte, ein glückliches Kind. Vielleicht hatten ihm diese Jahre auf dem Land die Kraft für alles Weitere gegeben? Und als ich ihn vorsichtig nach seinem derzeitigen Verhältnis zu den Eltern fragte und was sie von seinem Beruf hielten, antwortete er: »Ach na ja, inzwischen hat meine Anwesenheit bei ihnen nur noch formalen Charakter; für ein, zwei Weihnachtstage bin ich dann ein fehlendes Stück des bröckelnden Ornaments, das sie Familie nennen. Sie fragen mich nicht mehr, wie es mir geht, was ich mache, wie die Fahrt zu ihnen war, sie wollen sofort von sich reden, von ihrem letzten Blutdruckwert, der unverschämten Tierarztrechnung und dem Streit mit dem Nachbarn. Allenfalls, dass ich die Haare wieder kurz trage, wird bemerkt, wohlgefällig. Und was mein Schreiben betrifft: Schön und gut, aber eine richtige Arbeit sei das ja nicht ... Ebenso wenig wie Sonjas Psychologie-Studium übrigens.
Wegen diverser Verletzungen und Brüche, die er sich unter Tage zugezogen hat, und von der Arbeit mit den Presslufthämmern taub, ist mein Vater inzwischen Frührentner und sitzt den ganzen Tag vor dem Fernseher. Aus dem ehemaligen Kinderzimmer wurde ein zusätzlicher Wohnraum mit Polstergarnitur; so hat jeder einen Apparat für sich, und beide sehen, vom Flur getrennt, dasselbe Programm. Der Arzt hat sowohl ihm als auch ihr Abstinenz verordnet, doch von Zeit zu Zeit verschwindet mein Vater im Keller, angeblich um nach den Vögeln zu sehen, und kommt mit einer frischen Fah-

ne zurück. Dann hagelt es lautstarke Vorwürfe von meiner Mutter, denn sie trinkt scheinbar nur ›Fanta‹. Aber die Flasche mit dem Korn, den sie heimlich hineinschüttet, steht immer hinter dem Sofa.
Je betrunkener die Eltern werden, desto mehr knistert die Luft, und ich spüre, dass sie sich nur meinetwegen nicht streiten wie an jedem Abend. Der Hund, der zweite schon, der aber so heißt wie der erste, ein kleiner Yorkshire Terrier voller Leberkarzinome, kommt kaum mehr aus seinem Korb. Erst wenn die Eltern im Bett sind, springt er zu mir, dem Lesenden, auf den Sessel und rollt sich schnaufend auf meinem Schoß zusammen.«

Telefoniert hatten wir bis dahin noch nicht, und als er mich im Herbst 1986 plötzlich in Kiel anrief, glaubte ich eine schöne Schrecksekunde lang, Walters Stimme zu hören, den gleichen samtigen, im Innern etwas traurigen Grundton, wenn auch nicht so dunkel, die ähnlich ruhige Sprechweise, in die man sich einschmiegen möchte wie in ein Futteral, und ich starrte aus dem Fenster auf den Hafenkai. Der Aufbau der Herbstkirmes war fast beendet, die bunten Gondeln wurden in das Riesenrad gehängt und die mit Kuhfell bespannten Barhocker der »Pils-Farm« geliefert, während er mir mitteilte, dass sein Vater nur Wochen nach einer beunruhigenden Diagnose gestorben sei. Gerade einmal sechzig Jahre alt war er geworden, habe den Tod aber nicht gefürchtet, im Gegenteil. Jede Behandlung und auch die Operation verweigernd, sei er nach wie vor in den Keller zu seinem Schnapsversteck unter den Kohlen gestiegen, um sich allein zu betrinken, und auf seinem Grabstein, so Wolf, habe er sich eine kleine Grubenlampe aus Messing gewünscht.

Das Riesenrad ruckte an, stand still und drehte sich weiter, und irgendetwas sank in mir. Obwohl wir uns doch Jahrzehnte nicht gesehen hatten, schien mich Walters Tod für Momente um die Balance zu bringen. Mit leisem Schwindelgefühl mühte ich mich durch den Tag und musste immer wieder an das Foto aus den »Kieler Nachrichten« an der Küchenwand in Missunde denken, an den verlegenen Knecht auf der Landwirtschaftsmesse: Den riesigen Stier am Nasenring haltend, wartete er am Bildrand hinter den Honoratioren wie einer, der nach allen Erfahrungen genug hatte von der Geschichte, auch von der eigenen und ihren Möglichkeiten, die größer waren als sein Selbstvertrauen. Und der nicht viel mehr vom Leben wollte als manchmal Bratkartoffeln, Rührei und Spinat.

Bis zum Schluss ohne ein graues Haar, sei er über Nacht weiß geworden, erzählte Wolf; seine Mutter habe beim Aufwachen gedacht, ein Fremder läge neben ihr. Und seine letzten Worte auf dem Sterbebett waren: »Guckt mich nicht so an!«

Ich konnte nicht zu der Beerdigung fahren, schickte Blumen nach Oberhausen, und als ich Elisabeth in einem Brief kondolierte, antwortete sie erst einen Monat später, wobei ich ihre Schrift kaum noch erkannte. Mit winzigen, zittrig ausgeführten Wörtern in schrägen Zeilen, die an Trinker oder Parkinson-Kranke denken ließen, schrieb sie auf die Rückseite einer Wurfsendung, Reklame für eine Brockhaus-Edition: »Ich habe kein Briefpapier, entschuldige. Ich schaff mir auch keins mehr an, wer schreibt denn mir. Dass der mich im Stich lässt, war ja abzusehen. Weißt Du übrigens, dass er mich mal geschlagen hat? Ich hab ein Attest. Und dann versaut er mir das ganze Schlafzimmer mit seinen Blutstürzen, die neuen Bettvorleger, echt Flokati. Das schoss richtig aus ihm raus, und die letzten Tage saß er fast nur noch bei seinen blöden Kanarienvögeln, wer weiß, was die ihm erzählt haben. Als er kaum mehr japsen konnte, riet mir seine alte Mutter, ihn nach dem Tod unbedingt aufschneiden zu lassen, wegen meiner Knappschaftsrente; die wäre nämlich erhöht worden, wenn er eine Staublunge gehabt hätte. Hatte er aber nicht, nur Magenkrebs. Doch seien wir ehrlich, umgebracht hat ihn am Ende der Schnaps.«

Es war später Vormittag, die Herbstsonne wärmte noch und schien durch gelbes Lindenlaub, und in meiner Vorstellung legte sich Elisabeths Ton wie eine Eisschicht auf Walters bleiches Gesicht, den sorgenvollen Ausdruck voller Anstand und Güte. Und dann wieder musste ich trotz der Traurigkeit auch schmunzeln, denn offensichtlich hatte sie einmal ein feuchtes Glas auf die Tintenschrift gestellt. »Der Kreis schließt sich«, fügte sie hinzu. »Erst stirbt Pia, unser kleiner Hund, dann Karlo, Sonjas dicke Katze, die sogar Gurken fraß, dann der Walter, und wahrscheinlich bin ich auch bald dran.«

Das war, wie sich kein halbes Jahr später herausstellen sollte, eine Vorahnung gewesen. Beim Röntgen – sie litt an chronischer Bronchitis – war dem Arzt ein Schatten in der Lunge aufgefallen. Spezialisten hatten der Raucherin aber geraten, das Phänomen vorerst in Ruhe zu lassen: Falls es ein Tumor war, dann ein verkapselter, mit dem es sich noch eine Weile leben ließ. Doch wenn man ihn zwecks genauerer Diagnose punktieren würde, könnten die Krebszellen sich explosionsartig ausbreiten, und zwar nicht nur in der Lunge … Aber Elisabeth hatte auf Klarheit bestanden, im Frühsommer machte man den Eingriff, und nun, sagte Wolf am Telefon, sei sie voller Metastasen und müsse sich demnächst einer sogenannten Schmerzbestrahlung unterziehen. Ich konnte mir nichts Genaues darunter vorstellen, vermutlich handelte es sich um eine besonders intensive Form der radiologischen Therapie. Aber über alle physikalische oder medizinische Bedeutung hinaus erhellte mir der Begriff plötzlich den Blick auf ein ganzes Leben voller Entbehrungen, wenn man die Träume und Wünsche zum Maßstab nahm, und voller Ernüchterungen, wenn sie sich doch einmal erfüllten: Elisabeths Leben.

Schmerzbestrahlung. Es gab noch etwas zu klären, und so entschied ich mich, ins Ruhrgebiet zu fahren. Die großen Ferien hatten begonnen, und Antonia, unsere damals achtzehnjährige Tochter, wollte mich begleiten, was mir sehr recht war, denn ich fuhr nicht mehr gern auf den vollen Autobahnen. Sie dagegen liebte es, das Pedal durchzudrücken in dem neuen Flitzer, den Richard ihr geschenkt hatte, und wir mieteten ein Zimmer in einer Pension neben dem Krankenhaus. Und während sie »shoppen« ging, obwohl ich bei der Fahrt durch die Innenstadt nur Media-Märkte, Optiker und Gardinengeschäfte gesehen hatte, besorgte ich ein paar Blumen.

Die Stationsschwester war nett; nachdem ich mich als eine alte Freundin der Familie vorgestellt hatte, gab sie mir bereitwillig Auskunft über Elisabeths Zustand. Künstliche Ernährung, Chemotherapie, Opiate, und ja, die Schmerzbestrahlung demnächst sei kein Spaziergang, sondern vielmehr eine Art russisches Roulette: Entweder man übersteht sie, und dann gibt es Chancen auf weitere Heilung, oder man sinkt mit allem Lebenswillen in sich zusammen und stirbt kurz darauf. »Aber das«, fügte sie kopfschüttelnd hinzu und reichte mir eine Vase für die Rosen, »das wäre bei einer neunundfünfzigjährigen Frau etwas früh, oder?«

Das Schlucken machte mir plötzlich Mühe, auf dem Flur kaufte ich mir eine Flasche Wasser aus einem Automaten. Zwei Betten standen in dem schmalen Zimmer, und die hagere Patientin, die etwas aufgerichtet unter dem Fenster lag, lächelte mich an. Mit den weißen Haaren, den Schatten unter den Augen und der gelblichen, auf den Handrücken transparent erscheinenden Haut erinnerte sie mich ein wenig an meine Mutter in ihren letzten Tagen, wirkte auch ähnlich demutsvoll mit ihren knotigen, auf der Decke verschränkten Fingern, und ich stellte die teefarbenen Rosen in der Vase auf den kleinen Tisch, wo beide Frauen sie sehen konnten, und trat an Elisabeths Bett.

Magerer als vor Jahren, hatte sie kaum noch Haare, nur hier und da ein Flaumbüschel, und auch keine Augenbrauen mehr. Mit einem Filzstift waren Punkte und Striche auf ihre Kopfhaut gezeichnet worden, und

auch auf der nackten Schulter stand etwas, eine Zahlen-Buchstaben-Kombination. Zusammengekrümmt unter einem Laken schien sie zu schlafen, während ihr eine Glukoselösung aus einem Beutel in die linke Ellenbeuge tropfte. Damit sie die nicht bewegte, hatte man ihre Hand mit einer Mullbinde am Bettrand fixiert, und verblüfft betrachtete ich die Fingernägel; sogar jetzt waren sie lackiert, und zwar makellos. Wie Wolf mir später erzählte, hatte das seine Schwester gemacht.
Voller feiner Falten das Gesicht, in dem die winzigen Besenreiser dunkler geworden waren, hier und da blauschwarz, und ich beugte mich über Elisabeth, flüsterte ihren Namen. Aber sie reagierte kaum, stöhnte nur unwillig, und eine Weile saß ich ratlos auf dem Stuhl neben dem Bett und betrachtete das Holzkreuz und den Kunstdruck an der Wand, Noldes »Mohn«. Dann drehte ich eine Katzen-Karte auf ihrem Nachttisch um, Geburtstagsgrüße von Nanni Brüggemeier, und nach einem Schluck aus meiner Wasserflasche hob ich die Decke an, ein wenig nur, um zu sehen, was man mit Elisabeths Körper gemacht hatte. Doch gab es lediglich ein kleines Pflaster auf den Rippen und einen Blasenkatheter, der zu einem Beutel unter dem Bett führte.
Obwohl die stets Ungeduldige sich bestimmt nie in die Sonne gelegt hatte, war ihr zarter Körper sanft gebräunt und die Haut im Gegensatz zu der des Gesichts von einer Glätte, die man unter den Fingerspitzen zu fühlen meinte, wenn man sie nur betrachtete. Auch den kleinen Brüsten mit den dunkelbraunen Warzen war das Stillen von zwei Kindern nicht mehr anzusehen, und während ich plötzlich die Faszination verstand, die sie bei Männern

erzeugt hatte, schnalzte sie wie verärgert, krallte mit den roten Nägeln nach dem Laken und zog es sich wieder über die Schulter.

Offenbar war die Scham stärker als das Narkotikum. Ich legte ihr meinen Handrücken an die Wange, flüsterte erneut ihren Namen, und nun öffnete sie die Augen. Um Orientierung bemüht, blickte sie einen Moment lang im Raum umher, betrachtete die Kanüle in ihrer Ellenbeuge und die Rosen auf dem Tisch, und schließlich lächelte sie mich an auf diese warme, strahlende Art, die ich aus der Vergangenheit kannte. »Ach du!«, sagte sie erfreut, die Stimme erschütternd schwach, fast nur ein Hauchen. »Wie schön! Ich wollte dir noch schreiben oder dich anrufen. Das ist man gut, dass du gekommen bist! Hab nämlich schon lange überlegt, ob wir nicht bald mal …«

Während sie leiser weitersprach, sanken ihr wieder die Lider herab, und obwohl ich mich über sie beugte, konnte ich nichts mehr verstehen, spürte nur den Atem am Ohr. Ihre rechte Hand streichelnd, die sich sofort, fast reflexartig, um meine schloss, staunte ich jedoch über die Kraft darin, die Lebenskraft noch im Leiden. Im Vergleich zu ihren zarten Gelenken war sie nach wie vor erstaunlich groß; die Felder, die sie bearbeitet, die unzähligen Kühe, die sie gemolken, die Zimmer der Paulys, die sie geputzt, die Tabletts voller Getränke, die sie neben den Jahren der Hausarbeit getragen hatte – das alles drückte sich für mich in dieser Hand und ihrem Zugriff aus. Es gab keinen Ring daran, auch nicht an der linken, und weil es so schien, als ob Elisabeth wieder einschlafen würde, räusperte ich mich und sagte: »Leider muss ich gleich weiter, Kleine. Aber schau, ich hab dir was mitgebracht ... Erinnerst du dich?«

Ich griff in meine Tasche. In der Bibliothek verwaltete ich auch die Zeitschriftenabteilung und blätterte manchmal in den verschiedenen Periodika, und so hatte ich es vor wenigen Wochen zufällig in »Landleben« entdeckt: Der Milchbetrieb in Missunde war eingestellt und die Ställe waren abgerissen worden, und nun sollte das denkmalgeschützte Gutshaus mitsamt dem Inventar zwangsversteigert werden. Zusammen mit dem barocken Torturm eigne sich das Objekt bestens dazu, in Ferienwohnungen aufgeteilt zu werden, hieß es, und als ich dort am Tag der Vorbesichtigung mit Richard durch die Räume ging – ich musste an den Holzfuß der ehemaligen Besitzerin denken, während ich seinen Stock hinter mir hörte –, waren außer uns nur Antiquitätenhändler da und klebten ihre Merkzettel und Visitenkarten an Schränke, Truhen, Kronleuchter und Gemälde, ausnahmslos Jagdszenen. Die meisten Teppiche waren schon zusammengerollt, die alten Dielen ächzten unter dem geschäftigen Hin und Her.

Auf der Suche nach einem Geschenk für unsere Tochter – ihr Abitur stand bevor – entdeckte ich eine ledergebundene Erstausgabe des »Schimmelreiters«, und der Zwangsverwalter war froh, dass er sie nicht auch noch versteigern musste am nächsten Tag, denn Bücher interessierten hier niemanden, »keine Sau«, wie er sagte; er überließ sie mir zu einem Spottpreis. Auch einiges von dem Rauchsilber und dem Nippes in den Glasvitrinen, zartblaue Porzellanvögel mit durchscheinenden Flügeln, hätte ich gern gehabt, doch waren die Nussbaumschränke verschlossen, und als ich in einer der unteren Schubladen nach dem Schlüssel suchte, rutschte sie mir entgegen, die kleine rote, an den Kanten abgescheuerte Samtschatulle.

Ich öffnete sie, hielt sie Elisabeth nah vors Gesicht, und sie runzelte die Stirn und verengte die Lider, als könnte sie nicht scharf genug sehen. Mit zitternden Fingern befühlte sie die mattgoldenen Münzen und die Perlen auf dem Satinpolster, bewegte momentlang lautlos die Lippen und hauchte schließlich: »Na, Mensch! Dass du daran gedacht hast … Ich hab sogar schon von denen geträumt, von den Jahren damals. Schöne Zeit, wenn auch …« Sie seufzte beschwert und schob einen Moment lang die untere Lippe über die obere. »Aber die gehören gar nicht mir, weißt du. Die musst du zurückgeben. Ein dunkles Kapitel …«

»Nein, nein«, sagte ich, »das ist geklärt, mach dir keine Sorgen. Es sind jetzt deine, ein für alle Mal. Die trägst du, wenn wir demnächst tanzen gehen.«

Vage lächelnd schloss sie die Augen und schüttelte kurz den Kopf, als wäre das eine Unsinnigkeit, eine liebenswürdige, und kurz darauf war sie wieder eingeschlafen. Ich wartete noch eine Weile, ehe ich aufstand, stellte die Schatulle geöffnet neben die Katzen-Karte und ging leise durchs Zimmer, nickte der alten Frau zu. Deren Gesicht lag nun im Schatten, sie hob eine Hand, und ich war noch nicht an der Tür, da räusperte sich Elisabeth und sagte heiser: »Kindchen?«

Ich drehte mich um. An dem Kreuz über ihrem Kopfende hatte offenbar einmal eine Jesusfigur geklebt; etwas blasser das Holz an der Stelle. Der Urin in dem Plastikbeutel unter ihrem Bett war blutrot, und sie hielt die Augen geschlossen und wiederholte: »Sonja? Bist du noch da? Könntest du mir morgen frische Wäsche bringen? Die haben mir schon wieder alles versaut.«

Dimitrij kam nicht zurück. Nach vier Tagen hatte sie das letzte Brennholz verbraucht, auch Essensvorräte gab es nur noch wenige, und schließlich zog sie sich alles an, was sie in dem Bunker fand – zwei Paar Socken, zwei langärmelige Unterhemden, eine zusätzliche Trikothose und eine fellgefütterte Budjonny-Mütze, deren Ohrenklappen sie unter dem Kinn zusammenknöpfen konnte. Sie steckte den letzten Kanten Brot und einen Schinkenrest in ihre Manteltaschen, band sich einen Strick um die Taille und hängte eine Feldflasche daran. Dann wischte sie den Schnee von den Sprossen und stieg die Leiter neben dem Unterschlupf hinauf.

Nachdem er ihre Haare mit einem feinen Läusekamm geglättet und ihr statt der zwei dünnen einen starken Zopf geflochten hatte, war Dimitrij losgegangen, um Milch zu holen, Moloko, wie es auf Russisch hieß. Das hatte er in den letzten Tagen mehrmals getan, trotz vereinzelter Schüsse draußen, und war immer auch mit Kerzen, Käse und Wurst zurückgekehrt, einmal sogar mit gelben Winteräpfeln. Wie und wo er daran kam, verriet er ihr nicht, wies nur lachend mit dem Daumen hinter sich. Auch Schnaps hatte er immer und desinfizierte damit ihre Wunde, wobei er sie wieder auf das Stück Schwarte beißen ließ. Anfangs schien sich die pochende Naht entzünden zu wollen, sie bekam erneut Fieber, doch er gab ihr mehrmals hohe Dosen Aspirin – alles, was er an Medizin besaß –, und es half. Inzwischen spürte sie kaum noch Schmerzen, nur die Fadenenden pikten sie etwas, während sie durch den Schnee stapfte, die aufgehende Sonne im Rücken.

Schon nach wenigen Minuten sah sie die Aluminiumkanne. Durchlöchert stand sie auf einer Wehe, der Rest Milch darin war Eis. In dem nahen Kampfgraben lagen Tote in deutschen und in russischen Uniformen, weiß überstäubt. Hier und da ragte ein Bart aus dem Schnee, eine Hand mit gekrümmten Fingern, und dann erkannte sie Dimitrijs Rücken in dem gelbgrünen Mantel, den Haarknoten in seinem Nacken. Die Kante des Grabens hinunterrutschend, griff sie nach seinen knochigen Schultern; doch war er nicht mehr zu bewegen, wie ein festgefrorener Stein. Bei dem Versuch riss die Binde an seinem Oberarm.

Weinend küsste sie seine blauen, vom Raureif überzogenen Hände, und nach einem kurzen Gebet kletterte sie wieder auf den Acker, wischte sich die Tränen ab und ging weiter, dem Westen zu. Bis zum Horizont war alles weiß, die Sonne ließ die Eiskristalle funkeln und blitzen, dass es in den Augen schmerzte, und wo sich Panzerspuren unter dem Neuschnee abzeichneten, folgte sie ihnen in der Gewissheit, nicht wieder irgendwo einzubrechen. Kein Wind in den Fichten, ringsum alles still, und sie stellte sich vor, wie jemand, der sich wie sie in den letzten Tagen vor dem Krieg unter der Erde verborgen hatte, jetzt das Knarzen ihrer Schritte hörte. Sie schob sich ein Stück Brot in den Mund, trank etwas Wasser aus der Feldflasche dazu.

Die vagen Spuren waren jäh zu Ende, und als sie einmal ausrutschte im Pulverschnee und dabei Eis freilegte, Pflanzen unter dem Eis, wurde ihr klar, dass sie einen zugeschneiten Teich überquerte. Nirgendwo vor ihr ein Haus oder eine Ansiedlung, nicht einmal ein Weidezaun; aber ein Waldstück im Süden rauchte, und dann hörte sie plötzlich das Knattern und Flappen eines Propellers, und ihr stockte der Atem, als sie an die Warnung ihrer Mutter dachte: Geschwader auf dem Land waren nicht so gefährlich, die flogen meistens in großer Höhe und hatten ein fernes Ziel, strategisch wichtige Städte oder Fabriken; aber ein einzelnes Flugzeug machte oft Jagd auf einzelne Menschen.

Sie lief in das welke Schilf, das hier wuchs, und warf sich aufs Eis, als die Maschine mit dem roten Stern über sie hinwegraste – so niedrig, dass der Schnee auf den Feldern hochstob und geisterhafte Formen annahm. Allerdings fiel kein Schuss, nichts wurde abgeworfen, und während das Motorengeräusch sich in der Ferne verlor, stand sie auf und ging weiter, wobei sie sich wie ehedem einen Rhythmus gab: zwei oder drei stampfende Schritte einatmen, zwei Schritte ausatmen.

Geschwächt wie sie war, geriet sie dabei immer mehr ins Keuchen, ein hoher, von ihrem Atem umwölkter Ton aus wunder Lunge, in den sich nach und nach ein anderer mischte – den sie zuerst für ihren Puls hielt, sein hartes Pochen in den Ohren. Schwindelig wurde ihr, und einen Moment lang befürchtete sie, das Fieber käme zurück, aber dann blieb sie stehen, löste den Knopf unterm Kinn und hob die fellgefütterten Klappen der Mütze. Die Eiseskälte strich ihr über die Schläfen.

Nicht ihr Herz: Glocken schlugen da, Kirchenglocken, wer weiß wie weit entfernt, mindestens zwei, ohne dass sie Dächer oder einen Turm sah unter dem klarblauen Himmel. Schneller jetzt, fast beschwingt ging sie auf die Geräusche zu, wobei sie manchmal bis zu den Knien einsank, und musste an die Marienkirche in Danzig denken, an ihr Läuten sonntags in dem Jahr, als die Tretbälge repariert wurden und die Kinder dem Glöckner helfen durften. Zu zweit oder dritt unter den kleineren, der Viola und der Sibylla, zu viert unter der großen Dominicalis oder der noch größeren Gratia Dei zerrten sie an den Tauen, die an den Jochen hingen, und es dauerte stets eine Weile, ehe der erste Ton erklang. Aber der kräftige Herr Silberfeld wusste schon, wo er mitanfassen musste. Holzschuhe trug er und rauchte Stumpen.
Und wenn endlich alles schwang und im vielstimmigen Einklang war, wenn der ganze Ziegelturm dröhnte von dem uralten Geläut und einige Mädchen sich die Ohren zuhielten, kam die Belohnung. Dann warf der weißhaarige Mann die Arme in die Luft und rief: »Nun fliegt, meine Kinderlein, fliegt in den Himmel!« Und alle durften sich an die Hanfstricke hängen oder auf die Knoten stellen und sich von der Kraft der schweren Glocken in die Höhe ziehen und sanft wieder auf den Boden setzen lassen. Immer wieder ging es hinauf und hinunter in dem Läuten, den Sonntagsrock zwischen den Knien, die Wange an das starke Seil geschmiegt, hinauf und hinunter, dass die Zöpfe flogen, und das war über alle Beschreibung schön, das war das Leben.